LES SOURCES DE LA PAPESSE

DEUXIEME LAME

ZABE QUINEZ

Couverture réalisée par Kouverture.com

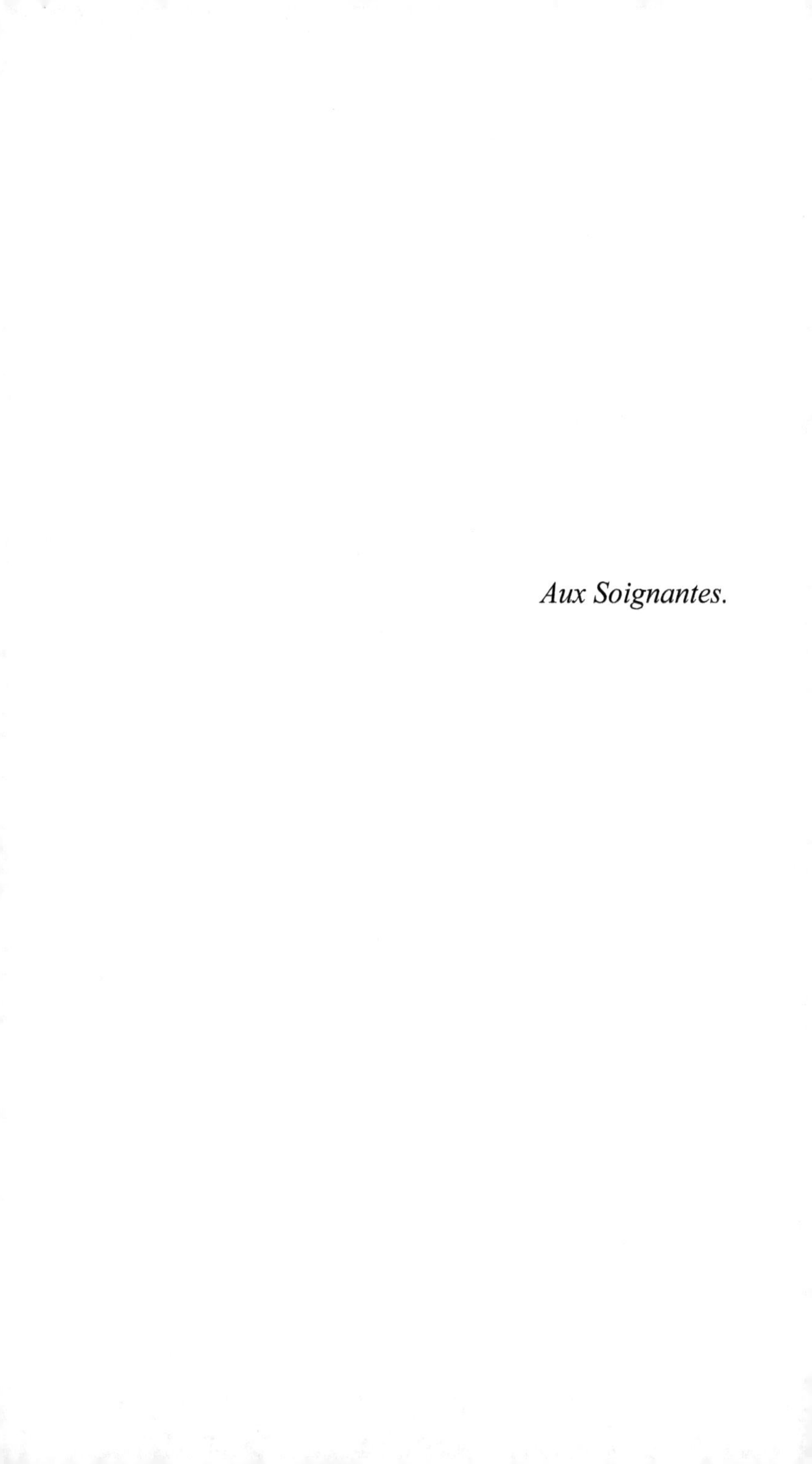

Aux Soignantes.

II

Le port, dans l'encadrement des portes-fenêtres, semblait une carte postale touristique, il ne manquait que le nom de la ville écrit en cursive dans un coin. Les mâts des bateaux de plaisance rehaussaient encore le bleu du ciel, sur lequel se détachaient les blancs gabians, leurs ailes déployées sur les ailes du vent. Certains se reposaient de cette ivresse du vol, ils flottaient dans les eaux du port plus calmes que celles de la baie derrière les digues, ou s'étaient installés sur les tas de filets de pêche, sur les ponts des petits chalutiers ou des pointus colorés qui finissaient de donner le cachet et la couleur locale à l'image.

Jo contemplait cela derrière ses yeux mi-clos. Les mains serrées autour d'un verre de vin chaud, qu'il buvait à petites gorgées pour que la chaleur retrouve son corps gelé. Il avait froid jusqu'aux os. Il lui semblait encore entendre les claquements métalliques des haubans et les cris des oiseaux dans le vent tumultueux. Un mistral glacial soufflait depuis l'aube. Il passait sur les premières neiges de décembre là-haut plus au nord, répandant le froid de l'hiver sous un ciel radieux.

Assis au soleil derrière les vitres, il sentait son corps raide d'avoir lutté toute la matinée contre le froid, se ramollir doucement. Aussi bien par l'extérieur, la chaleur traversait ses multiples couches de vêtements leur donnant une douce tiédeur enveloppante, que de l'intérieur où celle du vin et des épices se diffusait dans ses organes congelés.

Il fallait qu'il trouve une solution. Lorsqu'il avait commencé à tenir son banc sur les marchés, pour se faire connaitre et attirer une clientèle, il avait bâti sa réputation sur un personnage haut en couleur, hâbleur, bavard, extraverti et plein de chaleur. Il ne pouvait pas se permettre de passer pour une mauviette en grelottant et en s'emmitouflant au premier coup de mistral. L'hiver précédent, certains jours froids, il avait enfilé un manteau… du coup, les autres costauds du marché s'étaient moqués de la frilosité des gens du Nord. Ils savaient tous qu'il était né là, à l'hôpital de la ville voisine, comme la plupart d'entre eux. Néanmoins, il avait disparu tant d'années qu'il devait faire ses preuves pour être vraiment considéré comme étant « d'ici »… Et donc résister aux « affres » du climat de la Provence… Ce qui était facile… Il avait été si heureux de retrouver le soleil et la lumière après sa « vie grise » que trop de chaleur ne le dérangeait pas et le mistral qui ensoleillait le ciel l'enthousiasmait. Cependant le froid pénétrant de ce mistral d'hiver, c'était dur… s'il voulait rester en bras de chemise… et conserver son personnage. Il avait réussi à protéger ses oreilles avec un buff assorti à sa chemise, qu'il dissimulait en partie avec son stetson en cuir, et qui renforçait même le genre baroudeur qu'il souhaitait se donner. S'associant bien avec la veste en toile, sans manches, mais pleine de poches qui faisait partie du costume. Sous la chemise bleu ciel, il portait sous-vêtements et tee-shirt thermiques manches longues et un coupe-vent. Toutefois, cela n'avait pas suffi ce matin. Peut-être pourrait-il découper un néoprène, un fin, deux-trois millimètres pas plus, pour ne pas être gêné aux entournures. Pendant sa formation à l'armée, il avait su que certains des commandos de marine portaient leurs combinaisons de plongée sous leurs uniformes pour les défilés... Lui, à cette époque le froid ne le dérangeait pas, il était en mode guerrier et bourré de testostérone...

Le cours de ses réflexions s'infléchit dans cette direction problématique... Il avait appris cela récemment, en écoutant une des émissions de radio qu'il affectionnait. C'était les hormones qui faisaient la frilosité des femmes et les hommes toujours en chaleur, testostérone et œstrogène ou tsh... si ça existait, il ne se rappelait plus trop les détails. Ce dont il se souvenait, c'est qu'avec l'âge, les proportions des unes et des autres s'inversaient. Les femmes dont l'utérus ne devait plus porter d'enfant avaient des bouffées de chaleur et les hommes devenaient frileux... Ce qui l'avait laissé plein de doutes sur sa hantise du froid... Il fallait vraiment que le plan cul et plus si affinités qu'il avait en cours se concrétise...

Il refusa de s'attarder sur ce sujet sensible et revint à son souci du jour. Il ne voulait pas d'une combi complète. Deux paires de chaussettes et des chaufferettes lui tenaient les pieds au chaud dans ses bottes camarguaises. Pour ses jambes, il avait résolu le problème avec un collant de course à pied sous son jean, un d'hiver, bien épais. Il voulait pouvoir aller pisser tranquille. Mais en se découpant un haut auquel il garderait des manches longues, cela ferait l'affaire. Il allait essayer de se procurer une vieille combi, peut-être au club de plongée... ils en avaient certainement des abimées qu'ils ne pouvaient plus louer...

Le silence le tira de ses réflexions. Il était tellement habitué aux bavardages incessants de sa mère et de sa tante que l'interruption de ce ronronnement perpétuel le dérangeait. En plus, cela ne pouvait signifier qu'une seule chose... Elles lui avaient posé une question et attendaient la réponse ! Il se redressa dans son fauteuil, ôta de ses jambes la couverture polaire qu'elles y avaient installée, et se levant, il se tourna vers elles en disant « Oui ? »

Effectivement, elles avaient toutes deux cessé de s'agiter dans tous les sens, à faire trente-six choses en même temps. Préparer le repas. Mettre le couvert. Ranger un truc, un autre… Elles le regardaient, et chose rare en silence… Cela ne dura pas, ce simple mot et le ton interrogatif les relancèrent sans problème.

— Il est bon le vin chaud ?

— Tu ne trouves pas ? On l'a confectionné avec ton mélange

— Avec du vin de la coopérative et du sucre roux, c'est Albert qui nous a donné les proportions

— Il vient d'Alsace, là-bas, ils en vendent sur les marchés de Noël

— Ici, les gens ne connaissent pas, alors on a pensé

— Que tu devrais proposer des petites dégustations

— On préparerait un grand thermos, le dimanche

— Peut-être qu'il faudrait le faire à tous les marchés

— On pense qu'il faut que cela reste festif et que les gens s'y intéresseront plus le dimanche

— Et tu proposerais des petits verres pour qu'ils essaient

— On a trouvé des tout petits gobelets en papier qui iraient très bien

— Tu mettrais dedans un petit morceau d'orange

— Qu'on aurait découpé à l'avance

— Et gardé dans une boite en plastique

— Qu'est-ce que tu en penses ?

— C'est une bonne idée ?

— Non ?

Il ne s'étonna pas de ce discours à deux voix. Elles ne fonctionnaient qu'ainsi, deux bouches pour une seule parole. Comme si elles n'avaient qu'un unique cerveau à toutes les deux. C'est pour cela, s'était-il toujours dit, qu'elles parlent tout le temps, elles pensent ensemble… Des jumelles fusionnelles, la télépathie aurait facilité leur vie. Elles n'auraient plus eu qu'une seule pensée commune…

Pendant qu'elles bavardaient, il avait commencé à se déshabiller. Il était réchauffé maintenant et pouvait se mettre à l'aise. Il ôta bottes et chaussettes, puis son pantalon qu'il remit après avoir enlevé son collant de course. Il retira aussi le sweat à capuche qu'il avait passé par-dessus ses vêtements en arrivant chez elles après le marché… sa chemise et toutes les couches de vêtements qu'il portait en dessous. Il n'essaya même pas de résister à la reprise de leur ballet agité. L'expérience lui avait appris depuis longtemps que ce n'était pas la peine. Sa tante s'empara de ses bottes et de ses chaussettes. Elle partit ranger les unes dans l'entrée et étendre les autres sur le radiateur de la salle de bain. Avec les chaufferettes il réussissait à transpirer malgré le froid. Sa mère lui apporta pantoufles et chaussettes propres.

Il n'enleva pas son sous-vêtement thermique, bien qu'il se sente un peu engoncé dedans et qu'il aurait apprécié de s'en débarrasser. Il ne voulait pas affronter le regard douloureux et déçu qu'elles posaient toujours sur ses cicatrices. Il leur avait menti à leurs sujets, et elles le savaient. Elles avaient été infirmières toutes les deux et ne devaient pas pouvoir attribuer à un accident de voiture les balafres qu'il avait sur le ventre et le dos. Il savait qu'elles savaient et elles savaient qu'il savait qu'elles savaient. Ce qui les rendait tristes. Que leur cachait-il ?

Mais elles avaient été rendues muettes par le secret professionnel toute leur vie et ne posaient pas de questions. Certainement également refroidies par sa réaction, la première fois qu'elles les avaient vues lorsqu'il était revenu s'installer chez elles, en attendant de se trouver un logement. Après cette blessure dont il avait profité pour changer d'orientation professionnelle. Comme il sortait de la douche, elles l'avaient regardé les yeux écarquillés.

— Mais, Jo ce n'est pas…

— C'est…

Il avait tourné les talons, était rentré dans la chambre de sa mère, qu'elle lui avait laissée comme à chacun de ses séjours, elle emménageant dans celle de sa sœur, s'était rhabillé, avait quitté l'appartement sans rien dire et n'avait pas reparu de la journée. À son retour, aucun d'eux n'avait fait le moindre commentaire. L'odeur d'encens, les bougies et le paquet de cartes sur le tissu de soie qu'elles étalaient sur la table pour leurs tirages, lui avaient appris que « les questions », c'était aux Tarots qu'elles les avaient posées. Quelle qu'ait été la réponse, elles s'en étaient contentées et depuis cela continuait.

Leur tristesse le peinait. Il ne pouvait néanmoins se résoudre à les rendre encore plus tristes des années de mensonges qu'ils avaient vécues. Il ne s'en sentait pas trop le droit non plus… Son travail avait été secret et devait le rester. Alors qu'elles le croyaient toujours en déplacement pour un emploi de commercial dans une société d'import-export, il voyageait dans un monde gris et caché parce qu'il était agent de renseignements au service de l'État. Il ne se voyait pas du tout en train de commencer à leur raconter cela. Ni que ses cicatrices, il les devait à trois coups de couteau, qui l'avaient laissé pour mort un soir d'hiver dans une rue sale et grise d'une ville triste et froide. Il souhaitait d'autant moins les montrer qu'elles étaient vraiment moches. Les traits nets des plaies dues à la lame, qui devait tenir plus du sabre que du couteau, car elle l'avait transpercé de part en part, étaient agrémentés de longs zigzags boursouflés que lui avaient laissés les chirurgiens qui lui avaient rafistolé les boyaux là-bas sur place… L'air rigide et sévère du médecin militaire qui l'avait pris en main après son transfert et sauvé d'une septicémie n'autorisait aucun doute sur ce qu'il pensait des soins qu'il avait reçus en urgence… Mais ils l'avaient laissé vivant et ça, c'était important !

Il renfila le sweat et comme sa tête sortait de l'encolure demanda :

— Comment vont-ils, Albert et Philippe ? Ils sont en forme tous les deux ?

Et hop ! C'était reparti. Il eut ainsi des nouvelles détaillées de l'état de santé et des activités de leurs compagnons de longue date. Cela faisait des années qu'ils étaient ensemble tous les quatre, enfin deux par deux… Enfin, il l'espérait. La moindre évocation d'idées qu'il pouvait avoir de parties carrées auxquelles sa mère aurait pu participer, le mettait irrémédiablement mal à l'aise… Alors il évitait avec soin d'y penser… Les jumelles préférant leur compagnie mutuelle à celle d'un conjoint avaient refusé toutes propositions de mariage ou de cohabitation. Sa tante lui avait, un jour, détaillé avec vigueur son point de vue sur les désavantages – et elle avait employé un mot beaucoup plus vulgaire – d'un homme présent *a giorno*. Elle avait conclu en disant qu'il était beaucoup mieux de ne partager que les « bons moments ». Là encore, il avait préféré ne pas approfondir…

Ces messieurs avaient donc chacun leur « chez soi ». Depuis son retour, ils étaient priés d'y rester le dimanche ou de visiter leurs propres familles. L'homme de leur vie était revenu, le fils prodigue. Pour lui, elles tuaient le veau gras ce jour-là… Toutefois, à part ce dimanche qu'elles considéraient comme leur, elles n'étaient aucunement envahissantes et ne s'occupaient jamais de ses affaires… Sauf le dimanche… où il avait dû se résoudre à les laisser venir jouer à la marchande sur son stand. Il faut dire qu'il était installé sous leurs fenêtres, dans leur « pré carré ». Que c'était grâce à elles qu'il avait eu une bonne place à ce gros marché sur le port qui attirait beaucoup de monde. Il avait résisté jusqu'à récemment, mais le jeune, qui venait le remplacer le temps de sa pause, avait découvert qu'une des petites qui servaient à la boulangerie était vraiment « trop belle ». Il préférait depuis aller rôder par là-bas plutôt que de tenir le stand de Jo. Il s'en était bêtement plaint et elles s'étaient proposées avec tant d'enthousiasme qu'il avait cédé. Depuis, elles venaient toutes les deux le remplacer, entre neuf et dix, après avoir fait leurs courses pour le déjeuner et avant d'aller lui préparer le repas. Elles s'étaient confectionné des tabliers assortis à la toile cirée aux motifs provençaux qui recouvrait son étal, mais aux couleurs contraires, rouge à motifs jaunes pour sa mère, jaune à motifs rouges pour sa tante et attachaient sur les épaules un foulard assorti. Lorsqu'il faisait froid, comme aujourd'hui, elles portaient un bonnet en polaire de la même couleur sur lequel elles avaient cousu un petit nœud assorti aux tabliers… des marchandes d'opérettes… Mais elles s'amusaient et lui amenaient beaucoup de clients… Elles connaissaient une grande partie des habitants de la ville et ils semblaient tous trop contents de venir les saluer derrière leur stand et de leur acheter quelques olives. Ça l'avait bien arrangé ce dimanche, comme cela, il avait pu aller travailler à son plan cul. Une prof de la ville voisine qui semblait le trouver à son gout. Il l'avait invitée pour un café et après une heure de bavardages agréables, ils avaient échangé leurs numéros de téléphone et prévu un rencart pour aller au ciné un soir de la semaine prochaine… affaires à suivre…

C'est encore le silence qui le tira de ces satisfaisantes perspectives. Il avait écouté d'une oreille le fil de leur discours et savait qu'elles étaient revenues sur leur projet de vin chaud. Il était certain de leur faire plaisir lorsqu'il répondit « Oui, si vous voulez ». Là, il avait mis une grosse pièce dans le juke-box et en avait pour un moment de musique…

— On pensait que cela te plairait

— Viens t'assoir à table, c'est prêt

— Les vermicelles sont cuits

Comme elles savaient le faire, tout en parlant, elles avaient continué à préparer le repas, toujours en mouvement, toujours synchrones. L'une soulevant le couvercle quand l'autre approchait le sel. L'autre glissant le dessous-de-plat sous la casserole que l'une venait d'apporter. Tout en dévidant à voix haute le fil de leur pensée commune. Elles lui avaient préparé du pot-au-feu. À l'idée du bouillon aux vermicelles, goûteux, chaud et gras, il inspira de satisfaction en s'installant à sa place… La place du roi… en bout de table et tendit son assiette à l'une pendant que l'autre lui dépliait sa serviette.

— Il ne faut pas le proposer trop tôt

— Le vin chaud avant onze heures

— Cela ne se fait pas ! On le préparera la veille

— Pour qu'il soit bon et plein d'arômes et on le réchauffera en rentrant

— Et on te le ramènera, mais on ne pourra pas rester pour t'aider

— Il faudra qu'on revienne ici préparer le déjeuner

Elles avaient l'air désolées en disant cela. Pour éviter qu'elles ne trouvent une solution à ce problème, il se dépêcha d'affirmer « Ça ne fait rien ».

— Tu es gentil

— Mais si tu n'y arrives pas

— On pourra s'arranger

— On préparera le repas la veille

— Après tout, ce n'est que pour deux ou trois dimanches

— Jusqu'à Noël, après ce n'est plus pareil

— Encore qu'ils pourraient en emporter quand ils montent au ski

— Oui, il faudrait peut-être continuer tout l'hiver

Il réussit à se glisser dans le débat « Non, deux ou trois fois, cela suffira, après ils connaitront. »

Pendant qu'elles continuaient à discourir sur les

avantages et les inconvénients de tout cela, il se plongea dans sa soupe. Elles avaient eu une bonne idée. Quand son grossiste lui avait proposé ce mélange d'épices pour vin chaud, cela l'avait tenté. Il avait eu l'occasion d'y gouter dans l'Est et en gardait un bon souvenir. Il s'était emballé, en avait commandé une grosse quantité. Jusque-là, cela avait semblé n'intéresser personne et il s'inquiétait de se retrouver avec son stock sur les bras au printemps. Avec leur idée, même s'il n'en vendait pas trop, la préparation de ce qu'il distribuerait en utiliserait une partie. Cela lui amènerait au moins des clients pour le reste de ses produits, de nombreux passants voudraient y gouter, il en était sûr…

Après les légumes et les viandes du pot-au-feu, les fromages, les iles flottantes… il se sentait plus que repu ! Il leur prépara le café pendant qu'elles débarrassaient. C'était la seule chose qu'il était autorisé à faire dans cette maison… Pour le boire, ils s'installèrent tous les trois dans leur petit salon, lui dans le fauteuil, les pieds sur un tabouret et elles, l'une à côté de l'autre, sur le canapé. Il sommeillait, porté par le ronronnement de leurs voix. Elles lui donnaient des nouvelles des personnes qu'elles connaissaient, c'est-à-dire de la ville entière… et d'une partie du département… et qu'il était censé connaitre aussi… ce qui n'était pas le cas… Toutefois, quelques grognements bien placés suffisaient à valider sa participation…

— Et Madame Michon est rentrée chez elle

— Cela faisait au moins six mois qu'elle était en maison de repos

— Après sa fracture du col du fémur

— On pensait pourtant qu'elle ne pourrait jamais revenir comme cela, seule chez elle

— Qu'elle devrait aller en maison de retraite, ce qui lui aurait arraché le cœur

— Mais elle a pu rentrer avec les soins à domicile, alors elle est contente

— Tu te rappelles Jo, de la vieille Jo ? Elle t'aimait beaucoup !

— Tu devrais aller la voir

— Cela lui ferait tellement plaisir

Oui, il s'en souvenait et il en gardait même une image très précise « **LA PAPESSE** ? » s'enquit-il en ouvrant un œil, pour être sûr.

— Oui, c'est comme cela que tu l'appelais

— Mais tu ne devrais pas

— Il ne faut pas se moquer des Tarots

Il se défendit « Je ne me moque pas, je trouve que ça lui va bien et qu'elle l'incarne bien, non ? »

— Oui, tu as raison

— Elle était sage-femme

— C'est elle qui t'a mis au monde, tu sais ?

Oui, il savait. On le lui avait déjà raconté…

— Elle a toujours été très bonne pour nous, elle nous a beaucoup aidées

— Elle t'appelait le petit Jo, même quand tu étais grand et que tu la dépassais de vingt ou trente centimètres

— Et du coup en parlant d'elle, elle s'appelait la vieille Jo

— Son prénom c'est Joséphine, alors tout le monde l'appelait toujours Jo

— Mais elle ne voulait pas que tu puisses confondre !

— Tu iras la voir ? Elle a fait beaucoup pour toi aussi

— Tous ces livres qu'elle t'a offerts

— Pour tes quinze ans, elle en avait envoyé vingt, c'était vraiment gentil de toujours penser à toi comme cela

— Alors que cela faisait plusieurs années qu'on avait quitté la région

— Et après, quand on est revenus, on a emménagé par ici et tu allais au lycée à côté de chez elle

— Mais tu avais bien trente minutes de bus pour y aller !

— Elle te permettait de venir après les cours, en

attendant l'heure de ton entrainement de judo

— Pour que tu ne restes pas dans la rue.

Oui, il se le rappelait. Les livres, c'était toute la collection des *Rougon-Macquart* de Zola. Il avait aimé les lire à quinze ans et les avait tous relus récemment avec plaisir.

— Elle doit avoir au moins cent ans commenta-t-il, elle était déjà vieille à cette époque.

— Non pas tout à fait

— Elle a eu quatre-vingt-dix ans l'été passé

— C'était juste après son accident

— Nous étions allées la voir à l'hôpital

— Tu n'avais pas voulu venir

Il ne se souvenait pas de ce moment, néanmoins ça ne l'étonna pas. Les hôpitaux il en avait eu sa dose et avait surement voulu éviter d'y retourner, même en visite.

— J'irais la voir un de ces jours, leur concéda-t-il.

— Ça, c'est vraiment gentil

— Elle sera si contente de te revoir

— Elle nous demande toujours de tes nouvelles

— Quand vas-tu y aller ?

— Veux-tu qu'on lui téléphone pour la prévenir ?

— Non, non je verrai, je lui ferai la surprise, déclara-t-il pour se libérer de devoir déjà se programmer une corvée. Parce qu'en fait il n'en avait pas du tout envie… Cependant, **LA PAPESSE** avait été vraiment sympa avec lui.

— C'était une femme extraordinaire

— Comme il en existe peu

— D'une générosité…

Il les laissa continuer sur leurs souvenirs et s'enfonça dans les siens… Ses dix-sept ans… **LA PAPESSE,** si elle était là, quittait son appart quand il arrivait l'après-midi avec une fille, soi-disant pour aller au club de bridge… Ses dix-sept ans en classe de première littéraire… le paradis pour un adolescent aux hormones en ébullition. Vingt et une filles... trois garçons, deux qui comptaient pour des prunes... trop moches, trop mous... et lui, le nouveau, le judoka, sportif, abdos et pectoraux bronzés d'un été à la mer... une année merveilleuse de découvertes... Et cette prof dingue qui leur avait fait étudier *Roméo et Juliette*... D'avoir dans sa classe un élève nommé Mercucio, cela avait dû lui donner des idées... Ça, il l'avait joué, la scène du balcon ! Et il était bien dans le rôle, il en travaillait avec assiduité tous les aspects... Il rêva de tout cela, retrouvant sa jeunesse... Un long moment plus tard, c'est l'odeur de pâte en train de cuire qui le réveilla.

Avec les restes du pot-au-feu, elles lui avaient préparé une tourte. Une recette que sa mère avait mise au point dans son enfance, pour qu'il mange les restes justement et qui était devenu un incontournable familial. Elle découpait les légumes restants et la viande en petits morceaux, les faisait réchauffer avec deux grosses cuillères de Savora, la moutarde aux condiments, deux cuillères de Viandox, un peu de farine, mettait le mélange dans un plat qu'elle recouvrait de pâte feuilletée, et puis au four une quarantaine de minutes. Il connaissait bien cette recette très simple. Petit, cela avait été son travail, les dimanches soirs de « pot-au-feu », d'étaler la pâte au rouleau, de la farine jusqu'aux coudes pendant qu'elle s'occupait du reste à côté de lui.

Pendant leurs préparatifs, elles continuaient à bavarder, évoquant leur jeunesse et leur rencontre avec la vieille Jo. Elles avaient dû en parler tout le temps de sa sieste. LA PAPESSE avait été importante pour elles. À sa naissance, elles n'avaient pas vingt ans et son père était du genre... absent... en adoration devant sa petite étoile de femme, mais absent... toujours sur une idée abstruse et souvent absurde... Et leur mère était... particulière... la « Grande Irma », la voyante, qui lisait les Tarots – S'appeler Irma quand on dit la bonne aventure, cela semble une gageure, pourtant c'était réellement son prénom – On venait la consulter de loin. Elle avait dans sa clientèle, médecins, hommes politiques, responsables d'industrie qui ne suivaient que ses conseils. Et elle avait toujours plus important à faire que s'occuper de ses filles qui avaient dû se débrouiller sans elle, avaient quitté l'école très tôt et vivotaient de petits boulots. **LA PAPESSE** avait pris le relais… en quelque sorte… leur avait appris les soins à donner aux nourrissons et les avait fait embaucher à l'hôpital comme femmes de service. D'abord sa tante puis sa mère qui l'avait rejoint dès qu'il avait eu une place à la crèche. Ensuite, elle les avait poussées pour qu'elles deviennent aides-soignantes puis infirmières.

Alors qu'ils mangeaient la tourte et la salade qui l'accompagnait toujours, elles continuaient leurs petites histoires. Revenant sur les anecdotes joyeuses de leurs vies à l'hôpital, riant encore du patient qui s'était enfui cul nu quand on avait voulu le piquer pour une prise de sang, souriant avec tendresse des naissances multiples qu'elles avaient vues. Et comme toujours quand elles faisaient cela, finirent par évoquer avec tristesse toutes les morts qu'elles avaient vécues. Les « soulageantes » de ceux qui avaient trop souffert, les frustrantes de ceux qu'on n'avait pas pu aider et les insupportables, qui n'auraient pas dû être.

— Tous ces jeunes, Jo, c'était dur à cette époque
— Le sida faisait une hécatombe
— Un jour, ils étaient beaux et forts
— Six mois plus tard, ils n'étaient plus rien…
— Morts… et si mal…
— Si douloureusement…
— C'est bien qu'ils aient trouvé un traitement
— Néanmoins ce n'est pas l'idéal
— Tous ces cachets, tous les jours
— Tu as fait attention, toi ! N'est-ce pas ?

Elles avaient soudain les yeux pleins de doutes et d'inquiétude et regardaient son ventre… Il leur assura qu'il n'avait aucune maladie, ni sida, ni hépatite, ni rien d'autre et pour leur changer les idées, les relança sur sa naissance. Cela leur plaisait toujours de lui raconter comme il avait été beau, sage et extraordinaire !...

Il rentra chez lui plus tard que ce qu'il aurait voulu, il faisait nuit noire et sa maison était glaciale. Il se dépêcha d'allumer sa cheminée. Il était parti trop tôt le matin pour la nettoyer, alors il se contenta d'écarter un peu les cendres. Il déposa petit bois et morceaux de cagettes, deux belles bûches sur le dessus, un allume-feu et la flambée démarra. Il tourna le fauteuil vers la télé, et parce qu'il se sentait d'humeur romantico nostalgique, choisit dans ses DVD *Roméo + Juliette* avec Di Caprio… S'installa au chaud devant le feu et se laissa bercer par Shakespeare et ses souvenirs.

Il se sentait lourd d'avoir trop mangé toute la journée. Heureusement, il s'était remis à faire un peu de sport. Demain, il irait courir et bruler toutes ces calories en trop…

** **

En fin de compte, il s'était couché tard. Après le très kitch, mais fidèle au texte *Roméo + Juliette*, il avait regardé le sympa *Shakespeare in Love* avec la belle Gwyneth Paltrow… qui lui avait fait faire de beaux rêves et neuf heures étaient passées quand il se réveilla.

Il se prépara un café allongé et des tranches de bon pain au levain grillées qu'il tartina de miel. Tout à l'heure, il devrait être en forme. Il allait se lancer pour la première fois et partir courir en colline… et dans les collines provençales, les pentes ne sont pas douces ! Il s'était mis à la course à pied quelques semaines plus tôt. D'abord doucement, il descendait en voiture en bord de mer, pour être sur du plat, plus facile, et il avait commencé par du « quarante-cinq/quinze ». Après un petit quart d'heure de marche rapide d'échauffement, il faisait une série d'une dizaine d'alternances quarante-cinq secondes de course tranquille, quinze secondes de marche. Il avait répété cela deux puis trois et quatre fois, intercalant cinq minutes de marche entre les séries, puis augmenté son temps de course en continu. Maintenant, il courait sans problème quarante, quarante-cinq minutes et voulait passer la vitesse supérieure d'autant plus que cela lui éviterait de prendre sa voiture… La colline, c'était juste derrière chez lui !

Il vint s'installer avec son café et ses tartines sur son fauteuil. Face à la mer, à côté de la petite table sur laquelle il laissait toujours son jeu de Tarots. Les Tarots étaient une tradition familiale et il en pratiquait une version minimaliste, faisant chaque matin le tirage d'une lame pour sa nouvelle journée. Il prit son paquet et rangea à l'intérieur **L'HERMITE** et son regard tourné vers le passé qu'il avait tiré la veille. Il avait laissé, comme à son habitude, posé face visible sur le dessus du tas. Il coupa trois fois et étala, de la main gauche, les vingt-deux arcanes majeurs, figures cachées, sur la table. Les yeux dans le lointain, il laissa flotter son esprit et sa main choisir une carte.

Il retourna **LA PAPESSE**, ce qui éveilla en lui la vague colère qu'il avait toujours contre les lames quand elles se montraient trop précises et s'immisçaient dans sa vie. Il préférait regarder les Tarots avec ce qu'il considérait être, un doute raisonnable et un point de vue philosophique ! Déjà, qu'après ce dimanche de nostalgiques souvenirs, cela l'avait gonflé de retrouver **L'HERMITE** posé sur son paquet, son tirage du matin précédent lui était sorti de l'esprit… Et là, qu'est-ce qu'elles voulaient ces cartes, le culpabiliser ?... Et, un lundi, bien évidemment !... Mais, il savait qu'il les suivrait ! Il reposa son paquet sur la table, **LA PAPESSE** sur le dessus et tapotant la lame de son index lui dit « D'accord, d'accord, j'irai demain ! »

Le mardi, son marché l'amenait près de chez elle. Cela ne lui prendrait pas trop de temps d'aller y passer un petit moment. Mais aujourd'hui, c'était congé et course à pied. Il finit de se préparer, prenant garde à ne pas trop se couvrir, malgré le mistral. Il avait choisi un itinéraire abrité et assez facile. Un sentier pas trop étroit qui serpentait un peu sous la ligne de crête, dans peu de temps, il n'aurait plus froid ! Il partit, marchant d'abord d'un bon pas sur la route. Il commença à courir lorsqu'il aborda le chemin. Il se sentait bien, libre et joyeux du vent qui soufflait, du soleil qui brillait, de la mer étincelante là-bas en bas. Dans l'enthousiasme, il démarra sur un rythme trop rapide… et le paya, se mettant dans le rouge ! Qu'ils étaient difficiles ces chemins. Raides. Caillouteux. Toujours à monter. Son cœur accélérait et son souffle devenait court. Et à descendre… Il n'arrivait pas à se relâcher, oubliait de respirer, surveillant ses pieds. Il s'obligea à ralentir, à souffler plus. Il continua à courir en s'encourageant. Allez ! Tu t'accroches… « Ton corps est un jardin et ta volonté est le jardinier ! » Tu y crois jusqu'au bout ! Et, il s'accrocha… jusqu'à la dernière petite draille escarpée qui le ramena à la route. Qu'il monta même en accélérant un peu. Il redescendit vers sa maison en marchant pour récupérer. Il était content de lui, il avait couru cinquante minutes sans s'arrêter. Il programma ses prochains entrainements, le surlendemain il recommencerait, ainsi que le jour suivant… Trois fois par semaine, cela lui paraissait un bon rythme. Il pourrait continuer comme cela tout l'hiver. À cette période, il ne travaillait que quatre jours. Le mardi, car il avait une bonne place définitive, en ville, sur un gros marché, et le vendredi, samedi, dimanche. Pour la fin de la semaine où clientèle est plus nombreuse. Puis vers le mois de mai, il reprendrait six jours sur sept, ne gardant que le lundi comme jour de repos… Cependant, il pourrait aller courir en soirée. Au moins jusqu'à l'été, car alors, l'accès à la colline serait réglementé pour prévenir les incendies.

Avant de prendre sa douche, il vida et rangea sa camionnette. La veille, il était fatigué et avait laissé toutes ses marchandises à l'intérieur. Il la nettoya à fond et prépara tout ce qu'il lui faudrait pour la semaine suivante. La journée passa. Tranquille. Il fit ses comptes, sa lessive, une bonne sieste, le corps las et l'esprit aérien de sa course dans les bourrasques du matin. Il termina la soirée dans son fauteuil près de la cheminée avec un livre et partit se coucher de bonne heure, pour pouvoir se lever sans galérer le lendemain très tôt…

I

Au petit matin, après avoir chargé sa voiture, il vint s'assoir à côté de son jeu de Tarots, face à la nuit noire. Il sourit à **LA PAPESSE**, la caressa du doigt et lui dit avant de la réintégrer dans le paquet « Ce n'est pas la peine d'insister. J'ai compris. J'ai dit que j'y allais aujourd'hui ! Alors n'essayez pas de me dire ce que je dois faire ! » du ton ironique et sarcastique qu'il employait, pour ne pas se trouver trop bête, lorsqu'il parlait aux cartes. Son tirage lui amena **LE BATELEUR**. Son sourire s'élargit et il se leva en disant « Bon, eh bien ! Allons amuser les foules ».

Il passa une agréable matinée. Il avait une bonne place, ensoleillée et abritée du vent qui en plus avait faibli. Il était en forme, ne se ressentait pas de sa course de la veille. Du coup, il joua au Bateleur avec enthousiasme, interpellant passants et forains avec verve et réussit à faire un bon petit chiffre pour une journée venteuse de décembre.

Après qu'ils eurent tous remballé et garé leurs camions sur le parking du centre maintenant vidé des véhicules des clients. Il alla déjeuner avec quelques collègues forains. Pastis évidemment. La daube et les gnocchis. Café et pousse-café. Ambiance à la rigolade… Tout cela le mit d'excellente humeur. C'est d'un pas léger qu'il partit faire sa visite à **LA PAPESSE**. Il passa en contrebas de l'hôpital où il était né. Dans les vieilles rues du centre-ville où il avait joué dans son enfance et où il avait trainé quand il était au lycée… Il ne passait quand même pas toutes ses heures libres chez la vieille !

Il lui avait acheté des madeleines et tenait avec précaution son sachet en papier pour ne pas les écraser. Au départ, il avait choisi des croquants aux amandes, il adorait ça… Une remarque d'une des clientes de Fred, le boulanger, sur le croquant des croquants, l'avait arrêté. Il s'était dit que la vieille du côté des dents ce n'était peut-être plus cela… Il avait donc opté pour les madeleines. Trouvant ce choix judicieux dans ce moment de retour aux sources, où souvenirs et réminiscences venaient se télescoper avec le présent. Il savait qu'elle apprécierait le symbole. C'était elle qui lui avait offert « La recherche », bien des années auparavant… Enfin, il l'espérait, c'était une femme très cultivée et d'une intelligence perspicace. Il souhaitait que l'âge ne l'ait pas atteint de ce côté-là. Cette idée lui serra la gorge. C'est avec un peu appréhension qu'il monta les marches basses et larges, recouvertes de tomettes, de l'escalier du vieil immeuble où elle avait toujours vécu depuis qu'il la connaissait. Son coup de sonnette n'éveilla aucun écho derrière la porte en bois. Il attendit, ne pouvant détacher ses pensées de cette question. Pourvu qu'elle ne soit pas devenue gâteuse, qu'elle ait gardé cet esprit lumineux, intéressé par tout. Qu'avait dû avoir avant elle la Papesse Jeanne qui pouvait avoir quelque peu inspiré l'arcane.

Cette jeune fille du neuvième siècle, née dans une province germanique. Si avide de connaissances et de savoir qu'elle quitta tout pour partir étudier sciences et philosophie déguisée en homme. L'obscurantisme moyenâgeux contraignait les femmes à l'ignorance, leur barrant le monde des études, alors exclusivement monastique.

Dans d'autres récits, elle avait été une amoureuse aventurière. Elle aurait suivi son amant, l'accompagnant dans ses études. Sa tenue masculine l'autorisant à accéder aux mêmes connaissances que lui… Elle parcourut l'Europe et par la force de son esprit et de son érudition obtint un poste de scribe à la Curie romaine. Faisant l'admiration de tous et particulièrement du Pape, qui la nomma cardinal. Au décès de Léon IV, elle aurait été élue Pape par acclamations, tous appréciant sa culture, sa bienveillance, sa piété et sa beauté. Elle serait alors devenue Jean VIII « l'Angélique ».

Dans le même temps, elle avait mené une vie de femme et conçut un enfant de son amant, Lambert de Saxe, ou l'ambassadeur du Saint-Empire Romain Germanique. Et lors de son intronisation… ou, selon les sources, après deux ans de règne aux Rogations de l'Ascension… accoucha lors d'une procession qui la menait au Latran. Elle s'effondra en pleine rue et mourut en mettant au monde un nouveau-né qui ne survécut pas non plus.

L'emplacement de l'heureux événement fut marqué d'une stèle attestant de son caractère diabolique et depuis les cortèges pontificaux évitent l'endroit.

Tout cela n'est, semble-t-il, qu'une légende. La stèle ne serait qu'une fresque représentant une vierge à l'enfant. La rue évitée, parce que trop étroite. Jean VIII un pape trop faible vis-à-vis de la puissante église de Constantinople, une femmelette, un sans couille…

Légende ou pas, les papes avaient dû pendant des

siècles, en preuve de leur masculinité, se faire rituellement tâter les couilles, sur une chaise percée. Et ne pouvaient être intronisés avant d'avoir entendu proclamer à la face du monde « Duos habet, et bene pendantes », qu'ils en avaient deux, bien pendantes !... Et qu'il en soit rendu grâce à Dieu.

Cela aussi avait, parait-il, été inventé, alimenté et colporté au cours des siècles suivants par les détracteurs de l'Église catholique romaine. Bien aidés par sa misogynie maladive, sa peur atavique de la féminité. Très longtemps, celle-ci s'accommoda de l'histoire. La propagea même. Admettant l'existence de la Papesse Jeanne par l'intermédiaire de ses religieux, comme les dominicains Jean de Mailly ou Martin Polonius qui au treizième siècle, l'inclut dans ses *Chroniques des Papes et des Empereurs*, préférant la diffusion de ce type de fantasmes à toute discussion sur une femme ! Quand le fantasme la dépassait, elle le brulait ! Ainsi finit, en 1300, sur les buchers de l'inquisition, la Papesse hérétique Manfreda Visconti de Provano.

Ce n'est qu'au seizième siècle que l'église de Rome commença à nier la réalité de cette histoire, qui fit partie des nombreuses polémiques qui menèrent au grand schisme d'occident. Les protestants Calvin et Luther, la nouvelle église d'Angleterre et son mouvement antipapiste en firent leurs choux gras !...

Ainsi naissent les légendes… Quoi qu'il en soit se moqua Jo, aussi pour lui-même… à toutes les époques, le manque de couilles occupe la pensée de tous les hommes. Même de ceux qui ne sont pas censés s'en servir.

Il avait attendu un bon moment et levait la main pour sonner une nouvelle fois, lorsqu'il entendit un bruit métallique qui semblait se rapprocher. Encore quelques instants plus tard, il vit la porte s'ouvrir par lentes saccades. Il eut un choc, il s'était préparé à la trouver vieillie, quatre-vingt-dix ans, c'est beaucoup… Toutefois, il ne s'attendait pas à cette si vieille femme. Si petite. Devenue minuscule. Toute ratatinée. Enveloppée de châles. Courbée sur un déambulateur. Les mains tachées, aux articulations gonflées, agrippées sur les poignées pendant qu'elle reculait un peu pour laisser la porte s'ouvrir.

— Oui ? demanda-t-elle en faisant des efforts pour lever la tête vers lui et pouvoir voir son visage.

— Bonjour Joséphine, dit-il.

Il l'appelait ainsi depuis le lycée. Le « vieille Jo », qu'il utilisait enfant, lui semblait vraiment trop irrespectueux pour cette femme qui l'impressionnait. Comme elle le regardait toujours, interrogative, il précisa :

— C'est Jo, Jo Mercucio.

— Oh, mon petit Jo, excuse-moi, je ne t'avais pas reconnu, tu as changé, elle ajouta en lui faisant un clin d'œil, toi aussi !

Elle avait gardé toute sa tête et son humour… Il en fut soulagé. D'autant plus lorsqu'elle enchaina.

— Je ne t'ai pas vu depuis longtemps. « Comment va le monde » ?

Il sourit, se rappelant ce petit jeu de son année Shakespeare et prononça la réponse adéquate.

— Il s'use, Joséphine, en vieillissant !

— Hé, hé, comme moi, comme moi ! Entre, c'est gentil d'être venu voir ta vieille Jo. Tu es venu seul aujourd'hui, hé, hé hé ! Heureusement, car je ne travaille plus et je ne vais plus jouer au bridge ! plaisanta-t-elle, ponctuant ses paroles d'un petit rire chevrotant et fragile et faisant faire avec difficultés demi-tour à son déambulateur.

— C'est le jour des visites, j'ai de la chance, de beaux jeunes hommes viennent me voir. Ferme la porte, ajouta-t-elle en se dirigeant lentement vers le fond du couloir.

Elle avançait le cadre de vingt centimètres puis faisait deux petits pas et recommençait… Pendant que Jo piétinait derrière elle, il regardait un peu à droite et à gauche.

L'appartement avait bien changé. Elle avait refait la cuisine et les papiers peints étaient plus clairs que dans son souvenir… Bien sûr en trente ans pensa-t-il, effaré du chiffre, tout ne peut pas rester pareil… Elle a dû faire des travaux pour entretenir ! Son séjour avait été transformé en chambre de malade, lit d'hôpital, le buffet, le long du mur couvert de boites de médicaments, de pansements… Un grand fauteuil à haut dossier devant la télé et une table à roulettes placée à côté, semblable à celles sur lesquelles il avait pris ses repas quand il était blessé et alité.

À leur entrée, un homme jeune se leva pour les accueillir, la vieille Jo fit les présentations.

— Guillaume Soublairan, le fils d'une amie très chère et Jo Mercucio, le fils d'amies très chères…

Jo sourit, si aux oreilles de l'homme, elle pouvait sembler parler de ses parents, lui savait qu'elle évoquait sa mère et sa tante. Son père, elle ne l'avait jamais apprécié, lui trouvant la tête creuse et pleine de vent… Ils se serrèrent la main et il tendit à la vieille Jo son sachet de madeleines.

— Que m'as-tu apporté mon petit ? Il ne fallait pas, le seul plaisir de ta visite m'aurait suffi. Oh, des madeleines… Je vois, tu reviens sur les lieux de ton enfance, en visite chez ta vieille tante Léonie ? Hé hé hé ! Et tu les as prises chez mon petit Frédéric, il les fait très bien. Comment vont Margot et les enfants ? Quand tu le reverras, tu lui passeras le bonjour de ma part et tu lui diras de ne pas s'inquiéter pour le petit, tout ira bien !

— Mais comment le savez-vous Joséphine ? ne put-il s'empêcher de demander. Il ne voyait pas comment elle pouvait aller au marché faire ses courses et prendre des nouvelles de la femme et des enfants de boulanger… et en plus savoir des choses que lui ignorait. Il se mordit la langue quand sa main quitta son cadre de marche et que d'un index encore plein de force, elle vint lui tapoter le sternum.

— J'ai mes sources, mon petit, et tu le sais bien !...

Il lui avait déjà posé cette question. Il s'en souvenait maintenant. Quand après une bagarre derrière l'école primaire, elle lui avait demandé s'il n'avait pas trop amoché son copain Tonio ou plus tard, pourquoi il s'était engatsé avec la gentille Julie et en d'autres occasions où certaines remarques de sa part l'avait étonné... et déjà l'index dur lui avait défoncé le sternum... et elle lui avait répondu la même chose... Elle aussi devait connaitre la ville entière et tout le département... Elle avait toujours été attentive aux autres et devait recevoir les confidences d'un grand nombre de personnes.

Elle avait d'autres sources... plus culturelles, et avait été sympa de les utiliser pour lui, quand il était au lycée. Lui servant d'encyclopédie lorsqu'il avait la flemme d'aller chercher les renseignements nécessaires à un devoir d'histoire ou de français... et lui martelait, là encore, les réponses de l'index...

— Prends cette chaise et viens t'assoir avec nous, lui proposa-t-elle.

Guillaume Soublairan prit la parole.

— Il peut s'assoir à ma place. Il faut que j'y aille, je reviendrai une autre fois.

— Attends un peu, mon petit Guillaume, lui répondit-elle, Jo va aller nous faire une tasse de thé, avec les madeleines c'est indispensable, n'est-ce pas ! précisa-t-elle en se tournant vers lui, tu connais la maison, tu sauras te débrouiller.

Il savait reconnaitre un moment où sa présence était gênante, assura qu'il ferait cela avec plaisir et se dirigea vers la cuisine pendant que Joséphine relançait Guillaume sur la conversation que son arrivée avait interrompue.

— Tu me disais que tu allais peut-être devoir fermer l'entreprise de ton père.

— Oui, je ne vais pas pouvoir continuer à la faire

tourner. Pourtant on pourrait avoir une bonne opportunité. J'ai des projets qui sont valables. Cependant, comme je vous le disais, je ne peux pas agrandir, faire les travaux nécessaires, et ils n'ont pas inclus mon secteur dans la zone industrielle et les voies d'accès viabilisées n'arriveront pas jusque chez moi... L'ancienne route est en trop mauvais état maintenant et les transporteurs rouspètent pour venir... J'ai fait tout ce que j'ai pu pour que le projet vienne jusqu'à nous. Ce n'est vraiment pas très loin, quelques centaines de mètres, mais ils n'ont jamais voulu. On m'a dit que c'était au niveau politique que cela bloquait... J'ai essayé de rencontrer le député, mais il n'a jamais accepté de m'accorder un rendez-vous ! Pas le temps ou pas envie...

— Quel député ?

— Marsuy, il passe pour un type sympa, le connaissez-vous ? Vous connaissez tant de monde !

— Pas vraiment, ta circonscription est à l'autre bout du département et je n'ai pas trop d'échos de lui... Cela faisait longtemps que je n'avais pas entendu son nom !

— Vous savez qu'avec mon père, on ne s'entendait pas. Depuis la mort de Maman, on ne se rencontrait quasiment plus. J'étais sûr que c'était parce qu'il se débrouillait mal que l'entreprise n'allait pas trop fort. Moi je pensais qu'elle avait un bon potentiel. J'avais tenté de lui en parler, il m'avait dit de me mêler de mes affaires ! À sa mort quand j'ai repris, j'ai vu qu'il n'en était rien. Il avait essayé de se développer lui aussi, mais n'avait jamais eu les permis et les autorisations nécessaires ! Et maintenant pour moi, c'est pareil ! Ces politiques ! Ils ne comprennent rien, au lieu de nous aider, ils nous mettent les bâtons dans les roues ! Je m'étais même dit que peut-être, une petite enveloppe discrète m'aiderait. Celui à qui j'en avais parlé, en prenant des précautions, avait eu l'air d'accord. Eh bien, il me l'a rendue... honnête le type, à sa façon ! Il semblait n'y rien comprendre, il était désolé ! Alors, je ne sais plus quoi faire, je baisse les bras ! Papa, je crois bien que c'est cela qui l'a tué. Sa crise cardiaque, il la doit à tout ce stress, ces efforts. Je ne veux pas finir comme cela, j'avais un bon boulot avant, et je sais que j'en retrouverai un autre… Pourtant, ça me fend le cœur. J'aurais tant voulu que l'entreprise et son nom perdurent, il aurait enfin était content de moi !

— Je suis certaine que là où ils sont tes parents sont fiers de toi, tu as fait de bonnes études, tu as une belle petite famille.

— C'est pour eux aussi qu'il faut que je passe à autre chose. En ce moment, tout le monde souffre. Je n'ai de temps pour personne. Je travaille presque vingt heures par jour, juste pour que l'entreprise survive. Si on ne peut pas avoir plus de place, se faire livrer ou livrer nos produits, ce n'est pas la peine… Alors, je finis l'année et les commandes en cours et j'arrête… Je ne sais même pas si je vais pouvoir vendre… Avec la zone industrielle juste derrière, et néanmoins inaccessible, cela n'intéressera personne…

— Oui, peut-être… la voix de Joséphine se fit hésitante, écoute mon petit Guillaume, comme tu l'as dit tout à l'heure, je connais beaucoup de monde ou je connaissais. Je suis bien vieille maintenant, cependant je vais essayer de me renseigner, j'ai encore beaucoup d'amis. Attends un peu pour mettre en vente, tu n'es plus à quelques semaines n'est-ce pas ? Reviens me voir après les fêtes et je te dirais si j'ai pu faire quelque chose pour toi.

— Oui, lui répondit l'homme d'un ton las, ni même à quelques mois, j'étais prêt à tant de choses pour cette boite, pour mon père… Alors, si quoi que ce soit peu m'aider, je peux attendre… Ma mère vous admirait tant, elle avait une telle confiance en vous. Je dois dire qu'aujourd'hui en venant, j'avais un peu cet espoir, que vous pourriez m'aider. Comme vous l'avez fait pour elle et pour beaucoup d'autres, je le sais, elle me l'avait raconté…

— Oui, bon ! Je ne fais pas de miracle non plus, le rabroua la vieille Jo, mais je vais essayer !... conclut-elle dans un rire frêle.

Jo avait suivi discrètement la conversation depuis la cuisine. Non pas qu'il ait vraiment voulu écouter. Toutefois, il ne pouvait guère faire autrement, et puis ce genre d'histoire, ça l'intéressait. Un intérêt professionnel !... se railla-t-il. Pour se faire oublier, il avait évité de faire trop de bruit en cherchant casserole, thé, théière et tasses dans les placards, tout était prêt depuis longtemps. La discussion semblant se terminer, il installa tout sur un plateau, avec un peu plus de bruit que nécessaire peut-être, et l'emmena jusqu'au séjour. Il fit le service. Ils burent le thé tous les trois en mangeant les madeleines et en bavardant de choses et d'autres. Du mistral bien sûr, incontournable quand il était là, de la santé de Joséphine, de son long séjour en maison de repos et de son organisation pour pouvoir rentrer chez elle...

— Une infirmière vient le matin pour m'aider, des petites jeunes toutes mignonnes... Ils les prennent de plus en plus jeunes... ou c'est moi qui suis de plus en plus vieille hé hé ! La ville m'apporte mes repas que je n'ai plus qu'à réchauffer au micro-ondes. L'après-midi, j'ai souvent des visites, ils sont tous gentils, ils ne m'oublient pas. Le soir, une autre petite revient pour m'aider à me coucher... Tout ce passe bien... pourvu que cela dure...

Puis Guillaume prit congé. Jo essaya de profiter de l'occasion pour partir en même temps que lui. Mais elle l'arrêta, lui demandant :

— Reste encore un peu, tu ne m'as pas donné de nouvelles de mes petits soleils, Joie et Douceur.

Elle les appelait ainsi, car elles portaient des noms d'étoiles et étaient toujours gaies et positives, Joie sa tante, Douceur sa mère. Il avait eu de la chance de tomber sur Douceur, parce qu'il trouvait Joie parfois difficile à vivre, trop énergique ! D'un autre côté, elle n'aurait pas supporté l'étrange individu fantasque et dépressif qu'était son père. Seule Douceur avait pu le faire. Heureusement pour lui ! Pendant que Guillaume regagnait le couloir et refermait la porte derrière lui, il lui raconta qu'elles allaient très bien, qu'elles étaient assez en forme pour l'aider au marché le dimanche et faire des projets pour lui !

— Oui, elles ont toujours beaucoup pensé à toi quand tu étais loin, toutes ces années. Pourtant, elles ne risquaient pas de mourir étouffées sous les nouvelles. Mais bon, tu venais deux, trois jours, une ou deux fois par an leur faire l'aumône de ta présence. Cela leur suffisait et les rendait heureuses. Elles, même dans les pires moments, elles avaient toujours le sourire et restaient optimistes !

Elle avait réussi à le culpabiliser. Évidemment qu'il ne donnait pas de nouvelles, il ne pouvait pas ! C'est vrai que ses périodes de congés, il préférait les passer sur les plages d'iles tropicales plutôt que chez sa mère, c'était normal non ? Après le temps qu'il passait à se geler aux coins de rues froides ! Bon ! Peut-être aurait-il pu faire un peu plus d'efforts ?…

— Même lorsqu'elles ont su pour ton accident, elles n'ont pas été inquiètes plus que ça. Elles avaient demandé à leurs cartes et savaient que tout irait bien et que tu leur reviendrais !

LA PAPESSE avait le ton ironique des incrédules en lui disant cela. Lui voulait être d'accord avec elle et rit de sa remarque, s'en voulant bien sûr de renier les Tarots et celles qui y avaient cru pour lui ! Ils avaient pourtant eu raison ! Il était bel et bien revenu !

— C'est ce qui s'est passé au bout du compte. Elles ont été si contentes quand tu leur as annoncé que tu allais t'installer par ici !

Elle s'adossa dans son fauteuil, emmenant avec difficulté sa tête se poser sur le dossier haut, son dos arrondi la gênait pour cela et ferma les yeux paraissant soudain lasse.

— Vous êtes fatiguée Joséphine. Je vais m'en aller maintenant pour que vous puissiez vous reposer.

— Non, attends, j'ai quelque chose à te demander. Toutefois, il faut que je réfléchisse un peu. En attendant, veux-tu aller dans le bureau me chercher mes albums photos ? Les trois gris qui sont sur l'étagère du milieu à droite en rentrant, et deux, vert et jaune, sur les étagères du mur à côté de la fenêtre, s'il te plait ?

En se dirigeant vers le bureau, il la regardait, toute petite, perdue dans son fauteuil, les yeux clos, paraissant soudain si triste, une larme perlant même à sa paupière. Il se sentit désolé de ce que l'âge lui avait fait.

En ouvrant la porte du bureau, il eut un petit choc et un pincement au cœur de déception. Il se moqua de lui. Il s'attendait à quoi ? À retrouver trente ans plus tard, le lit et son dessus-de-lit en chenille orange sur lequel il avait connu ses premières amours ! Tout avait changé bien sûr, plus de lit, mais un petit canapé. Un nouveau bureau remplaçait celui sur lequel il avait rédigé tant de disserts et dessus, signe des temps, un ordinateur ! Cela ne l'étonna pas de LA PAPESSE… Les photos étaient, elles, toujours là, dans de nouveaux cadres, disposées d'une autre manière. Il s'approcha de l'une d'elles. On y voyait Joséphine, dans un groupe de médecins et d'infirmières d'un autre âge. C'était une vieille image en noir et blanc. Elle portait ce qu'il savait être maintenant sa tenue de travail, longue blouse l'enveloppant jusqu'aux pieds, volumineuse d'empesage, cape sombre ou châle, lui couvrant les épaules et cachant une partie de la blouse, coiffe à ailettes des infirmières de l'époque. Elle était assise, les mains sur les genoux, tenant un dossier ou quelques feuilles de papier et regardait vaguement vers la droite. Dans son imaginaire d'enfant, s'étaient associés le portrait de cette femme sans âge, paraissant vêtue de lourdes draperies et les paroles de sa mère, lui disant qu'elle l'avait fait naitre... Comme Gaïa avait fait naitre l'univers entier... dans le mythe lié à la lame qu'elle lui racontait en la lui expliquant... En plus, la « vieille Jo » semblait tout savoir, alors pour lui, elle était devenue **LA PAPESSE**.

LA PAPESSE, la sage-femme, la femme-sage, pleine des connaissances de son livre. Sur la lame, elle est assise, la position de celle qui sait, sur un trône recouvert d'un dais qui l'isole de l'extérieur et la protège des tentations. Elle se présente, légèrement tournée vers sa droite, sans regarder le livre de couleur chair ouvert sur ses genoux et un peu incliné vers l'avant, collectant ainsi toutes les connaissances que les millénaires ont accumulées sur l'humain et l'univers pour les transmettre au bateleur.

En effet, si l'on pose l'une à côté de l'autre les cartes ordonnées, c'est lui qu'elle regarde et à qui elle montre le livre, semblant lui proposer « Vois, mon petit, tout ce que j'ai à t'apprendre ! » Pour le lire, **LE BATELEUR**, immobile sur sa lame devra faire le premier pas sur son chemin initiatique.

Puis, il lui faudra s'assoir pour étudier ce qu'il ne connait pas encore, ce qui lui est caché. Il trouvera dans Le Livre toutes les sagesses du monde... Celle du Tao, qui lui a déjà indiqué que pour parcourir la voie de l'évolution personnelle, il faut d'abord faire un pas... L'écrit du Bouddhisme qui lui enseignera ses origines, la loi universelle de la souffrance, sa source, sa cessation et le chemin qui y mène... Patience, Abnégation, Humilité... Il y découvrira toutes les philosophies. La philosophie. Il y apprendra à croire en lui tout en n'étant jamais sûr de rien.

LA PAPESSE incarne la passivité. Cette pesante immobilité est renforcée par l'absence de pieds. Ils sont invisibles, dissimulés par ses longs et lourds vêtements, bloqués. Comme le sont ses deux mains par le gros livre qu'elle tient. Elle ne peut pas bouger, cependant cette immobilité n'est que physique. Avec elle, **LE BATELEUR** doit apprendre à se concentrer, à canaliser son énergie par sa volonté. Il appartient au monde de l'action, elle va lui donner la connaissance et lui apprendre la réflexion.

Ses vêtements volumineux occupent la majeure partie de l'espace sur la lame. Elle est souvent représentée avec une longue robe recouverte d'une cape. On y retrouve les couleurs bleue pour la réceptivité, la réflexion, la calme patience, rouge pour la vie et l'énergie, parfois aussi le vert pour la terre. Sur certains jeux, la robe est rouge, montrant une intense activité interne, retenue par la patience indiquée par le manteau bleu. Les Tarots étant ce qu'ils sont, c'est-à-dire essentiellement une question d'interprétation. On peut rencontrer l'arcane en robe bleue et manteau rouge. Pour signifier que la passivité réflexive est contenue activement, que le temps de la réflexion s'accompagne d'efforts importants. De la même manière, on peut, ou ne peut pas, trouver sur les voiles du dais qui la protège les lettres R et E, le message ultime des alchimistes, le Rebis, qui amènera l'homme à sa résurrection par sa régénération corporelle et spirituelle, le sauvant de la chute qu'il a faite, en mangeant le fruit de l'arbre double, dans ce monde perverti où il a oublié ses origines.

Sur son torse, des rubans, le plus souvent jaunes, se croisent, parfois ornés de croix ou de serrure, pour la clé qu'il faut trouver. Le plus grand est un rappel de la baguette du bateleur, il en a la taille et l'exacte orientation. Si on superposait les lames, ils seraient sur une même ligne, séparés par un vide d'égale longueur.

Sur bien des jeux, elle tient le livre dans ses mains blanches, son visage aussi est blanc. Elle peut être le seul des arcanes à n'être pas de chair. Blancheur asexuée, liée à son isolement, cloitrée comme elle est derrière son dais… une solitude choisie ou subie… Elle symbolise ainsi la pureté, la page vierge où tout peut s'inscrire. Le côté négatif d'une trop pure virginité serait la rigidité, la frigidité, l'interdiction de vivre, la castration... C'est le livre de chair et la connaissance qui la relieront à l'humain.

Parfois, est placé à ses côtés, un œuf aussi blanc qu'elle, symbole de la gestation. L'œuf cosmique de l'univers qui contient le tout, la vie... Contrairement au vieillard du jardin des plantes, elle ne le contemple pas d'un œil inquiet et interrogateur, elle sait qu'il est là et pourquoi !

Certaines représentations plus ésotériques lui mettent dans une main des clés d'or et d'argent. Clés des grands et des petits mystères, qui ouvriront les portes du paradis céleste et du paradis terrestre, donnant accès aux pouvoirs spirituel et temporel. L'une au sens signifiant, préparatoire de l'autre au sens cachant. Elle est alors coiffée d'une lune à la place de la tiare papale, signe rituel de la fonction.

Cette tiare d'or, qui doit symboliser l'intelligence, est décorée avec richesse. Elle présente trois étages, pour les plans physique, psychique et spirituel, et les trois étapes à franchir pour acquérir la sagesse. Elle déborde souvent du cadre noir dessiné sur la lame. C'est là encore, le seul arcane conçu ainsi, sur les autres lames, les cheveux ou le couvre-chef sont coupés laissant le cadre intact. Pour **LA PAPESSE**, le plan spirituel reste sans limites.

C'est l'arcane II, nombre de la féminité, de la fécondité, on l'associe à la science et aux grandes figures féminines religieuses : Isis, la vierge Marie, Dana, Kali... Elle est aussi liée au signe de la Vierge, à la lettre double Beth de la maison, du sanctuaire, au lundi, à la lune et à l'eau, au principe du Tao... Elle est dotée de toutes les qualités féminines : patience, constance, prudence, modération...

C'est l'arcane de la connaissance. Elle annonce la réflexion, mais aussi la nécessaire rigueur de l'apprentissage, l'attente, la patience voire l'obstination.

LA PAPESSE et son livre sont les deux acteurs de cette

lame lente et positive, qui porte la mémoire du monde…

Jo trouva sans problèmes les albums demandés et les ramena dans le séjour. Joséphine avait toujours les yeux fermés et paraissait s'être endormie. Comme il s'approchait, elle ouvrit d'un coup un œil étincelant, semblant toute ragaillardie.

— Approche ce tabouret à côté de moi, pose le tas dessus et passe-moi celui-ci d'abord, s'il te plait lui ordonna-t-elle du ton péremptoire qu'il lui connaissait bien, montrant un des albums gris.

Elle le posa sur ses genoux et commença à tourner les pages. Il se souvenait aussi de ces photos-là. Il revit sa mère et sa tante toutes jeunes, lui, en bébé, dans les bras. Elles encore, en blanc, dans une photo de groupe avec leurs collègues et Joséphine, leur chef, au milieu, et d'autres souvenirs de leurs années de travail à l'hôpital. À la fin de l'album, elle lui présenta une autre jeune maman, avec un autre bébé.

— Guillaume avec sa mère, commenta-t-elle.

Elle lui demanda un autre album, un des vert et jaune, et d'abord le feuilleta, s'attardant parfois sur une page, puis lui montra une des photos, un groupe de jeunes des années soixante-dix, quatre-vingts. Il reconnut sans problème, au centre, la mère de Guillaume lorsqu'elle la lui désigna, mais fut étonné quand elle lui indiqua un des garçons, un peu en retrait.

— Michel Soublairan, son père.

Lui, il n'aurait pas dit cela… alors il lui montra un autre des garçons de la photo, celui qui tenait la jeune femme par l'épaule. Étonnamment, il ne fut que peu surpris par la réponse.

— Jean-Pierre Marsuy…

Son fils était son portrait craché.

— L'éternelle histoire, soupira la vieille femme, un amour d'été, il partait finir ses études à Paris, elle s'est abandonnée un soir dans une crique sous la lune, et bien sûr, l'enfant fut conçu... elle écrivit, attendit des nouvelles, ne reçut rien et finit par venir me voir... Je faisais cela, à cette époque, pour qu'elles ne se massacrent pas à coup d'aiguilles à tricoter sur une table de cuisine ou qu'elles tombent sur un boucher assassin ! L'IVG venait d'être dépénalisée, toutefois les structures ne suivaient pas et les mentalités non plus ! Beaucoup préféraient essayer de se débrouiller, comme elles disaient... Mais elle avait trop attendu, le risque était trop grand et puis elle sentait déjà l'enfant, cela l'aurait détruite... C'est Soublairan qui l'avait accompagnée. Il l'aimait et serait passé dans un trou de souris pour elle. Ils se sont mariés et ils ont été heureux ensemble. Mais ils n'ont pas eu d'autres enfants et elle est morte trop tôt. Tant qu'elle a été là, il formait une famille, après, il en a voulu à Guillaume d'être ce qu'il est. Pourtant lui, il n'y pouvait rien, il n'est même pas au courant !... Et là, je ne sais pas, je sens quelque chose... peut-être du côté de Marsuy... il faudrait creuser et savoir si...

Elle s'adossa et ferma les yeux quelques instants, puis les rouvrant se tourna vers Jo

— Il faut que je sache qui il est ? Qui il est comme homme ? Et tu vas m'aider, n'est-ce pas ? Il n'y a qu'à toi que je peux demander cela.

Comme il ouvrait la bouche pour protester et demander en quoi il pourrait bien être utile, elle continua :

— Tu sauras très bien mener les recherches et obtenir les renseignements dont j'ai besoin.

L'œil aigu qu'elle lui lança la lui fit refermer. Que savait-elle exactement ? Et comme depuis sa jeunesse, elle était le savoir universel, il fut persuadé qu'une de ses « sources » l'avait tenue informée de sa carrière, alors il se contenta d'opiner de la tête... Il lui devait bien ça. Elle avait toujours été là pour les autres, d'une fidélité à toute épreuve pour tous ceux qui venaient abandonner auprès d'elle une partie de leur trop lourd fardeau et partager leurs secrets… Il l'avait si souvent entendu raconter…

Ils se mirent d'accord pour qu'il revienne lui dire ce qu'il aurait appris le mardi suivant. Avant qu'il parte, elle le surprit en lui demandant d'installer, sur la tablette devant elle, l'ordinateur portable qui était en train de se recharger sur le buffet !

— Je vais faire quelques petites recherches. Internet, c'est parfait pour les vieilles curieuses impotentes comme moi, lui expliqua-t-elle pendant qu'il débranchait l'appareil et le posait devant elle.

Jo se retrouva dans la rue, sonné de ce qu'il venait d'accepter de faire. Il allait reprendre le boulot ! Celui qu'il avait quitté avec tant de soulagement ! Il faisait noir, il faisait froid et il était de mauvaise humeur ! Il se dirigeait vers sa voiture en râlant lorsqu'une idée vint éclairer son moral. Sa prof, Eloïse, elle habitait par-là, peut-être serait-elle libre ce soir et voudrait-elle venir boire un verre ou diner avec lui. Au moins, il passerait une bonne soirée ! Le temps d'un coup de téléphone plus tard, il était déçu, mais sentait qu'il avait marqué des points. Elle était contente qu'il ait appelé, cela ne faisait aucun doute. Ils avaient rendez-vous samedi soir pour aller au ciné. Ses enfants seraient chez leur père… soirée libre… et pleine de possibles… cela le rasséréna un peu.

Il rentra chez lui en se posant beaucoup de questions sur ce qu'il allait faire pour mener à bien la mission de renseignements que lui avait confiée **LA PAPESSE**. Tout cela continua à tourner dans sa tête sous la douche et pendant qu'il épluchait les légumes qu'il avait achetés le matin pour sa soupe du soir.

Cela faisait partie des bonnes résolutions qu'il avait prises pour sa nouvelle vie. Celle où il ne devait plus suivre, surveiller… espionner… qui que ce soit en train de faire quoi que ce soit. Il devait s'occuper de lui, manger sain, des légumes qu'il aurait cuisinés lui-même. Il voulait en avoir fini avec les en-cas perpétuels à n'importe quelle heure avec n'importe quoi, debout dans un coin sombre !

Bon ! Il était vrai que dans ce cas, il n'aurait pas de chef pour lui dire à quelle heure il devait faire quoi ! Il serait maitre de son temps ! Mais il n'aurait pas de chef non plus pour lui préparer sa mission. Il allait tout devoir organiser seul et cela le mettait mal à l'aise. Pour les recherches préliminaires, il n'était pas trop fort, surtout avec les ordis, il n'avait jamais vraiment accroché ! Dans la rue, à la filoche, il était bon, il le savait. Cependant, il devait bien s'avouer que la réflexion et les plans, ce n'était pas son truc. Lui était plutôt action-réaction ! Savait anticiper sa proie d'après les mouvements de son corps et au contraire préférait éviter de penser pour être plus efficace ! Cela lui ferait du bien d'utiliser sa cervelle et peut-être ferait-il quelques progrès en surf sur le web !

De se moquer un peu de lui ainsi, cela le fit sourire et le motiva pour commencer ses recherches pendant que sa soupe cuisait. Il monta dans son bureau allumer son ordinateur… Pour s'encourager, il s'était servi un verre de vin rouge, un petit vin de terroir qu'il aimait bien, léger, de frais arômes de fruits rouges, framboisés, légèrement âpre, mais assez rond en bouche malgré sa jeunesse ! Lorsqu'il redescendit mouliner sa soupe, quarante minutes plus tard, il était désespéré… Il n'avait rien ou si peu… Il avait trouvé le site de l'Assemblée nationale et la page consacrée à Marsuy. Ils faisaient ça sérieusement, ils comptabilisaient les minutes de paroles de chaque député, ce qu'il avait proposé et tout un tas de choses, mais rien qui lui paraisse exploitable… Il était aussi tombé sur un site de hamsters finlandais… et sur beaucoup d'autres trucs qu'il n'avait pas demandés et semblaient venir de n'importe où… LA PAPESSE s'était à coup sûr mieux débrouillée que lui, il était nul… Un peu vexé, il réfléchit à une stratégie tout en dinant. Il devait trouver des mots-clés pertinents, arrêter de se disperser, de cliquer à toute vitesse sur n'importe quoi. Il devait lire la page qu'il ouvrait, prendre des notes avant de choisir un lien et d'en ouvrir une autre. Il avait l'impression d'avoir raté des pistes intéressantes en ayant perdu certaines des pages sur lesquelles il était tombé par hasard.

Il s'y remit après avoir fait sa vaisselle, et lorsqu'il partit se coucher, il était assez fier de lui. Il était certes trois heures du mat, il fallait reconnaitre qu'il n'avait pas vu le temps passer une fois que les résultats avaient commencé à arriver. Il avait les adresses des domiciles et des différents bureaux de Marsuy. Il savait où le trouver dans les prochains jours, il avait de la chance, il serait dans le coin. Il avait sa photo sous plusieurs angles, il ne ressemblait plus que de très loin à ce qu'il avait été étant jeune… Guillaume Soublairan en était beaucoup plus proche. Il avait aussi les photos de sa femme et de son fils qui ne devait pas être son fils à lui, mais à elle, car il portait un autre nom, ainsi que pas mal de données sur ce qu'avait été la vie du député.

XVIII

Forcément, il se leva tard ! Et quand il vint s'assoir, avec son café et ses tartines de miel auprès de son jeu de Tarots, il n'était plus aussi content. Au final, il n'avait pas grand-chose comme infos intéressantes sur le député, et se posait beaucoup de questions sur ce qu'il devait faire. Prenant son paquet de cartes, il contempla quelques instants **LE BATELEUR**. **LA PAPESSE** avait demandé de l'aide. Toutefois, lui, il n'était pas magicien, à peine un faiseur de tours de passe-passe, apparition-disparition… Connaissant **LA PAPESSE**, cela n'avait pas dû être facile d'accepter sa faiblesse et de solliciter cette aide. Même si ce n'était pas pour elle, mais pour continuer à dépenser son énergie altruiste et assurer encore, assistance et protection à ceux qu'elle aimait.

Pour une fois, il décida de prendre l'avis des lames. Il se trouvait toujours bête et superstitieux lorsqu'il faisait cela et évitait au maximum d'y avoir recours. Pourtant dans ce cas, l'implication des Tarots dans les événements était trop évidente… Il haussa les épaules et commença à mélanger ses cartes. Il réfléchit à la question qu'il voulait poser, la question était importante, cela, il le savait ! Il ne fallait pas qu'elle soit trop fermée ou trop vague… la réponse devait l'aider à résoudre son problème… et donc… à répondre à la question de **LA PAPESSE**. Il se concentra sur sa demande, sa main gauche au-dessus des lames.

Comment savoir quel homme il est ? Il visualisa Marsuy dans sa tête et saisit une carte.

Voyant qu'il avait retourné **LA LUNE** et ses chimères, il grimaça, la nuit et le secret, une carte sombre et déprimante… **LA LUNE**, arcane XVIII, principe fondamental de l'énergie féminine et des secrets de la naissance, il était dans l'ordre des choses qu'elle soit associée à **LA PAPESSE**. **LA LUNE**, qui annonce les périodes de difficultés, de déceptions, de désillusions. La conquête pénible du vrai pour laquelle il lui faudrait retrouver les chemins de l'ombre…

Vraiment pas enthousiasmant comme perspective, soupira-t-il en s'adossant à son fauteuil et en buvant son café à petites gorgées. **LA LUNE**, qui conseille aussi de rester à l'écoute, de prendre le temps de la réflexion avant de passer à l'action. Cela finit de le décider sur sa première action du jour, il allait aller courir comme il l'avait programmé et prendre le temps de réfléchir… comme le lui conseillait la lame !

En rentrant, il se sentait mieux. Il avait bien réussi son petit trajet et plongé dans ses pensées n'avait ressenti aucune difficulté. Et il revenait avec un plan d'action ! Il allait laisser les recherches sur Internet à **LA PAPESSE**, ce qui serait plus dans ses cordes que dans les siennes. Lui, il irait sur le terrain, là où il était à l'aise. Il déciderait au fur et à mesure ce qu'il ferait…

Il sourit, se moquant de lui. Ça, c'est un plan ! élaboré, précis, détaillé !... Néanmoins, cela correspondait à sa manière de fonctionner, action-réaction !... Même s'il savait être organisé et perfectionniste lorsqu'il avait un projet à réaliser ou devait obtenir un résultat précis, le problème était qu'il n'avait pas de projet précis…

Voilà donc à quoi servaient les chefs !... ironisa-t-il, je n'aurais jamais dû tant râler après eux !

Aujourd'hui, l'agenda de Marsuy indiquait qu'entre quatorze trente et seize heures, il recevait sur rendez-vous à la mairie d'une des petites villes de sa circonscription. Eh bien, il y serait un peu avant quatorze heures et verrait comment ça se passe.

Un « non-plan » parfait !... persifla-t-il pour lui-même encore une fois. Cependant, cela ressemblait assez à une collecte de renseignements initiaux dont il aurait pu avoir la charge. Sauf qu'il faudrait également qu'il en fasse l'analyse et décide des actions ultérieures en fonction des résultats. Il espéra qu'il serait à la hauteur.

Il avait une bonne cinquantaine de kilomètres à parcourir pour arriver sur place et ne devait pas trainer s'il voulait y être à temps. Après sa douche, il dut se contenter de déjeuner avec son reste de soupe, du pain et un morceau de fromage. Et voilà, ça commence, maugréa-t-il, regrettant la purée de courge et de pommes de terre et les escalopes à la crème qu'il avait prévu de se cuisiner. Connaissant le job, il savait qu'il savait quand il partait, mais pas quand il rentrerait. Il en soupira de regrets anticipés, les escalopes, il ferait peut-être aussi bien de les mettre au congélo tout de suite !

En arrivant dans la petite bourgade, il se dirigea vers le centre-ville, gara son véhicule dans une rue proche de la mairie et partit faire un tour à pied afin de repérer les lieux. Pour cette première approche, il avait choisi une tenue simple, pour être le plus anonyme possible. Il n'avait pas une silhouette remarquable, taille moyenne, poids moyen, teint à peine mat, yeux et cheveux bruns… bien que les cheveux commencent à tirer sur le gris. Mais il en avait, ce qui le remplissait de satisfaction lorsqu'il se comparait à ses collègues. Il avait toujours su tirer parti de cet ensemble anodin pour se rendre invisible. C'était aussi plus une question d'attitude, la volonté de s'amoindrir, de s'effacer, de se rendre transparent. Ne pas attirer l'attention, ne rien regarder vraiment, ni personne, pour que personne ne vous regarde.

Il gagna l'hôtel de ville. C'était une bâtisse blanche et fraiche, on accédait à l'intérieur par quelques larges marches. Elle se dressait au fond d'une jolie place dallée de clair, ombragée l'été par une dizaine de muriers platanes. Sous leurs branches élaguées, pour l'instant nues et vaguement sinistres, semblant défier la pesanteur en s'étalant quasiment à l'horizontale comme la toile d'une grosse bête ligneuse, étaient installées, au soleil, les tables et les chaises de la terrasse d'un café. Il traversa la place, fit le tour de la mairie et revint se poster dans un coin d'ombre. Il y avait un maximum de chances pour que Marsuy arrive par-là. L'arrière était vraiment peu accessible.

Le temps passa, il attendait… résigné… Il faisait beau, avec néanmoins un petit vent frais, il était à l'ombre et n'avait pas chaud… Il soupira, encore plus résigné… Quelques personnes entraient et sortaient de la mairie, cependant il n'y avait que peu de mouvement. Dans son boulot, il aurait pris des photos de tous et les aurait transmises. Ce souvenir le fit réfléchir, il lui fallait un appareil photo ! Par habitude professionnelle, il n'avait pas son téléphone portable, rien de personnel sur soi, c'était la règle… Ses papiers étaient restés dans la voiture. Il avait planqué les clés dans un coin tranquille et sombre derrière la mairie, à part un peu d'argent, il n'avait rien dans ses poches. Pour aujourd'hui, il décida que cela n'avait pas d'importance, ses recherches n'avaient pas un caractère d'urgence. Toutefois, pour la suite, il lui faudrait quelque chose… Il réfléchit un peu, son téléphone était un vieux modèle. Cela faisait un moment qu'il voulait s'en acheter un autre sur lequel il pourrait télécharger des jeux. Comme ceux que lui avaient montrés les jeunes au marché, se moquant de son appareil ringard. Il allait faire ça… acheter un nouveau modèle, avec un bon appareil photo, pour Marsuy, il ne l'emploierait qu'ainsi. Après, il demanderait à un des jeunes de l'aider pour le changement de carte et l'installation des applis… comme ils disaient. Il soupira encore, il était vraiment trop nul avec ces machins-là… Revenant à sa surveillance, il se conforta dans son idée, un téléphone c'est parfois un bon truc. Faire semblant de l'utiliser, cela permet de se donner une contenance, d'avoir une raison de s'attarder dans un endroit où on n'a rien à faire… Il avait déjà eu recours à ce stratagème…

Il était quasiment trois heures lorsque Marsuy se pointa. Une voiture, qu'il avait à peine eu le temps de voir arriver pénétra sur la place, sur laquelle la circulation ne paraissait pourtant pas autorisée et vint se garer devant les marches de la mairie. Marsuy en descendit et d'un pas rapide pénétra dans le bâtiment sans se retourner.

Quelques instants plus tard, le chauffeur en sortit à son tour. Il salua d'un geste du bras le patron du bar qui était apparu à sa porte, ouvrit le coffre, y prit chiffon et vaporisateur et commença à faire le tour des vitres, rétroviseurs et phares du véhicule. Là, sans vraiment réfléchir, Jo savait ce qu'il devait faire. Il recula dans son coin sombre et s'éloigna. Il revint vers la place par une rue latérale, et forçant sur le mode discret et anonyme se dirigea vers le bar. Il devait se décider très vite, dedans ou dehors… pas d'hésitation pour avoir l'air naturel et ne pas attirer l'attention. L'attitude générale du chauffeur qui semblait avoir plaisir à être dehors, à nettoyer sa voiture, l'incita à choisir l'extérieur. Il s'installa dans un coin discret, mais ensoleillé et se fit oublier… Bon choix… un moment plus tard, le chauffeur rangea son matériel dans le coffre et vint s'assoir sur la terrasse. Le patron sortit quelques instants après.

— Salut Walther ! Comment vas-tu ? Cela fait un moment que je ne t'avais pas vu !

— Oui, Madame est occupée aujourd'hui, du coup l'autre aussi ! Alors c'est moi qui conduis !

Les deux hommes rirent. Le patron partit préparer le café commandé par le chauffeur. Comme il revenait vers lui, Jo bougea juste suffisamment, se redressant un peu et le regardant, pour que l'autre prenne conscience de sa présence.

— Et pour, Monsieur, ce sera ?

Il demanda un Perrier-citron, il connaissait la musique, c'était son premier bar, mais certainement pas le dernier et s'il commençait à carburer au café, il allait se bousiller la vessie… Cette pensée le fit encore une fois soupirer avec résignation… Le patron ramena les commandes et s'assit à côté de Walther. Ils échangèrent des nouvelles, parlèrent du foot, des fêtes de Noël qui approchaient. Le patron raconta qu'il décorerait le bar dans la semaine et demanda au chauffeur s'il serait en congés.

— Non, je suis de service, Madame s'en va à la neige ! Mais lui, il doit rester. Il a un arbre de Noël avec remise de médaille deux jours avant. Le vingt-trois, il doit aller dans une nouvelle maison de retraite pour les vœux, il n'était pas là pour l'inauguration et veut marquer le coup et le vingt-six, il y a des Japonais qui arrivent ! Eux, Noël, ils s'en foutent… Et comme, Monsieur Vallieur accompagne Madame à la montagne… certainement pour ne pas qu'elle s'ennuie !... Les deux hommes partirent d'un rire gras… il faut que je l'accompagne à tous ses rendez-vous… Mais brave mec comme il est, je suis sûr que pour les deux jours de Noël, il me foutra la paix… et ne me demandera rien. Il va rester tranquille chez lui avec bière, sandwichs au pâté et sardines à l'huile et se reposer un peu de la blonde en regardant du sport à la télé… et tu peux me croire, il sera content de son Noël…

Ils rirent encore… Un couple âgé vint s'assoir au soleil sur la terrasse et le patron se leva pour aller prendre la commande, et bavarder un peu avec eux aussi. Jo réfléchissait à ce qu'il venait d'entendre, les rires, les sous-entendus sarcastiques et qu'il avait perçus égrillards de la conversation des deux hommes, lui laissaient supposer que Madame Marsuy faisait porter des cornes au député, néanmoins il fallait vérifier. Ce type de propos appartenaient aux conversations de comptoir… les personnes un peu en vue en faisaient souvent les frais sans raison ! Lui, le chauffeur semblait le trouver sympa… pareil, à approfondir… Jo se demandait ce qu'il allait faire après. Initialement, il avait plus ou moins prévu de suivre Marsuy. Or le patron du café paraissait connaitre un peu les petites histoires qui l'entouraient et être du genre à aimer parler. Il se laissa porter par son instinct et décida de rester. Marsuy, il le retrouverait le lendemain, il avait une autre rencontre avec ses électeurs dans une autre mairie… C'était dans son agenda sur Internet… Il avait quand même réussi à trouver ça…

Lorsque l'horloge de la mairie marqua seize heures, le chauffeur se leva et regagna sa voiture. Le chiffon réapparut et il recommença à frotter capot et portières. Une demi-heure passa avant que Marsuy ne sorte, accompagné d'un autre homme qui semblait lui parler à toute vitesse et auquel il répondait par des hochements de tête. Le chauffeur rangea vite fait son chiffon et vint ouvrir la portière au député, qui serra avec chaleur la main de son interlocuteur et eut à peine le temps de s'assoir dans la voiture qu'elle démarrait déjà, certainement plus vite que nécessaire. Le patron et le couple la regardaient partir. Jo en profita pour changer de personnage. Se redressant de toute sa taille, bombant le torse pour ouvrir ses épaules et paraitre costaud, il prit son accent du marché, un provençal un peu plus poussé que ce qu'il parlait au naturel.

— Eh bé ! En voilà un fada ! s'exclama-t-il d'une voix forte en se levant pour se diriger vers les toilettes.

Lorsqu'il en ressortit quelques instants plus tard, le patron était derrière son bar à essuyer des verres. Il s'approcha et vint s'assoir sur un des hauts tabourets.

— Donnez-moi un café allongé s'il vous plait, avec ce petit vent, il ne fait pas si chaud…

Et bla-bla-bla et bla-bla-bla, il raconta sa vie… fictive bien sûr… À cela aussi, il se débrouillait bien, il aurait dû faire du théâtre… Il parla du foot, de la météo en faisant toutefois attention à laisser le patron s'impliquer dans la conversation et finit, comme par hasard, ayant l'air de vouloir simplement trouver un nouveau sujet de bavardage, par demander :

— Et qui c'était le fada, tout à l'heure ? Il se prend pour le roi lui, non ? À se garer comme ça n'importe où et à démarrer comme un sauvage !

— Oh, c'est Marsuy le député, il est toujours pressé !

— C'était pas lui qui conduisait quand même ?

— Non, c'est Walther le chauffeur, il sait que son patron est toujours en retard et qu'il a beaucoup à faire, pour Marsuy, si les journées faisaient trente-six heures cela ne suffirait encore pas !

— Je ne le connais pas, il est bien ?

— Comme tous les politiques, lui répondit l'autre sans enthousiasme, mais pas pire et d'après ce qu'on dit, mieux que beaucoup. Il croit à ce qu'il fait et c'est vrai qu'il se démène ! Toujours à droite à gauche, à Paris, ici…

— Oui, les politiques… énonça Jo, du doute dans la voix, pour relancer le type.

— D'après Walther, il est réglo, enfin de ce qu'on en sait ! Par contre, il a ses têtes, quand il a quelqu'un dans le nez, c'est foutu !... Après, quand on te fait une crasse, il ne faut pas s'écraser non plus hein !

Jo sentait que le patron avait plutôt une bonne opinion de Marsuy. Peut-être qu'il votait pour lui, même si la politique en général le laissait plus dubitatif. Comme trois personnes entraient dans le bar, il opina simplement de la tête pour marquer son accord.

Il s'agissait d'employés de la mairie qui avaient terminé leur journée, après les avoir servis, le patron les lança sur la visite du député.

— Alors ça s'est passé comment avec Marsuy aujourd'hui ? Il avait du monde ?

— Oh ! cinq-six personnes, expédiées hop hop ! Il a dû passer au moins vingt-cinq coups de téléphone ! Il a aussi rencontré le maire, deux adjoints…

— Toujours à toute vitesse ce type !

— Après… souvent, il est efficace quand même, les gens sont plutôt contents !

— Ouais ! Toi c'est ton chouchou ! Ou tu es sur la liste pour sa bonne femme !

— Dans tes rêves, moi les femelles requines je les évite ! Un seul regard et je me sauve en courant !...

— Fais gaffe de ne pas la contrarier. Sinon tu iras faire la conversation aux balais !

Tous s'esclaffèrent, puis la discussion dériva sur le prochain match de foot, les résultats du championnat… Jo s'attarda encore un peu. Vers six heures à l'apéro, il but un verre de vin blanc pas mauvais du tout, récoltant quelques informations supplémentaires sur Marsuy. Qui passait plutôt pour un brave gars, d'un orgueil chatouilleux, capable de grosses colères, rares, mais intenses, s'il estimait qu'on lui manquait de respect qui s'assortissaient souvent de rancunes durables. Cependant, plein de bonne volonté, qui ne se « la pétait pas », toujours prêt à participer à un pot pour un anniversaire ou une naissance et à faire un petit discours sympa... Sa femme par contre, c'était une autre histoire, c'était elle qui avait les dents longues à rayer le parquet... Député, ça ne lui suffisait pas, elle voulait qu'il devienne ministre... Président... Tout cela au milieu des rires et des blagues, parfois vraiment grasses et salaces. La soirée avançait, Jo sentait qu'il n'en apprendrait pas beaucoup plus. Il se laissa effacer du paysage pour quitter le bar en toute discrétion qu'ils l'oublient surtout !...

À son retour chez lui, il se dépêcha d'allumer sa cheminée et d'aller mettre en route ses radiateurs électriques dans sa chambre et son bureau. Tout à l'heure, il devrait noter tout ce qu'il avait vu et entendu dans la journée et ne voulait pas se geler en restant immobile à écrire. Sa maison était ancienne, mal isolée et n'avait pas de chauffage central. La cheminée était agréable s'il était assis à côté, mais chauffait très peu l'ensemble du logement. Pour l'instant, ses moyens financiers ne l'autorisaient pas à remédier à cela, des petits chauffages d'appoint lui permettaient de passer le plus dur de l'hiver.

Il éplucha quelques pommes de terre, coupa sa tranche de courge en gros morceaux et mit tout cela dans de l'eau bouillante, à la cocotte-minute se serait prêt très vite. Il découpa ses escalopes en lanières pas trop fines les fit revenir, puis les laissa mijoter à feu très doux. En attendant que ses patates soient prêtes, il se servit un verre de vin. C'est comme cela qu'il aimait faire la cuisine, de bonnes odeurs, un peu de vin... Quand ce fut cuit, il égoutta pommes de terre et morceaux de courge. Puis il ôta la chair de la peau de la courge en raclant les morceaux avec une cuillère, pas la peine de se casser la tête et de s'estropier en épluchant le légume cru, cuit cela se faisait tout seul... Il écrasa la chair orange avec ses pommes de terre, râpa un peu de noix de muscade, ajouta de la fleur de sel, deux cuillères de bonne crème fraiche… Il en mit deux autres sur ses émincés et remua une petite minute… Il se servit une assiette pas trop garnie. Il voulait se laisser des restes pour un prochain jour où il n'aurait peut-être pas le temps de cuisiner. Là, il s'en était bien sorti, ce qu'il devait préparer était assez rapide. Pourtant, il était déjà plus de neuf heures lorsqu'il vint s'installer avec son assiette et son verre à côté du feu. Après le fromage et la poire, il se sentait bien et aurait volontiers passé la soirée, assis là, avec un livre, mais il avait du travail. Il se leva en soupirant pour aller mettre toute sa vaisselle dans l'évier et fit couler un peu d'eau dessus avant de monter à son bureau. Pour s'encourager, il s'était servi un fond de ballon d'Armagnac hors d'âge… Un beau cadeau qu'on lui avait fait !

Il fit un compte rendu précis et détaillé de sa journée, décrivant au mieux les personnes qu'il avait vues, reproduisant les conversations le plus exactement possible tant que tout était frais dans sa mémoire. C'était important qu'il fasse cela, même s'il ne le transmettrait à personne. Plus tard, il pourrait avoir besoin d'un détail ou de retrouver qui avait dit quoi. Il le savait… il l'avait fait si souvent… Et puis, pour mardi, il préparerait un petit résumé de tout ce qu'il aurait appris… **LA PAPESSE** serait contente…

Sur une autre feuille, il voulut écrire son planning du lendemain. Toutefois, après la deuxième ligne, il ne savait déjà plus quoi mettre…

Il griffonna un moment sur le papier blanc, il avait écrit le point II comme sur l'arcane, deux I en caractères romains nettement séparés et les avait agrémentés petit à petit de fioritures. Plongé dans ses pensées, réfléchissant aux meilleurs moyens d'aider **LA PAPESSE**, il les dessina en plus grand, les coiffant de chapiteaux ornés de fruits et de fleurs sur des treilles et parcourus de guirlandes.

L'aspect phallique qu'il leur donna les faisait ressembler aux colonnes du temple, dont le II inscrit au sommet de la lame est la représentation symbolique. Sur celle de droite, il écrivit Yahkin dans les caractères vaguement hébraïques qu'il utilisait et la laissa blanche, sur celle de gauche, il écrivit Bohaz, toujours en hébreu approximatif et en coloria le fut en noir. Elles sont les deux colonnes qui maintiennent les voiles du dais derrière lequel LA PAPESSE est assise, en gardienne du temple, qui lui cachent le monde et la cachent au monde, dissimulant aussi le chemin conduisant au mystère. Voiles que le profane devra franchir pour prendre conscience de ses différentes natures et s'initier.

Seuls ces matérialistes d'Anglo-saxons dessinent un Tarot dévoyé, où les colonnes sont exposées à la vue de tous. Il en avait assez entendu la critique méprisante par sa mère et sa tante, évoquant leur mère et le peu de considération qu'elle avait eu pour ces pratiques. En plus, les piliers étaient ornés des grandes initiales J et B, issues d'une traduction maçonnique approximative de l'hébreu, format affiche publicitaire. Jo avait fait rire les deux femmes, un jour, en leur disant que la lame devait avoir été sponsorisée par des fabricants de whisky, depuis elles ressortaient toujours sa plaisanterie avec délices !

Yahkin la blanche, « Il établit », pilier de la miséricorde, de la force et des tendances masculines, dominé par Chokhmah, Séphiroth active de prudence et sagesse, source de l'énergie cosmique.

Bohaz la noire, « La force en lui », pilier de la rigueur, de la forme et des tendances féminines, dominé par Binah, Séphiroth passive de construction et formation, pôle féminin de l'univers.

Hiram les dressa devant le temple de Salomon, ne soutenant rien d'autre que le ciel. Elles étaient les deux bases fondamentales et duelles de l'essence divine. Nécessité de la destinée et liberté providentielle.

Elles sont devenues deux des piliers de l'arbre de vie de la Kabbale. L'initié en étant le troisième, la colonne centrale, le pilier de la conscience, dominé par Kéther.

Jo avait une explication très personnelle sur le choix de leurs noms, qui lui avait été soufflée par un vieux satyre de pote à lui. L'esprit des hommes étant ce qu'il est… toujours focalisé sur Ça !... Le sien aussi fonctionnait ainsi… à son grand regret parfois !...

Bohaz fut le mari de Ruth et donna naissance à la lignée de David, de Salomon et du prophète de Nazareth, très certainement un homme important.

Yakhin, le sacrificateur, quatrième fils de Siméon, fonda l'ordre des Yakinites… peut-être était-ce important ?... On peut tout de même se demander pourquoi son nom fut choisi ?...

Sauf si on cherche le double sens que ce coquin de constructeur voulait garder caché. Zaïn – Beth de Bohaz étant le phallus (zob), Nun – Khaf de Yakhin le coït (niké), et le temple de Salomon, un gigantesque lupanar empli de belles prêtresses couvertes de voiles qu'il fallait leur ôter pour connaitre l'extase… et dont seuls les initiés pouvaient lire l'enseigne. Les kabbalistes avaient dû adorer, le verlan c'était leur truc… Et ces vieux cochons de franc-mac avaient repris l'idée à leur compte. C'était pour cela que, pendant si longtemps, ils avaient préféré rester entre eux et que leurs « Dames officielles » n'avaient pas pu accéder à leur « secret ». Lorsqu'ils avaient été obligés de les laisser entrer, pour avoir la paix à la maison, ils avaient tortillé l'histoire pour qu'elle soit acceptable !... Cela aussi avait fait rire les jumelles, moins volontiers cependant, car le respect des Tarots associé à celui qu'elles avaient pour leur mère était profondément ancré en elles. Il ne fallait pas se moquer des lames et de leurs symboliques, ce n'était pas convenable !... Bien que… pour les Américains, on puisse faire des exceptions, ce n'était pas des gens qui comprenaient les mystères !

Toutes ces sottises ne le faisaient pas avancer… Les

piliers de la connaissance… de la curiosité… oui ! C'était cela qui le menait s'avoua-t-il avec réticence. Il chiffonna sa feuille en boule, la jeta dans la poubelle et récapitula son programme succinct. D'abord il devait s'acheter un téléphone avec appareil photo. Ensuite il voulait aller dans un troquet, ou un resto proche de la mairie du jour, où les employés viendraient déjeuner ou prendre le café… et entendre ainsi d'autres commentaires sur Marsuy. Son plan d'aujourd'hui avait été bon, il n'était pas mécontent de tout ce qu'il avait obtenu pour un premier jour. Le lendemain il ferait pareil, il irait par là-bas et verrait comment ça se passe… encore un excellent « non-plan » pensa-t-il en souriant… Enfin, pas pour le lendemain, pour tout à l'heure ! Il était déjà une heure du matin.

VIII

Il se leva de bonne humeur, il faisait beau, il avait bien dormi, il pourrait aller courir avant de partir pour sa destination du jour. La journée précédente s'était plutôt bien passée. Il l'avait appréciée, même s'il ne voulait pas trop le reconnaitre… Il avait envie de reprendre ses recherches. La curiosité était son défaut, il aimait bien savoir… et il y avait deux ou trois petites questions dont il souhaitait connaitre la réponse !... La femme de Marsuy le trompait-elle avec Monsieur Vallieur ? Qui était ce type ? Une rancune quelconque avait-elle joué un rôle dans les difficultés de l'entreprise des Soublairan ?... Son tirage du jour lui apporta **LA JUSTICE** et en courant dans l'air très frais du matin, il réfléchissait aux significations de la lame… Perfection et équilibre… Une des trois vertus des Tarots, impartiale, pure, incorruptible. Elle tient le glaive de l'action, celui qui tranche, décide, peut tailler dans le vif pour éliminer l'infection, la pourriture, et la balance de la réflexion qui demande de bien peser le pour et le contre avant de prendre une décision, de chercher au-delà des apparences, de faire preuve de compréhension... **LA JUSTICE** qui peut s'infiltrer dans le cœur des hommes et les mener à l'autopunition...

Il partit suffisamment tôt et sur le trajet s'arrêta dans une zone commerciale pour son téléphone. Le vendeur lui expliqua bien le fonctionnement, cela lui sembla simple... Il y avait même des jeux déjà installés... Top ! Il était chargé, prêt à servir !

À midi moins le quart, il était sur place, surveillant la sortie de la mairie et se préparant à suivre celui ou ceux qui lui sembleraient prometteurs. Il avait repéré un des petits cafés-resto avoisinants qui proposait Alouettes sans tête et pâtes fraiches en plat du jour et il espérait que certains iraient par-là... Il força certainement un peu le destin en choisissant un groupe bavard et bruyant qui prenait cette direction et à midi et demi, il était installé. Une table un peu centrale pour une fois, qui lui permettrait d'entendre plus de choses et comme les autres, il avait déjà commandé les alouettes ! C'était un établissement d'habitués, tout le monde se saluait, commentait le plat du jour, la météo. Les conversations allaient bon train, les discussions se faisant même sur plusieurs tables à la fois ! Il était content, dans sa vie précédente, sa vie « grise », il aurait hésité à se mettre en avant comme cela, risquer de se faire repérer et griller dès le début de l'enquête. Il serait resté dehors sans manger ou une cochonnerie qu'il aurait trouvée dans ses poches... En fait, il n'aurait même pas été ici, mais derrière Marsuy... Alors que là, il allait se régaler ! D'après les conversations, il comprenait que c'était une cuisine familiale, que c'était Huguette, la femme du patron, qui était aux fourneaux, que la sauce des alouettes était préparée avec les coulis qu'ils confectionnaient en fin d'été, quand un producteur du coin leur vendait les tomates bien mûres cinq euros les dix kilos... Cela avait du bon d'être son propre patron ! En attendant son plat, il sortit son téléphone et comme beaucoup, commença à le tripoter. Il ouvrit un des jeux de cartes et démarra une partie. Tout en jouant, il s'entraina à passer en mode appareil photo et prit quelques images furtives des clients, du patron. Il se débrouilla bien, le vendeur avait ôté le bruitage du déclic, il se savait discret pour faire cela, faisant attention d'être rapide, de ne jamais regarder dans la direction de son sujet. Pour la qualité du résultat, il verrait cela ce soir chez lui ! Il allait peut-être moins s'amuser lorsqu'il devrait télécharger les photos sur son ordinateur...

Bon ! Ça t'oblige à apprendre au moins ! s'encouragea-t-il, et il attaqua son assiette avec appétit. Ses voisins parlaient de tout et de rien. Il commençait à penser qu'il aurait dégusté un bon repas, mais pas appris grand-chose lorsqu'une voix s'éleva à quelques tables de lui.

— Momo, tu me mets le café et l'addition s'il te plait, c'est le jour de Marsuy, il faut que j'y aille !

Et à sa grande satisfaction, la conversation partit dans ce sens

— Il aura du monde, Marsuy, aujourd'hui ?

— Pas trop, une dizaine de personnes, je suis sûr que certains vont bientôt arriver et que lui va être en retard. Alors il faut que je prépare le terrain, que je vérifie qu'il n'y a pas de « malvenu » dans le lot. Tu sais comment il est quand il ne veut pas voir quelqu'un. Il est capable d'annuler tous les rendez-vous et de repartir aussi sec !

Comme le patron arrivait avec le café et l'addition demandés, un autre client l'interpella.

— Il ne vient plus ici, Marsuy, il appréciait la cuisine d'Huguette pourtant ?

— Seulement lorsqu'il est seul. Je lui garde toujours sa table et on lui laisse une portion de côté répondit-il en indiquant du menton une table un peu en retrait dans une alcôve, ce n'est pas assez chic pour sa femme ici ! Et depuis qu'il a son nouvel assistant, elle l'accompagne plus souvent !... Hum ! Hum !

Le patron se racla la gorge et fit un clin d'œil.

— Et son fils, demanda un autre client, il ne vient plus non plus ?

— Non maintenant il va au « Pleasure » ! Il prononça « plèjeur » avec un fort accent provençal comme dans un film de Pagnol, d'un ton si méprisant qu'il déclencha les rires, il poursuivit… Lui, je ne le regrette pas le « garri » ! et les rires reprirent…

Le patron retourna servir ses clients et pendant que l'homme qui avait payé se levait pour partir, un autre lui demanda :

— Et qu'est-ce qu'il fait maintenant son fils ? C'était un bon plan d'être l'assistant de son père !

— Ouais, Marsuy, il était brave avec lui et ne lui demandait pas grand-chose.

— Ben ! faut croire que c'était encore de trop ! Un jour ça a pété ! Et bien !... Tu le connais, quand il part comme ça, ça déménage ! Le gamin, on ne l'a plus revu !

— Je le vois souvent qui traine avec une drôle de bande maintenant, au « Pleasure » et ailleurs !

— Oui, au « Pleasure » il y est tous les jours quand il se lève… vers cinq heures !

— Et au « Carré », c'est tous les week-ends !

— Et comment tu le sais ? Parce que tu y es aussi ?

— En plus ce n'est pas son fils…

— Oui, pourtant Marsuy l'a toujours considéré comme tel !

— Tu as raison, tout ce qu'il n'a pas fait pour ce gamin !

— En tous les cas, ce n'est pas l'argent qui lui manque !

— Oui, tu as vu ses fringues… et sa bagnole…

— Un flambeur !...

Tous y allaient de leurs commentaires. Jo essayait de

suivre tout ce qui se disait entre les rires et le brouhaha, de bien visualiser qui parlait, pour réattribuer les paroles aux photos en écrivant son rapport le soir… Il sourit intérieurement à cette pensée. Sérieux, sérieux hein ! Te voilà revenu dans le grand jeu !

Puis les conversations changèrent de sujet. D'autres clients commencèrent à demander l'addition pour retourner travailler. Jo s'arrangea pour sortir juste derrière un petit groupe des plus bavards.

— Et Polli, il ne vient plus manger ?

— Non, il fait gaffe ! Huit heures-seize heures dans son bureau vide ! l'homme soupira, qu'est-ce qu'il ne faut pas faire pour bouffer ?!

— Putain ! Il était sympa lui pourtant ! Et il bossait bien !

— Tu sais que chez nous, ce n'est pas un critère de réussite !

À ces mots les épaules de ses compagnons s'affaissèrent et ils hochèrent la tête.

— Il a une trop belle gueule, dommage pour lui ! ajouta l'un d'eux d'un air désolé

— Vous étiez bien copains, tu le vois encore des fois ?

— Oui, mais discrètement, il ne faudrait pas que je me fasse aligner moi aussi ! Il va souvent au « Mercure » quand il a fini ses heures. C'est tranquille, alors j'y passe aussi, cela lui fait du bien de bavarder un peu ! Vous n'en parlez pas, hein !

— Non, ne t'inquiète pas, fais attention toi aussi !

Les trois hommes entrèrent dans la mairie. Jo s'était laissé décrocher petit à petit. Il réfléchissait à ce qu'il voulait faire par la suite… Il fallait maintenant qu'il approche Marsuy de plus près, pour pouvoir l'évaluer lui-même plutôt qu'à travers des ragots et des « on-dit »…

Pour prendre le temps de s'organiser, il s'intéressa aux grands panneaux d'affichage municipal qui s'alignaient devant le bâtiment. Il allait attendre l'arrivée du député et pénétrerait dans la mairie juste avant lui. Le remue-ménage certainement occasionné par l'arrivée de l'homme lui permettrait de le voir et de l'entendre et peut-être de faire quelques clichés… Après, il trouverait bien un renseignement à demander pour se donner une raison d'être là…

Une des affichettes l'interpella, on y annonçait le passage de Jean-Pierre Marsuy, le samedi sur le marché de la petite ville… Il savait d'expérience que le marché était un endroit exceptionnel pour les commérages. Si Marsuy venait y serrer des mains… tout le monde ne parlerait que de lui… Ce serait bien qu'il y soit. En attendant son gibier, il se demandait s'il devrait simplement y être en badaud qui vient faire ses courses et suivre Marsuy pendant son déplacement dans les étals ou s'il n'obtiendrait pas plus en venant installer son banc ici. Ce qui lui éviterait de perdre une journée de travail. Il pesait le pour et le contre des différentes options quand l'autre arriva, il faillit encore se laisser surprendre… La voiture se garait à peine au pied de l'escalier que le député en jaillissait déjà comme un diable de sa boite. Jo n'était qu'à trois pas devant lui lorsqu'il pénétra dans le bâtiment ! Il se dirigea derechef vers le fond du hall et se fit invisible dans un coin.

En vrai, le député semblait bien plus âgé que sur les photos qu'il avait vues. Il avait le corps sec, le visage émacié, le teint un peu jaune des grands nerveux, les cheveux taillés si courts qu'il paraissait chauve, certainement pour dissimuler une calvitie disgracieuse. Il était tout sourire d'une rangée de dents magnifiques et blanches… Vraies ? se demanda Jo, tellement elles étaient belles… mais surtout parce qu'elles détonnaient avec les poches sombres sous les yeux. Il parlait avec enthousiasme, saluant par leurs prénoms les employées de l'accueil, leur faisant la bise en demandant des nouvelles de leurs familles.

Il commença à distribuer des poignées de mains joviales aux quelques autres personnes présentes. Cependant dès que l'homme du resto apparut dans l'escalier et l'appela, il se dirigea vers lui à grands pas.

— Bonjour, bonjour, Damien, comment allez-vous ? Et votre femme alors, ce bébé, ça se présente toujours bien ?

— Oui, oui, bonjour, Monsieur, je vous remercie, venez, tout est prêt, il y a déjà plusieurs personnes qui attendent.

— Tout de suite, désolé pour le retard. Depuis ce matin, je n'arrête pas. J'ai déjeuné tellement vite que j'ai encore tout sur l'estomac !

Après lui avoir donné une petite tape amicale dans le dos, il suivit l'homme à l'étage.

Jo était assez fier de la manière dont il s'était débrouillé avec son téléphone, les photos devraient rendre impeccable. L'animation du hall était retombée, les standardistes avaient repris leurs places et les visiteurs leurs occupations lorsque Madame Marsuy et celui qui devait être Monsieur Vallieur y entrèrent à leur tour.

Effectivement, il y avait quelque chose entre eux. Il fallait un œil exercé pour s'en apercevoir, pourtant tout dans leur attitude interpellait Jo. Ils étaient juste un peu trop proches, leurs têtes s'inclinaient l'une vers l'autre, de leurs corps se dégageait une complicité propre à ceux qui partagent une certaine promiscuité. Ils saluèrent d'un geste vague les employées de l'accueil et se dirigèrent vers l'escalier. Pendant qu'ils s'y engageaient, Jo prit une photo qu'il espéra réussie. L'homme avait passé la main dans le dos de la femme, semblant lui laisser la primeur de la montée par galanterie, son corps masquant son geste à la plupart des personnes présentes dans le hall, toutefois un peu trop lentement et un peu trop bas. C'est lorsqu'elle se retournait vers lui avec un sourire complice, comme la main s'attardait sur ses fesses, que Jo mit ça dans la boite…

C'est là qu'il décida qu'il avait besoin de plus de potins

et qu'effectivement le meilleur moyen de se les procurer serait d'être au marché le samedi en tant que commerçant. Il n'y a pas plus commères que les forains, comme il avait pu s'en apercevoir. Un nouveau est souvent accueilli avec des questions et il est naturel qu'il en pose aussi, surtout sur le sujet évident du député présent ce jour-là ! Cela lui donna une idée qui devrait lui permettre d'aller voir un peu en haut comment cela se passait...

Il avait également une autre idée pour recueillir des renseignements qui n'auraient peut-être pas un angle parfaitement objectif, mais proviendrait d'une source très proche du terrain et certainement bien informée. Il lui faudrait vérifier cette intuition.

Il laissa cela de côté pour l'instant et s'avança vers l'accueil. Il prit un air timide, introverti, semblant gêné de demander quelque chose. Il expliqua qu'il était forain sur les marchés, vendait des olives et des épices, qu'il souhaitait se rapprocher par ici, parce qu'il venait d'emménager dans le coin. Il voulait savoir s'il lui serait possible de venir faire un essai sur le marché de samedi. Il était inscrit comme marchand ambulant à la préfecture et pouvait le faire assura-t-il à la fin avec un sourire craintif et qu'il espérait gentil, se donnant un petit air de chien battu ! Ce ne devait être pas mal, car la femme le regarda avec sympathie et l'orienta vers le service des activités commerciales où il avait des chances de rencontrer le placier. Ainsi il pourrait voir cela avec lui, sinon il suffisait qu'il vienne samedi de bonne heure, il lui trouverait une place à ce moment-là, s'il en avait une.

Cela, Jo le savait, il fonctionnait de la même manière pour les marchés qu'il ne faisait qu'aux beaux jours. Mais cela lui donnait un motif pour accéder aux étages de la mairie. Dans le hall, un grand panneau indiquait les différents services municipaux et leur emplacement. Ayant repéré celui qui l'intéressait, il avait exécuté son petit numéro pour que la femme de l'accueil ait envie de l'aider et l'envoie se promener là-haut !... Il remercia avec reconnaissance et se dirigea vers l'escalier.

Sur le palier du premier, il trouva une salle d'attente, une dizaine de personnes y étaient installées, beaucoup avaient des dossiers ou des petits cartables sur les genoux. Certainement ceux qui avaient rendez-vous avec Marsuy et souhaitaient lui demander quelque chose. Lui, devait se rendre au deuxième, il poursuivit son ascension, s'arrêta au premier virage et se colla contre le mur, se fondant dans l'ombre. Il avait une vue un peu tronquée, mais suffisante. Il prit deux, trois photos et garda son téléphone à l'oreille pour se donner une contenance si quelqu'un surgissait dans l'escalier.

Après un moment, une porte s'ouvrit, un couple sortit, Damien apparut, une liste à la main et appela Monsieur Menotti. Un homme se leva, serrant une petite serviette en cuir sur son cœur et se précipita vers la porte comme si sa vie en dépendait. Le couple se dirigea vers l'escalier, ils semblaient souriants, Jo prit une belle photo d'eux alors qu'ils s'engageaient sur les premières marches. Il attendit encore, les autres personnes sur les sièges bavardaient à mi-voix. Certains paraissaient anxieux et jetaient des coups d'œil pleins d'espoir vers la porte, le député était peut-être leur dernier recours, ils devaient espérer beaucoup de lui.

Un bruit, un peu plus haut, lui fit reprendre son ascension. Il alla jusqu'au bureau des activités commerciales, le placier s'y trouvait comme prévu. Jo lui raconta sa petite histoire, demanda si le marché était bon, s'il y avait des places, parut content quand l'autre lui répondit qu'en ce moment il aurait une bonne place, car beaucoup d'ambulants ne venaient qu'aux beaux jours et que le samedi, il y avait toujours du monde. Jo le remercia, lui assura qu'il serait là. L'autre lui indiqua où il pouvait le trouver en arrivant et ils se serrèrent vigoureusement la main.

Il retourna prendre son poste dans l'escalier, deux autres personnes avaient quitté leurs sièges, il réfléchit à ce qu'il serait le plus opportun de faire.

Ici, il n'avait pas l'impression de pouvoir avancer beaucoup, il avait prévu de coller aux basques du député, cependant cela ne semblait pas prometteur. Il ne le voyait même pas en action, il restait fermé dans le bureau.

À la place, il allait suivre son intuition et explorer la piste du type dans son placard. Il décida de se rendre dès maintenant au « Mercure ». Il était bientôt seize heures, le temps qu'il trouve, l'autre devrait y être ou ne pas tarder à venir, s'il venait ?... S'il se débrouillait bien, il pourrait avoir des détails sur les circonstances qui l'avaient exclu de son boulot. Il n'avait peut-être pas été placardisé par Marsuy, néanmoins le fait que son nom soit venu à l'esprit des hommes juste après la conversation sur lui, laissait penser à Jo que les sujets pouvaient être liés. D'autant plus qu'il se rappelait ce qu'il avait retranscrit de la discussion des hommes du bar la veille ! Pour obtenir des renseignements, il n'y a guère mieux qu'un type aigri et plein de rancœur, qui n'a personne d'autre que des balais à qui raconter ses ennuis… Bon, ensuite il lui faudrait faire le tri et ne pas tout prendre pour argent comptant !

Il quitta la mairie et se mit à la recherche du troquet. Il le trouva sans trop de difficultés en faisant des cercles concentriques de plus en plus larges autour de l'hôtel de ville.

En pénétrant dans l'établissement, il repéra tout de suite un type qui pouvait correspondre au sujet qu'il recherchait, la cinquantaine, beau gosse, les hanches étroites, le ventre plat, les épaules larges, la chemise blanche aux manches retroussées, suffisamment près du corps pour épouser des pectoraux bien dessinés sans être musculeux, les deux derniers boutons du col ouverts sur le torse bronzé et la chaine en or aux gros maillons, la chevelure bouclée et grisonnante, mais vigoureuse et un regard triste, mais triste… Il était seul, près d'une vitre et contemplait la rue. Jo s'assit à une table juste devant lui, lui tournant toutefois le dos… et attendit qu'il se passe quelque chose qui confirmerait son hypothèse.

Il fut soulagé lorsque le type du resto entra et s'installa à la table voisine, saluant Polli par son nom. Il avait fait le pari que s'il y avait un jour où il viendrait voir son ancien copain ce serait celui-ci, puisqu'il avait parlé de lui à midi. Bien sûr il aurait pu avoir quelque chose d'autre de prévu pour ce soir-là, mais Jo était joueur et avait parié avec lui-même qu'il viendrait, alors il était satisfait de ses déductions et même fier de se débrouiller si bien !

Il écouta la conversation des deux hommes qui après les quelques politesses d'usage se dirigea vers le foot, les résultats de l'équipe locale, nationale, la D1, la D2… Tout ce dont parlent les mecs pour bavarder et ne rien dire. Il en profita pour réfléchir à un moyen d'aborder le type et l'amener à s'épancher. Il comprenait les sentiments qui pouvaient l'habiter, lui-même avait eu l'impression d'être stigmatisé dans son ancien job. Et comme les hommes du resto, il pensait parfois que pour un fonctionnaire, compétence ne signifie pas forcément réussite ! Il s'était trop souvent demandé si sa hiérarchie ne passait pas plus de temps à essayer de présenter des résultats qui plaisent plutôt qu'à analyser réellement les renseignements obtenus. L'avait quelquefois dit un peu fort, et avait, du coup, été prié de retourner vérifier sur le terrain… Bon, il devait être honnête avec lui-même, son incompétence informatique les avait bien aidés à l'enfoncer. Dans le cas de Polli, il fallait qu'il sache quoi et qui l'avaient emmené au placard… Cela n'avait peut-être aucun rapport avec Marsuy… Mais là, il ne savait toujours pas comment le lui demander. La conversation tournait autour de sujets anodins, le type du resto faisait des efforts pour être drôle et Polli semblait lui en être reconnaissant. Ils continueraient probablement à éviter les sujets difficiles…

Jo se leva pour aller aux toilettes et en regagnant sa place s'arrangea pour prendre quelques photos des deux hommes. Il réfléchissait à toute vitesse, ils se sépareraient bientôt, il devait se décider sur ce qu'il allait faire… et décida de ne rien faire… Il n'était pas près et ne voulait pas griller une bonne source potentielle de renseignements. Il connaissait le nom du type et saurait le retrouver ici ou ailleurs, le moment venu.

Jo quitta le bar quelques instants après les deux hommes et retourna à sa voiture. Il récupéra discrètement sa clé dans le petit trou de mur où il l'avait planqué le matin et rentra chez lui. Il avait trop de choses qui lui tournaient dans la tête, trop de pistes à suivre, trop de soupçons à approfondir et devait mettre tout cela à plat pour organiser ses prochaines recherches.

Il s'apercevait qu'au fond de lui-même, il avait encore apprécié la journée qu'il avait passée et frétillait de curiosité sur ce qu'il avait encore à découvrir sur la vie de Marsuy. Il retrouvait les sensations de sa jeunesse, de ses premières missions… Avant que la grisaille, la solitude et la déception ne l'envahissent et le dépriment… Là, il était content de son boulot, il trouvait qu'il avait bien mené sa petite affaire, avait plein de projets pour les prochains jours. Il allait organiser cela.

Et pour commencer, s'exhorta-t-il, tu vas arrêter d'être con, tu vas enregistrer ces photos dans ce foutu ordi et tu feras ton rapport en utilisant le traitement de texte !... Tu vas essayer de progresser et de sortir de l'âge de pierre !... Il s'encourageait, mais n'avait tout de même pas une confiance excessive en ses capacités.

C'est avec appréhension qu'une fois chez lui, après la cheminée, il alluma son ordinateur et se prépara à y brancher son téléphone. Dans la boite de celui-ci, aucun mode d'emploi, bien sûr... Bon, de toute manière, il ne les lisait jamais... Il examina le câble, inséra la petite prise sur son téléphone et la plus grosse à un emplacement qui semblait convenir sur sa tour... et attendit... la bête ronronnait... écrivit qu'elle avait reconnu un nouveau matériel et... rien... Ah si, un petit truc, là en bas de l'écran, qu'il ne connaissait pas, il alla cliquer dessus... Vit s'ouvrir plusieurs pages, on lui demandait de s'enregistrer... S'il voulait accéder au « store »... Mettre à jour les versions d'un tas de choses. Il sentit la panique et la mauvaise humeur l'envahir, se força à respirer avec calme... Il lut attentivement toutes les pages, abaissa sans les fermer celles qui lui paraissaient inutiles – il était assez content de lui de faire ainsi, s'il en avait quand même besoin, il ne les aurait pas perdues... – Cliqua sur des trucs qui semblaient prometteurs, n'étaient pourtant que des listes de mots, lettres et chiffres aux sens obscurs... Pour finir trouva un dossier intitulé « caméra »... qu'il ouvrit aussi et bingo... ses photos... Il nota le chemin parcouru pour arriver là pendant qu'il s'en souvenait. Il était allé lentement pour pouvoir mémoriser les étapes et ne pas se faire avoir en ne sachant pas refaire la manœuvre... Bon, et maintenant ? s'interrogea-t-il.

Il essaya les trucs qu'il connaissait, batailla un bon moment, s'obligeant à rester calme, mais la tête bouillonnant comme de l'eau sur une plaque brulante et finit par y arriver... Il avait toutes les photos sur son écran d'accueil ! Très satisfait de lui, il réussit à créer un nouveau dossier qu'il baptisa simplement X, par habitude de discrétion, et à toutes les ranger dedans. Il visionna le diaporama. Oui ! Vraiment, il y avait des choses qu'il savait faire très bien, tout était impeccable !

La faim le saisit d'un coup, pas étonnant, il était vingt-deux heures, il n'avait pas vu le temps passer et le bon repas de midi était loin. Heureusement, il n'eut qu'à faire réchauffer son assiette avec les restes de son diner de la veille, trois minutes plus tard il était devant son feu et mangeait en songeant à ce qu'il devait écrire après.

Il n'eut pas le courage de se lancer dans le traitement de texte, remettant ça pour un autre jour, c'était déjà bien d'avoir réussi les photos. Cela suffirait comme exploit pour la soirée. Il les utilisa pour son rapport, inscrivant chaque numéro et attribuant les paroles qu'elles avaient prononcées aux personnes photographiées.

Puis il effaça toutes les images du téléphone, s'étonnant lui-même d'y arriver sans problème. Il partirait demain avec un appareil vierge… On ne sait jamais !

En se couchant, il pensa à ce qu'il voulait faire le lendemain. Mais de toute manière, il devait commencer par aller bosser et donc se lever de bonne heure. Il chassa tout cela de sa tête et s'installa pour s'endormir.

XV

Il rentra du marché relativement tôt. Le vent d'est s'était levé, la matinée avait été humide et grise et les clients peu nombreux, il sifflotait pourtant un petit air gai. Il avait eu une super idée pour son après-midi et exultait de contentement. Il allait bien s'amuser, cette histoire était une bénédiction. Cette reprise d'activité avec ses propres règles, sans la pression du résultat ou du risque, lui rendait sa jeunesse enthousiaste !

Il avait acheté de quoi se cuisiner une sauce bolognaise pour être paré pour les prochains jours même s'il revenait tard. Il ferait cuire assez de pâtes pour n'avoir qu'à se réchauffer une assiette, quelle que soit l'heure. Il mit la bolo en route et pendant qu'elle mijotait, monta dans sa chambre d'amis fouiller dans ce qui restait de son ancienne vie. Il avait vécu plusieurs mois avec un mur de cartons dans lesquels étaient emballées avec soin toutes les tenues qui lui avaient permis de passer inaperçu, de s'intégrer dans le paysage et de pouvoir être présent là où il n'avait rien à faire. Peu de temps auparavant, il avait réussi à ranger tout cela, réattribuant à ses « costumes » une utilité dans sa vie nouvelle, mais un peu à la va-vite, car cela ne l'intéressait pas vraiment. Il espérait qu'il retrouverait dans ce qui avait été sa tenue « débraillée chic » ce qui pouvait passer pour une carte de presse… C'est là qu'elle devrait être, il ne se souvenait pas l'avoir jetée ou rendue… Eh oui, bien vu ! bonne mémoire ! se complimenta-t-il, dans la poche intérieure de la veste d'un grand tailleur anglais, avachie juste comme il convient pour sembler être traitée avec mépris et ne pas faire nouveau riche… L'état exact que les aristocrates de ce pays souhaitaient obtenir en faisant porter leurs costumes neufs à leurs valets. Il enfila la veste. Elle lui allait encore à la perfection. Il l'avait toujours beaucoup aimée trouvant qu'elle l'avantageait. Il n'était pas très grand, mais avait été sportif d'un bon niveau et elle lui épousait les épaules à merveille, lui faisant une carrure mince et athlétique qui le grandissait de quelques centimètres. Le pantalon qui aurait dû accompagner la tenue paraissait un peu dépassé, mais un jean irait très bien. Il mettrait ses bottes camarguaises, cela donnerait un petit air « baroudeur – je m'en fous de ce que je porte » qui siérait au personnage… et un pull col roulé en cachemire conviendrait à son âge et à la météo…

En mangeant ses pâtes bolo, il réfléchissait à la manière d'aborder Polli. Il espérait qu'il serait au « Mercure » l'après-midi. Sinon cela n'avait pas une grosse importance. Si ce n'était pas aujourd'hui, ce serait lundi ou n'importe quel jour de la semaine suivante. S'il n'était pas là, il irait faire un tour au domicile de Marsuy. C'est en général intéressant de voir où vivent les gens.

En buvant un café, assis dans son fauteuil, face à une mer grise et maussade, il contemplait d'un œil peu aimable

LE DIABLE, posé sur la table à côté de lui, qu'il avait tiré le matin. **LE DIABLE** et ses mensonges, l'arcane de tous les désirs et à ses yeux souvent les plus malsains. Il ne l'aimait pas du tout ! Quel message lui apportait-il ? Une mise en garde ? Déséquilibre, excès ou insuffisance... Méfiance vis-à-vis d'un désir trop impérieux de parvenir à ses fins, de se satisfaire ou d'un irrépressible besoin d'action ?... Danger de la prise de risque ?... Il tapotait la carte de l'index en réfléchissant. Ses significations positives, car aucune lame n'est négative dans les Tarots, étaient l'audace, l'éloquence, le charisme. Tout à fait ce dont il avait besoin cet après-midi... Il symbolisait surtout une grande énergie sexuelle... Il se voulut désinvolte en concluant, pensant à Eloïse. Bon du sexe alors ! Beaucoup de sexe !... Les frémissements prometteurs de son organisme que cette idée suscita, associés au diable de si mauvaise réputation, le mirent mal à l'aise. Alors, comme l'heure avançait, il se dépêcha de prendre sa douche et de partir, se traitant d'imbécile de faire attention à tous ces trucs débiles !... Tenir compte pour gérer sa vie de morceaux de carton coloriés, n'importe quoi !... Cependant, toujours ambivalent, il tentait dans le même temps de se rassurer. **LE DIABLE** n'est qu'un avertissement, l'animal qui est en nous est un danger, pas une fatalité !

Sur place, il se posta à un coin de rue pour guetter Polli. Il le vit arriver avec soulagement et la satisfaction d'avoir bien joué. Il attendit quelques instants, l'homme s'installa à la table qui devait lui être habituelle derrière la vitre. Jo laissa passer encore quelques minutes... au cas où un copain viendrait le rejoindre et pénétra à son tour dans le bar, essayant au maximum de se mettre dans le rôle.

Jetant un regard circulaire à la salle, il fit semblant de le repérer et s'approcha. S'asseyant face à lui, il tendit la main... Il prenait possession du terrain, obligeant l'autre à l'accepter...

— Monsieur Polli ? demanda-t-il, celui-ci hocha la tête et l'observa, interrogateur.

— Bonjour, Raphaël Perez se présenta-t-il en lui secouant la main avec fermeté.

C'était le nom sur la carte qu'il lui présenta dans mouvement rapide et désinvolte. Ce n'était certes pas une vraie carte de Presse, ni même une vraie-fausse. Il s'agissait juste un morceau de carton plastifié qui pouvait laisser croire qu'il était journaliste, toutefois pas aux connaisseurs ! Il la rangea vite fait ! Il essayait de se donner un air le plus sympathique et engageant possible. C'était là qu'un peu de charisme serait le bienvenu !

— Je suis journaliste, l'informa-t-il et il baissa la voix, je prépare en ce moment un article sur le harcèlement professionnel dans la fonction publique territoriale.

Polli eut tout de suite l'air très inquiet alors il poursuivit vite…

— Ne vous alarmez pas, tout est confidentiel, je n'en suis qu'à l'enquête préliminaire et je souhaite surtout préserver le secret de mes sources. Je veux juste discuter avec vous, je ne prends pas de note, je n'enregistre rien…

Il sortit son téléphone de sa poche, l'éteignit de façon ostensible et le posa sur la table devant lui. Il laissa aussi ses deux mains bien en vue. C'était un moment important, il fallait que l'autre lui fasse confiance, ne ressente aucun danger à évoquer sa vie et ses problèmes avec un inconnu. Il continua à raconter l'histoire qu'il avait imaginée, un tour de France des mairies, préfectures, conseils généraux… Pour que Polli se sente noyé dans la masse et non seul dans la ligne de mire… Il indiqua que c'était dans une ville voisine qu'on lui avait parlé de lui… Que, bien évidemment, il ne pouvait dire ni qui ni où… Que tout ce qu'il lui dirait serait traité de la même manière avec la plus grande discrétion… Que, dans l'immédiat, il ne s'agissait que d'une prise de contact, qu'il n'était pas sûr que son cas corresponde aux critères de l'enquête... Il sentait qu'il se débrouillait bien, au début, l'autre resta méfiant, se tenait raide, adossé au fond de son siège, son inconscient voulant l'éloigner de son interlocuteur. Puis son corps s'était relâché. Il hochait la tête, semblant approuver ce que disait Jo... Il sentit qu'il était prêt et commença à lui poser quelques questions... essayant d'être habile, de jouer avec la solidarité, tout en donnant à l'homme une position de repli honorable...

— Mes informations et mes recherches laissent entendre que vous avez été en quelque sorte « mis au placard » vous aussi, le ressentez-vous ainsi ?

Polli le regarda un long moment, il avait repris de la distance corporelle et un œil méfiant. Jo affichait un sourire gentil et confiant, pourtant son cœur battait fort et il avait les mains moites. Il pensait avoir bien joué le coup, toutefois, après cela, il était à court d'arguments. Tout ce qu'il avait dit n'était que mensonges et hypothèses, à la moindre question précise, il était cuit. Il essaya de se détendre, de se persuader que tout cela était sans importance. Pour que son langage corporel à lui n'influe pas sur l'état d'esprit de Polli, augmentant sa méfiance ou pire, le rendant opposant... Il fut soulagé lorsque l'autre commença à parler, il était un peu agressif, néanmoins cela ouvrait la discussion...

— Comment m'avez-vous trouvé ici ?

— Ça, c'est mon métier, la personne qui m'a parlé de vous ne connaissait pas votre nom, Colli ou Potti... m'a-t-elle dit alors j'ai cherché sur Internet. C'est extraordinaire ce que le web offre comme renseignements, ajouta-t-il comme en aparté, mais pensant en lui-même, vantard menteur !... Toi tu es trop nul pour ça... Et je vous ai trouvé, ainsi que votre photo. Je voulais vous contacter discrètement à la mairie. J'ai eu la chance de vous voir sortir tout à l'heure et je vous ai suivi jusqu'ici, j'ai attendu d'être sûr que vous soyez seul pour vous aborder. Les autres ont toujours préféré être seuls pour me parler. Dans ces situations, il faut rester discret, le devoir de réserve n'est-ce pas ?!... Et je vous assure que je sais rester discret...

Il trouvait qu'il avait encore été bien, une histoire simple sans fioriture, insistant sur la discrétion et effectivement l'homme se détendit. La méfiance quitta ses yeux, remplacée par la tristesse infinie que Jo avait déjà remarquée la veille. Il essaya de pousser son avantage.

— Voudriez-vous me raconter dans quelles circonstances vous avez été mis de côté et comment cela se passe pour vous ?

— Oh ! Cela s'est fait simplement et très officiellement, au changement de municipalité, il y a eu une réorganisation des services et on ne m'a pas attribué de poste. Je suis en attente d'affectation...

Il avait exposé cela comme si c'était une évidence... la voix pleine de désespérance !... et semblait escompter que Jo comprenne ce qu'il voulait dire... Surement quelque chose d'usuel, mais il ne savait pas. Il choisit d'approuver de la tête en gardant un air engageant... L'autre reprit :

— Je sais que pour certains cela peut ressembler à un cadeau... payé à ne rien faire... Moi je suis sur la corde raide, car je dois être présent pendant mes heures de travail. On me l'a bien fait comprendre, sinon c'est abandon de poste... Ils m'attendent au tournant, je le sais !...

Pour le relancer, Jo posa une question neutre et vague qui pouvez s'appliquer à tout ce qu'avez dit Polli.

— Pourquoi pensez-vous qu'ils agissent ainsi ?

— Pour me virer pardi ! lui répondit-il hargneux.

Jo afficha l'air le plus compréhensif qu'il put.

— Bien sûr, bien sûr, ce que je voulais savoir, c'est s'il s'agissait d'une rancune personnelle ou professionnelle ? Vous reproche-t-on une manière de travailler qui ne convient pas à la nouvelle municipalité ou est-ce personnel ?

Là, il avait montré ses cartes et fut soulagé lorsque Polli répondit d'un ton maussade

— Non c'est personnel !... et encore plus quand il ajouta… J'ai déplu à une huile et le nouveau maire veut se faire bien voir alors il m'a offert en cadeau !...

Jo en soupira intérieurement de satisfaction et enchaina, gardant toujours son sourire le plus compréhensif affiché sur le visage.

— Vous voudriez me raconter cela ? Je vous assure qu'aucun nom ne sera cité. Vous n'êtes pas le seul dans ce cas et je souhaite vraiment ne nuire à aucune de mes sources. Seuls ceux qui voudront réellement témoigner le feront ! Mais l'enquête porte sur cela, les abus de ceux qui ont le pouvoir…

Il resta vague et pour donner à Polli le temps de réfléchir tranquille, commanda un second café… Polli refusa une autre consommation, resta pensif un bon moment… Lorsque la serveuse eut apporté la tasse, il commença.

— Je suis un dragueur, j'aime les femmes et je ne m'en cache pas, mais jamais au boulot !... s'interrompit-il, l'œil un peu plus brillant, trop d'emmerdes en perspective !... Quand j'étais jeune, je me suis fait piéger une fois ou deux, mais plus maintenant… Il y a tellement de femmes seules qui ont besoin qu'on les trouve belles, de rire un peu, de s'amuser… Et je les trouve belles… toutes !... ajouta-t-il l'œil tout à fait brillant… Un peu trop toutes certainement, mais c'est comme ça ! De toute manière, souvent elles se lassent plus vite de moi que moi d'elles et nous passons chacun à autre chose. Mais j'ai des principes… jamais au boulot… jamais la femme d'un pote… jamais d'emmerdes potentiels… C'est pour cela que quand la femme de Marsuy…

Il leva un œil interrogateur vers Jo qui hocha

simplement la tête signifiant ainsi qu'il connaissait.

— Quand la femme de Marsuy a commencé à me faire des mines, des avances de plus en plus appuyées. Je lui ai fait comprendre qu'elle ne m'intéressait pas, mais gentiment hein ! précisa-t-il avec fierté, je sais faire !... Elle, elle l'a super mal pris !... Et puis ça a été les élections et le nouveau maire… à qui elle a dit que je lui avais mal parlé, que je la regardais avec un œil « concupiscent », il insista sur le mot, et hop… restructuration et rien pour moi… Cela fait vingt ans que je travaille ici, sans mentir, j'ai toujours bien bossé !... J'ai des copains qui sont allés voir le maire pour m'aider… C'est comme cela que j'ai su… en pure perte, au contraire ils ont failli y rester eux aussi, il veut plaire au député… Elle a dû raconter la même chose à Marsuy… vu les regards noirs qu'il me jette ! Et avec ma réputation… l'homme poussa un gros soupir…

Pour revenir à son objectif personnel, Jo s'enquit :

— C'est Marsuy qui est à l'origine de tout cela ?

L'autre le regarda interloqué, l'air de dire « Tu n'as rien écouté ! » puis reprit soupirant encore.

— Non, lui il ne s'abaisse pas à cela, ce n'est pas son genre… Toutefois, il ne fera rien pour moi s'il me prenait l'envie imbécile d'aller le voir pour essayer de lui expliquer. D'abord il ne m'écouterait même pas… Sa bonne femme, c'est tout ce qu'il a… à part la politique bien sûr… mais cela ne compte pas tant que ça pour lui… Il aime aider les gens, oui… mais le reste… il est arrivé là par hasard, suppléant d'un député mort du cœur ou des poumons, je ne sais plus, six mois après l'élection. Il faut dire qu'il avait quatre-vingts ans, alors l'aller-retour Paris deux fois la semaine, les sessions jusqu'à point d'heure, les repas et tout… ça l'a tué. Marsuy a eu la place, personne ne voulait de lui, mais il a plu aux électeurs et derrière, c'était la guéguerre alors il est resté… C'est là que la blonde l'a trouvé intéressant !... Lui, il a été trop content, une grande famille politique, des oncles, des grands-pères ministres… Je suis sûr, ajouta Polli, qu'il avait été blessé dans sa jeunesse et que cette femme magnifique, parce qu'elle est canon commenta-t-il, plus jeune que lui, le cherche comme cela… il a dû penser qu'elle l'aimait vraiment !... Nous, on comptait les points quand il l'a prise comme assistante expliqua-t-il tout sourire maintenant, et six mois plus tard on était tous invité au vin d'honneur !... Depuis, il se les empègue, elle et son morveux… Mais c'est un homme qui n'aime pas avoir tort… pas du tout… Alors tout ce qu'elle dit est parfait ! Et jusque récemment, c'était pareil pour le gamin, il l'avait pris aussi comme assistant. Pourtant, ce n'étaient pas les études qu'il avait suivies qui pouvaient l'aider, un bac par correspondance… un « mouc » de commerce…

Jo ne savait pas ce que c'était, mais opinant d'un air convaincu, laissa continuer Polli, qui semblait bien parti… l'autre le regarda d'un air entendu et compléta :

— Dans ces trucs-là, on ne sait pas qui tape sur le clavier hein ?...

Jo opina de plus belle, pour se donner le temps de rassembler ses idées et de préparer d'autres questions, il lança Polli sur le fils.

— Vous le connaissiez ? Ce n'est pas le fils de Marsuy, je crois ?

— Non, c'est son fils à elle. Il l'a toujours considéré comme le sien, mais il n'avait pas l'autorité. Elle le laissait tout faire et lui, il bouillait, mais ne disait rien. Un minot gâté, pourri… de l'argent, toujours beaucoup, mais pas de temps pour lui, éducation déléguée aux baby-sitters, femmes de ménage, filles au pair, profs de tout !... un cancre ! Bien sûr, il avait droit à tout ce qu'il y a de mieux pour compenser les absences et le manque d'affection. Mais, pas de temps pour lui… pas de temps pour lui apprendre les valeurs de la vie, pour mettre en place les interdits moraux et lui apprendre le respect de l'autre. Alors le petit, il n'a jamais fait que ce qui l'amusait, il ne voit même pas le mal, il ne sait pas ce que c'est !

Comme Jo le considérait, étonné, Polli expliqua :

— Depuis qu'il est plus grand, on fréquente les mêmes boites le soir. Ici il n'y a pas trop de choix… Lui ne me connait pas, mais moi, je l'ai observé… Une de mes chéries est psy et j'aime bien lire les livres qu'elle me passe… une fille super, vraiment belle !...

Il rougit et baissa la tête… puis regarda de nouveau Jo et poursuivit :

— Mais là, les interdits, il ne sait vraiment plus ce que c'est, et un de ces quatre cela risque de faire vilain… Pour un bon nombre de ces morveux de gosses de politicards, ses copains, c'est pareil… Ils flirtent impunément avec la légalité, se sentant au-dessus des lois que leurs parents font !... Si le ministère de l'Intérieur faisait des statistiques là-dessus, finalement peut-être que les chiffres seraient meilleurs pour les jeunes issus de l'immigration que pour ceux issus de la députation !... Polli rit un peu jaune en disant cela et compléta… Et pourtant, on ne connait que le sommet de l'iceberg… Le plus gros morceau reste sous la mer, soigneusement caché, oublié, omis… Il faut que le jeune soit malchanceux en tombant sur quelqu'un qui préfère plaire au camp adverse ou multiplie un maximum les risques et en fasse beaucoup pour se faire épingler… Et le minot conclut-il, en ce moment, il en fait beaucoup !

Jo avait rassemblé ses idées et voulait essayer de ramener la conversation vers Marsuy en douceur.

— Monsieur Marsuy l'avait pris comme assistant à un moment, je crois ?

— Oui, toutefois il est quand même assez réglo et raide Marsuy. Il veut bien aider, mais il ne voulait pas d'un emploi fictif. Il fallait que le jeune bosse pour de vrai… et ça, il ne sait pas faire… Surtout suivre le rythme trépidant du vieux, en route dès sept, huit heures du matin et courant partout toute la journée… On peut dire ce que l'on veut, mais il se donne du mal…

Jo resta attentif, intéressé et… silencieux… Alors l'autre poursuivit :

— Alors après quelque temps, beaucoup de retards et de plus en plus d'absences… il l'a viré… et ça risque de mal finir pour lui, car Marsuy ne le protégera plus… Son défaut c'est d'être rancunier… Il ne nuira pas de lui-même, mais s'il estime être lésé, ne fera rien pour comprendre ou aider… c'est compréhensible aussi… Je le connais depuis longtemps, continua Polli en baissant la tête… C'est pour cela que sa bonne femme, je n'y aurais pas touché pour tout l'or du monde… Mais voilà, j'ai été rattrapé par toutes mes conneries… Quand le bruit a couru que j'avais dragué sa femme, il ne pouvait que le croire…

Quelque chose dans l'attitude de l'homme, une lassitude… laissait Jo penser qu'il avait envie de changer de sujet, il voulait se le garder conciliant alors il essaya d'arranger sa question suivante pour qu'elle semble plus ouverte sur la problématique initiale tout en restant centrée sur son problème à lui.

— Puis-je me permettre de vous demander quelque chose ? Madame Marsuy ? Était-ce une conduite habituelle ? D'autres personnes que vous ont elles également été… sollicitées ?...

— Non, non… C'est depuis que son mari avait viré son fils… En plus je le sentais très bien que je ne l'intéressais pas plus que ça, que c'était juste pour l'emmerder. Elle devait penser que je serais une proie facile… Je ne crois pas qu'à cette époque elle ait essayé avec d'autres…

— Et depuis ?

— Depuis, il y a le nouvel assistant, le potentiel successeur de son mari ! annonça Polli, tout sourire…

— Ah ! répondit Jo d'un air entendu, donc aucun autre

de vos collègues ne risque de se retrouver dans votre situation ?

Comme Polli hochait négativement la tête, il demanda, tentant de paraitre peu concerné.

— Il veut raccrocher Marsuy ?

— Il semblerait. On l'a entendu dire au premier adjoint qu'il formait Monsieur Vallieur, pour qu'il soit son suppléant aux prochaines élections et peut-être même le candidat, car lui il en avait assez de tout cela !... Du coup, sa bonne femme, elle doit le trouver encore moins intéressant, mais l'autre Monsieur « je sais tout » ! lui au contraire !...

Jo voulait maintenant remettre Polli sur le sujet initial, pour que son intérêt pour la famille Marsuy n'éveille pas la curiosité de l'homme. Aussi après leur avoir commandé un demi à chacun, il se fit expliquer les subtilités de la fonction publique territoriale. Comment on pouvait se retrouver à ne rien faire huit heures par jour et quelles pouvaient être les solutions… Ils bavardèrent ainsi un long moment et lorsqu'ils se quittèrent, Polli le remercia en lui disant que cela lui avait remis les idées en place de raconter tout cela, qu'avec ses collègues, il n'avait jamais pu en parler… Et que du coup il avait décidé de chercher un autre poste dans une mairie voisine, dont le maire n'était pas copain du tout avec le sien. On lui avait parlé d'une opportunité, mais jusque-là, il n'avait jamais eu le courage ni l'envie de s'y intéresser. Il proposa un échange de numéros de téléphone, Jo refusa, arguant que, pour l'instant, il ne gardait aucune trace de ses rencontres, s'il souhaitait le revoir lui assura-t-il, il saurait comment et que de toute manière son enquête allait durer plusieurs mois…

Il se retrouva dans la rue avec surtout une grande envie de pisser. Les cafés, la bière, lui travaillaient la vessie. Il était sensible de ce côté-là, ayant bu plus que son compte de cafés et de bières pendant trop d'années… Il n'avait pas voulu utiliser les toilettes du « Mercure » pour que son personnage garde l'aura un peu mythique du journaliste, loin de tous ces soucis bassement matériels. Il se dirigeait vers sa camionnette, pensant utiliser un arbre en chemin, mais passa devant le « Pleasure », une grande salle, moderne et brillante, avec canapés, coussins et poufs autour de tables basses ou tabourets hauts en cuir et chrome le long du bar en marbre noir, et autour de petites tables hautes. Un groupe de jeunes hommes et femmes, bruyant et animé attira son attention. Il ne réfléchit pas plus que ça, entra, s'installa dans un coin discret du bar et après avoir commandé un Perrier-citron, pour être raisonnable... se dirigea rapidement vers les toilettes.

Lorsqu'il revint s'assoir dans son coin, il avait retrouvé cette distance par rapport au moment présent qui l'habitait toujours en mission, qui décuplait ses facultés d'attention et de perception. Et qui avait été sa petite drogue à lui, pendant des années avant que le « trop souvent pour rien » ne l'envahisse.

En se rendant aux toilettes, il avait reconnu le genre de l'établissement. Cet endroit qui existait dans toutes les villes, de tous les pays où il était passé. Là où la jeunesse dorée, les fils et filles des notables, des bourgeois, des personnes qui comptent de la ville se retrouvaient entre eux pour s'adonner à leurs plaisirs, loin de l'attention des imbéciles moins riches qu'eux et donc absolument sans intérêt... Ce genre d'endroit, aussi où on leur fournissait les moyens de s'amuser selon leurs critères... et où l'argent de leurs parents faisait vivre les trafiquants de drogues en tous genres des alentours. Leur participation, très certainement, à la bonne santé économique de leur ville... Dans le couloir d'accès aux toilettes, dont l'aspect n'aurait pas déparé dans un bordel, rideau de perles noires et de petits disques d'argent, revêtement mural rouge moiré sombre, lumière tamisée, le nombre de personnes présentes l'avait immédiatement mis dans cet état. Cinq ou six jeunes qui, à son arrivée, avaient paru d'un coup extrêmement intéressés par les murs et le plafond et affichaient un enthousiasme si faux pour les paroles de l'un d'eux que les yeux de Jo avaient parcouru l'endroit d'un balayage rapide et discret et avaient très bien vu les deux morceaux de miroir sur une tablette le long du mur à côté d'eux. Il était passé vite bien sûr, semblant absorbé par son téléphone qu'il avait tiré de sa poche. Il avait fait ce qu'il avait à faire, ce qui l'avait bien soulagé... s'était tranquillement lavé les mains et était ressorti le nez toujours dans son téléphone, tapotant son clavier comme s'il écrivait un message. Aucun des jeunes ne le regardait évidemment, ce qui lui facilita la tâche pour les photos...

Assis sur son tabouret, il vit arriver le fils Marsuy – Il ne l'appelait qu'ainsi dans sa tête. Téléphone bien en main, il observa l'accueil que lui faisaient ses copains. Il était, sans conteste, le héros du petit groupe, celui à qui il fallait plaire. Ils se levèrent tous pour lui faire la bise, lui laissèrent la meilleure place au centre du canapé, une jolie fille de chaque côté... Les conversations reprirent... Jo avait fait quelques clichés et son esprit était en alerte. Le jeune cherchait quelque chose avec un air d'impatience anxieuse qui l'interpellait. Il avait demandé à un puis à un autre de ses compagnons... ne recevant qu'un signe de tête négatif. Le troisième sortit d'une de ses poches un petit morceau de papier plié qu'il lui passa d'une manière qu'il devait estimer très discrète, tournant trop ostensiblement le regard dans une autre direction...

Jo avait à peine fini de prendre ce qu'il espérait être une belle photo qu'il était déjà en mouvement. Son subconscient mettant en place sa stratégie sans qu'il réfléchisse vraiment au problème, et pas une minute plus tard, il était installé derrière la porte à peine entrebâillée des toilettes des femmes. C'était de là qu'il aurait la meilleure vue si le jeune venait se faire une ligne comme il le pressentait... Il avait parié sur le fait qu'aucune de ces dames n'y viendraient pendant ce temps. Il avait enregistré lors de son précédent passage que la petite pièce était vide, les jeunes du couloir avaient tous regagné la salle et personne ne s'était dirigé par ici depuis. Il ne prenait pas un gros risque non plus… Il pouvait prévoir une retraite titubante si une fille se pointait et puis, pensa-t-il, évoquant l'arcane qu'il avait tiré le matin, **LE DIABLE** était avec lui !... Il le savait, il le sentait !

Qui d'autre que ce vieux vicieux l'aurait détourné de sa route la plus directe vers sa bagnole et la possibilité de vider sa vessie instable et douloureuse. Lui faisant prendre l'avenue bien éclairée plutôt que la petite rue sombre où il aurait pu pisser tranquille… Et l'aurait fait entrer sans réfléchir dans cet endroit brillant et illuminé, lieu de désirs malsains de plaisirs malsains qui mènent à des dépendances malsaines… Sur lequel il avait à peine jeté un œil tout à l'heure en arrivant. Et cela, juste quand il le fallait !... Il se débarrassa de ses pensées encombrantes… Le jeune homme venait d'écarter le rideau de perles clinquantes qui protégeait l'accès au couloir. Il connaissait la maison, récupéra sous une coupelle contenant un pot-pourri rouge et gris, un petit miroir et, avec soin, vida dessus le contenu du petit papier qu'il avait obtenu. Il arrangea la poudre blanche en une ligne propre avec sa carte Gold et s'apprêtait à se pencher dessus quand un de ses copains entra. C'était un des deux qui lui avait refusé ce qui devait être une dose ou un truc équivalent… Il le regarda agacé. L'autre, inquiet et agité, lui demanda :

— Tu n'as pas pu en avoir ?

— Non ! Tu as bien vu !...

— Et tu en auras quand ?

— Demain peut-être, répondit hargneux le fils Marsuy.

— Mais il avait dit qu'il t'en donnerait, il l'avait dit depuis la semaine dernière.

— Eh bien, il ne l'a pas fait !

— Mais pourquoi ?

— Parce que ce n'est plus pareil, riposta-t-il encore plus hargneux.

— Mais comment ça plus pareil ? L'autre était perdu, passait sur ses lèvres une langue inquiète et impatiente.

— Keumi est parti, je ne sais où et j'ai vu un autre gars, pas sympa du tout qui ne veut plus nous fournir au même prix ou alors sur de grosses quantités !...

— Eh ben ! C'est bien les grosses quantités assura l'autre en ricanant bêtement.

— Ah oui et qui va payer !... Moi, je n'ai plus rien depuis que ce vieux connard m'a lâché.

— On en revendra plus cher proposa son copain après un peu de réflexion, et comme cela on aura la nôtre à l'œil !

— Ouais peut-être, j'y avais pensé aussi, je dois en discuter demain au « Carré » avec leur patron... mais c'est risqué...

— Bouf, tu parles ! Pas tant que ça... et puis comme ça, on aura toujours tout ce qu'il faut et les autres devront raquer pour l'avoir... Les filles aussi, insista-t-il d'un ton mauvais et vicieux.

— On verra demain, lui répondit méchamment le fils Marsuy, en attendant laisse-moi prendre ça. Le mec, il m'a énervé à mort... il faut que je me calme !

— Tu m'en laisses un peu, dis ! Tu m'en laisses un peu !

Le fils Marsuy le regarda encore plus méchamment, laissa quand même quelques grains sur le miroir sur lequel l'autre se précipita.

Jo attendit qu'ils aient quitté l'endroit pour rejoindre son coin de bar. Il termina son verre de Perrier en observant le groupe. Ils étaient les princes du lieu, se faisant servir Mojito, Margarita et Pina Colada à gogo pour les filles, whisky sec, téquila, gin et autres boissons fortes pour les garçons. Vu ce que lui avait couté son eau gazeuse, ils devaient payer une addition monumentale tous les soirs. Quelques photos plus tard, il sortit, anonyme, de l'établissement, même le barman ne se souviendrait jamais de lui.

En conduisant, il réfléchissait à tout ce qu'il avait vu. Le fils Marsuy s'était fait piéger, piéger par des gens bien organisés qui l'avait appâté par la satisfaction à moindre prix de désirs malsains, l'avait ferré jusqu'à la dépendance malsaine et le tenait maintenant au bout de leur ligne, à leur merci, prêt à tout… Il n'était certainement pas le seul du groupe dans ce cas, cependant lui venait de voir ses ressources diminuer brutalement et les autres allaient en profiter pour le faire passer du rang de consommateur « vache à lait » au statut peu enviable de dealer. Ils avaient dû repérer depuis longtemps son carnet d'adresses plein de gosses de riches et sa position protégée et allaient maintenant avoir leur retour sur investissement, une affaire très bien menée. Il en avait vu d'autres se faire piéger ainsi et être prêts à donner toutes sortes de détails sur le fonctionnement de leurs entreprises ou de leurs services pour obtenir leur Graal… Et s'ils avaient bien joué le coup, comme Jo le pensait, le fils Marsuy devait même leur devoir un bon paquet. Comme cela, ils le tenaient encore mieux et les menaces sur ce qui allait lui arriver s'il ne payait pas, le mettraient définitivement sur l'herbe, à leurs pieds…

De retour chez lui, Jo commença la rédaction de son compte rendu. Il s'était servi un verre de son petit vin rouge de terroir et le dégustait en même temps, se régalant de sa simplicité légère et framboisée et de raconter tout ce qu'il avait vécu dans la journée.

Il divisa le récit de sa rencontre avec Polli en deux parties, d'un côté la retranscription la plus fidèle possible de leur dialogue, et de l'autre le ressenti qu'il avait de ce que l'homme lui avait raconté. Il n'allait pas croire sur parole toutes ses allégations. Il était sûr que Polli avait toujours été plus qu'aimable et enjôleur avec Madame Marsuy, c'était dans sa nature… Il l'avait certainement regardée avec l'œil concupiscent reproché… rien qu'en en parlant, il avait l'œil concupiscent… La dame, avec l'égotisme propre aux gens de pouvoir, devait s'être cru la seule intéressante et « vraiment belle » !... Et quand elle avait voulu se changer les idées, avait dû être très vexée de ne pas rencontrer l'adulation attendue… Pour le fils, après ce qu'il avait vu, il avait du mal à rester critique, mais essaya tout de même !...

Avant d'écrire la deuxième partie de son récit, il se fit réchauffer ses pâtes bolo, se complimentant de sa prévoyance et de son organisation. Un beau morceau de fromage, une poire juteuse plus tard, il se remit à sa table et décrivit son séjour au « Pleasure » où **LE DIABLE** l'avait envoyé. **LE DIABLE** ou l'envie de savoir, de continuer ses recherches, de poursuivre la chasse !... Il avait tant aimé ça !... Il s'auto fustigea avec dérision… Obéir lui aussi à ses désirs malsains, tsss, tsss, tsss !... Pourtant il était content de lui et pour terminer cette belle journée, alla se servir un peu d'Armagnac… Avant de s'attaquer à son angoisse, l'enregistrement des photos du téléphone sur ce foutu ordi !... Une bonne heure après, il avait réussi et était fier de lui, toutes les photos étaient bien classées par date dans le dossier, assorties d'un commentaire quand il l'avait jugé nécessaire… Il partit se coucher satisfait !

VI

Le lendemain, il s'était programmé un réveil encore plus matinal que d'ordinaire. Il avait de la route et devait arriver tôt pour trouver le placier afin qu'il lui attribue un emplacement. Le vent d'est courait toujours. La journée serait humide et grise. Mais il remplit son camion avec entrain. La tête déjà bouillonnante des questions qu'il poserait, des comportements qu'il adopterait. Il s'habilla plus sobrement qu'à l'accoutumée. Il ne se rendait pas là-bas pour développer une clientèle, mais pour collecter des renseignements et souhaitait surtout qu'on le considère comme anodin et inoffensif. Il voulait maintenant tenter d'en savoir plus sur l'histoire de pots-de-vin dont avait parlé Soublairan.

C'était important pour connaitre la moralité de Marsuy, il devrait se montrer adroit dans sa manière d'aborder la question au marché. Avant de partir, il vint s'assoir sur son fauteuil Voltaire avec son café et prit ses cartes. Il envoya une pichenette au diable, le saluant en le réintroduisant dans le paquet. Allez vieille canaille, à la prochaine, je te remercie. Hier on a passé une bonne journée, il riait en lui-même, et rit encore plus quand il retourna L'AMOUREUX, une autre bonne journée s'annonçait. Il n'avait pas oublié son rendez-vous du soir et ses intéressantes perspectives… En plus, ce tirage le confortait quant à la stratégie et la méthode d'investigation qu'il avait adoptées. Associé à L'HERMITE, LA PAPESSE et LA LUNE, L'AMOUREUX confirmait la nécessité du secret et de la dissimulation.

Cependant, bien contre sa volonté consciente, pendant le trajet, les significations de L'AMOUREUX lui trottèrent dans la tête, L'AMOUREUX l'heure du choix… entre plaisir et raison… entre amusement et responsabilités… Devait-il consacrer sa soirée à son enquête ou pouvait-il un peu profiter de la vie ?… Ses pensées devinrent moroses. Il décida de remettre tout cela à plus tard et se recentra sur ses projets de la matinée.

Qu'il mena, à son avis, plutôt bien, circulant, anonyme au possible, dans les groupes rassemblés après le passage du député, écoutant les commentaires, glissant judicieusement l'histoire de sa belle-mère et de ses problèmes avec l'autoroute voisin. Elle voulait faire construire un mur antibruit et s'imaginait qu'en proposant une enveloppe au député, elle obtiendrait ce qu'elle réclamait… Il accompagnait cela de ricanements sarcastiques et recevait de bons échos, les belles-mères faisant l'unanimité quant à leurs idées farfelues et dépourvues de sens commun !… Marsuy était décrit comme colérique, rancunier et incorruptible par ceux qu'il n'aimait pas. Pour les autres, il faisait ce qu'il pouvait sans incitation monétaire supplémentaire… du moins jusqu'à ces derniers temps… Une ou deux remarques sur les résultats positifs d'une enveloppe au nouveau secrétaire plurent beaucoup à

Jo. Pour accéder au député, il fallait dans tous les cas passer par le secrétaire, comme il put le vérifier. Marsuy avait traversé le marché, serrant beaucoup de mains, dégustant volontiers un morceau de fromage, un quartier de pomme ou d'orange, faisant la bise aux mamies, discutant quelques instants avec tous ceux qu'il connaissait, prêtant une oreille attentive aux sollicitations et dirigeant tous les quémandeurs vers son assistant et sa femme qui le suivaient, agenda dans une main et cartes de visite avec téléphone de contact pour confirmer le rendez-vous dans l'autre. Jo en avait récupéré une. Il y avait toute la marche à suivre pour rencontrer le député. On devait d'abord s'adresser à Mr Vallieur, pas de preuves, toutefois beaucoup de présomptions pour la réponse à sa question du matin.

Il resta concentré sur son sujet toute la matinée, écoutant et enregistrant dans sa mémoire le plus possible d'avis, tout en s'occupant de son stand avec suffisamment d'assiduité pour maintenir sa couverture. Il ne pensait pas en avoir encore besoin, mais on ne sait jamais. Il devrait peut-être revenir pour en apprendre plus sur les relations de Mr Vallieur avec les enveloppes. L'une des suggestions en ce sens venait d'un forain et Jo se réservait ainsi la possibilité l'aborder ultérieurement, en tant que collègue, c'est toujours plus facile.

En remballant, il repensait à son dilemme de la soirée. Il dansait intérieurement d'un pied sur l'autre ne sachant que décider et décida… de ne rien décider encore une fois… Il verrait le moment venu… Il pouvait de toute manière honorer son rendez-vous de début de soirée et s'il devait aller au « Carré » où son devoir semblait l'appeler, ce ne serait pas avant minuit… dans ces milieux, c'est à cette heure-là que la vie commence… Alors il avait le temps de décider !

Comme ils l'avaient convenu, il téléphona à Eloïse. Il proposa qu'ils mangent quelque chose ensemble avant le film. Elle suggéra une pizzéria très sympa, proche du cinéma et ils s'y donnèrent rendez-vous vers vingt heures. Elle avait regardé les horaires, le film débuterait à vingt et une heures quinze, cela leur laissait largement le temps. Elle parlait gaiement, semblait ravie de passer la soirée avec lui et termina en lui disant :

— Bisous, à ce soir ! Ce qui lui fit bondir le cœur de joie… et pas seulement le cœur.

Il relativisa bien vite. Dans ce coin, tout le monde se faisait la bise. Le moindre mec avec qui il avait pris deux fois l'apéro l'embrassait sur les deux joues dès qu'il le rencontrait. Son arrivée sur chaque marché s'accompagnait toujours de multiples embrassades. Il ne devait pas s'enflammer trop vite.

Comme il l'avait prévu et s'en réjouissait par avance, il alla déjeuner chez Momo et Huguette. Un début de mauvaise conscience lui pesa sur l'estomac et il n'apprécia pas vraiment la sauce onctueusement citronnée de la blanquette. Il s'en voulait maintenant d'aller consacrer sa soirée à de l'amusement. Pour faire le boulot sérieusement, il aurait dû aller repérer les lieux aux alentours du « Carré » bien avant l'ouverture, être positionné dans un endroit discret dès celle-ci, afin d'être certain de ne rien manquer de ce qui s'y passerait.

Sur le chemin du retour, il hésitait, devait-il téléphoner pour annuler sa soirée avec une excuse urgente quelconque ?... Et décida de s'accorder au moins cela. Ce n'était après tout qu'un service rendu, pas une affaire d'État !... Cependant, sitôt après le cinéma, il partirait pour le « Carré ». En plus c'était le moment où il y avait le plus de chances qu'il se passe quelque chose… Il en soupira de regrets frustrés, se consolant en se disant que de toute manière, la chose n'était pas non plus pliée d'avance et qu'il n'aurait en aucun cas été assuré de finir sa nuit dans le même lit qu'Eloïse…

Chez lui, après avoir rangé ses marchandises, il s'installa à son bureau, chauffage d'appoint à ses côtés et mit sur papier toutes ses observations de la matinée. Pas de photos ce jour-là, il avait préféré rester centré sur les commérages. Il relut tous ses comptes rendus, trouvant qu'une bonne image de l'homme Marsuy se dégageait de tout cela. Il ajouta quelques remarques personnelles dans les marges, écrites au crayon à papier pour se différencier des faits. De ses projets initiaux, il ne manquait qu'une chose, une visite aux alentours du domicile de Marsuy, voir sa maison, faire une enquête de voisinage. Il décida d'y consacrer sa journée de lundi, ensuite dans la soirée il préparerait un résumé... ou pas ?!... Peut-être ferait-il aussi bien d'emmener l'ensemble des notes à **LA PAPESSE**, mais il allait devoir sélectionner quelques photos et les imprimer... La simple idée qu'il n'en avait pas quant à la manière de faire cela, le déprima encore une fois et encore une fois, il se traita de vieux con et s'exhorta à faire des efforts... mais lundi soir !...

Là tout de suite, ce qu'il avait à faire, c'était se doucher et se choisir une tenue compatible avec ses deux projets, voire même ses trois projets. Il avait toujours aimé être prêt pour toutes les éventualités et préférait prendre quelques précautions par anticipation, même s'il s'avérait ensuite que c'était pour rien. Pantalon noir évidemment, jolie ceinture en cuir et chemise d'un gris anthracite légèrement moiré « slim fit − Iron free », des trucs à la mode, d'origine sino-italienne garantie qu'il achetait au marché. Depuis qu'il refaisait un peu de sport, sa ligne s'était améliorée. En se regardant dans la glace, il trouva qu'il ressemblait tout à fait à ce tombeur de Polli, ce qui lui fit plaisir.

Pour la première partie de soirée, il ajouta un petit pull à col en V. Pour la deuxième partie, il mit dans sa poche une grosse chaine en or, chinoise de Chine avec médaillon dragon ! Pour aller au « Carré », il ôterait le pull, mettrait la chaine, ouvrirait la chemise d'un ou deux boutons supplémentaires, se donnant ainsi un air frimeur... Il n'était pas, de nature, très coquet, mais savait la nécessité du « paraitre ». « Pour tromper le monde, ressembler au monde », il pratiquait depuis longtemps ce précepte issu d'un autre temps et savait faire ce qu'il faut pour ressembler à ce qu'il voulait, la cinquantaine chic et bien conservée pour Eloïse, et un « Kéké » vieillissant, mais avec des moyens à la boite... Pour la partie « éventualités », il rechercha et retrouva sa cagoule passe-montagne, ses gants de soie et un coupe-vent dont la matière douce et légère avait le grand avantage d'être silencieuse. Tout cela noir et discret et qui lui avaient permis si souvent de disparaitre encore plus au fond de son recoin sombre. Parce qu'il était perfectionniste, il chercha dans une boite à chaussures qui lui servait de pharmacie, un gros stick de maquillage « militaire » qu'il savait avoir rangé là. Il n'envisageait pas vraiment de l'utiliser, mais préférait avoir fait le maximum pour que tout se passe bien. C'était aussi un moyen d'exorciser le mauvais sort...

En se préparant, il repensait à la réputation de castratrice de **LA PAPESSE**. Là, c'était réussi, pour ce soir, il allait se faire ceinture... Bien des années auparavant, il avait eu ainsi du mal à se remettre d'une « discussion » avec elle. Boite de préservatifs dans une main, index de l'autre lui martelant le sternum, il l'entendait encore « Et je t'interdis de te jeter sur toutes ces foufounes en chaleur comme un mort de faim, de semer à tout vent des petits enfants sans père, de rendre toutes ces petites coupables de décisions qu'elles seules pourront prendre ! Et même si tu es du genre, comme je le pense, avec la famille que tu as eu la grande chance d'avoir, à honorer tes responsabilités, je veux que cela soit avant !... Alors tu es prié d'utiliser ceci, et elle lui tanqua la boite dans les mains. Et plutôt qu'un recoin sombre, le lit de la chambre d'ami. Je ne jouerai pas les voyeuses et m'en irai discrètement... » Il se rappelait encore son cœur battant à trois mille à l'heure. Il était mort de honte et avait tellement chaud qu'il pensait fondre sur place et se liquéfier à travers le plancher pour disparaitre... Avec son langage cru de sage-femme, elle n'avait pas mâché ses mots, lui décrivant très exactement un avortement, le sang, le petit fœtus qui partait à la poubelle et les larmes qui toujours, toujours, lui martelait-elle de l'index, l'accompagnaient... Il lui avait fallu quelques semaines pour surmonter cette épreuve et utiliser le lit et la boite. Bien aidé par les attentions insistantes de la belle Sandrine, sa chevelure de sirène, ses yeux sombres aux longs cils, ses seins magnifiques qui distendaient ses petits tee-shirts moulants et lui mettaient le bas-ventre en folie... La vieille avait tenu sa promesse. Lorsque par hasard elle était chez elle, elle s'esquivait toujours lorsqu'il arrivait accompagné. Elle surveillait toutefois son approvisionnement en préservatifs, lui demandant régulièrement s'il était allé à la pharmacie...

Ce soir, il n'était pas mort de faim au point de se jeter sur n'importe quelle foufoune décida-t-il. Eloïse correspondait à son archétype féminin, d'après ce qu'il avait pu en voir au marché en dépit des vêtements d'hiver, longs cheveux bruns et lisses, poitrine généreuse, hanches rondes et jolies jambes, mais surtout il aimait sa conversation. Et, se dit-il, voulant être honnête avec lui-même, plus que le « plan cul » c'était surtout « le plus si affinités » qu'il recherchait avec elle. Sa solitude célibataire lui pesait parfois. Depuis son installation dans le coin, il avait eu quelques plans cul sexuellement corrects, mais ils avaient été totalement insatisfaisants par ailleurs. Il n'était pas prêt à tout, juste pour une compagne et du sexe. Alors, ce soir, se consola-t-il, ils feraient mieux connaissance et pourraient peut-être ainsi déboucher sur une vraie relation avant d'en arriver au sexe...

Il fut tellement content lorsqu'Eloïse enleva son manteau au restaurant. Elle était parfaite. Des rondeurs exquises bien comme il fallait et assez importantes, comme il aimait. La robe un peu courte, pas trop, les chaussures à talons, le décolleté en V d'où dépassait par endroits un peu de dentelle, qui mettait ses seins en avant et en valeur. Le maquillage pas trop accentué, mais les lèvres rouges et les cils longs... Il aimait les femmes féminines et était aux anges... Elle portait des bas et non ces saletés de collants, il en était certain...

Avec quelques regrets, il joua le grand timide fatigué, insista dès le début du repas sur ses horaires impossibles, lui rappela que le lendemain, il devait travailler et exagéra l'heure de son réveil. Il s'en voulait et espérait ne pas passer pour une mauviette sans intérêt. Ils discutèrent agréablement cinéma, les films qu'ils aimaient. Ils n'étaient pas tout à fait sur la même longueur d'onde. Lui, son must avait toujours été *La guerre des étoiles*. Il la joua un peu plus intellectuel et sentit qu'il l'épatait, car il regardait volontiers les films en VO. Et surtout il l'écouta... Elle était fine, douce et gentille, intelligente... Il lui servit du vin... lui jeta des regards admiratifs, tout en maintenant une bonne distance corporelle. Pendant le film, toujours avec regrets, il resta bien calé dans le coin du fauteuil le plus opposé au sien et feignit même de s'endormir un petit moment ! Il sentait ses regrets à elle aussi, il était sûr qu'elle aurait été prête pour un petit câlin et même plusieurs... Lui aussi était tout à fait prêt et faillit craquer en la raccompagnant à sa voiture. Des années de respect du devoir et d'obéissance l'obligèrent à se tenir à ses objectifs. Comme, tout de même, il désirait lui plaire et se placer en position d'amoureux intéressé. Plein des réminiscences de cette année Shakespeare dont il venait de retrouver les souvenirs, il utilisa un truc qui avait toujours fonctionné dans sa jeunesse. Après deux bises timides, en s'éloignant d'elle doucement, il fit glisser sa main le long de sa manche et lui prenant les doigts, les amena à ses lèvres et les embrassa, lui demandant d'une voix plus rauque qu'il n'aurait voulu, si elle viendrait le voir le lendemain au marché. Elle en rougit de surprise et de satisfaction. Il sentit que ce geste d'un autre âge l'avait touchée. Elle était belle ainsi, les yeux brillants et les joues roses. Il s'obligea à reculer encore de deux pas pour ne pas se jeter sur elle comme un mort de faim !... Elle accepta avec un grand sourire et il regagna sa voiture plein d'espoir pour sa soirée suivante.

Son trajet vers le « Carré » fut tout d'abord morne et maussade. Il était de mauvaise humeur, ayant l'impression de passer, encore une fois, à côté de sa vie. Pour se changer les idées, il se concentra sur ses projets et petit à petit s'installa en lui l'allégresse de la chasse. Il était totalement prêt lorsqu'il pénétra sur le parking de la boite de nuit. Il alla garer sa fourgonnette un peu miteuse dans un coin sombre loin d'un réverbère, mais le plus proche possible de l'entrée, pour le cas où il devrait repartir en vitesse... Toujours tout envisager... Après avoir réfléchi quelques instants, il enfila coupe-vent noir et passe-montagne roulé en bonnet, sortit avec discrétion de sa voiture par la portière passager qu'il avait calée contre un mur et fit une rapide inspection des alentours. Il repéra les sorties de secours, les caméras de surveillance, examina les autres véhicules du parking. Il y avait un peu de tout, de la vieille bagnole d'étudiant à du coupé de luxe, décapotable et sièges en cuir. Des jeunes faisaient la queue pour entrer et d'autres fumaient dehors en petits groupes. Après avoir remis blouson et cagoule dans sa voiture et arrangé sa tenue de manière adéquate, il se dirigea d'un pas tranquille vers la porte. Il n'était pas question qu'il fasse la queue avec les gamins. Il s'approcha du jeune homme trapu qui jouait au videur à l'entrée et lui glissa un billet qu'il avait roulé en un fin tuyau, le regardant d'un air assuré et blasé. Il ne faisait bien sûr pas partie des habitués ou des VIP du coin, mais suffisamment d'aplomb et le look qui convenait faisaient l'affaire et le jeune le laissa entrer. L'intérieur ressemblait à toutes les boites qu'il avait connues, sombre et clinquant, plein du bruit assourdissant d'un maximum de décibels. Il alla se percher sur un tabouret dans un coin du bar d'où il avait une bonne vue sur la salle, se laissa servir un whisky dilué et observa. Minuit était passé, la soirée commençait à peine, quelques filles dansaient sur la piste. Il repéra le groupe des copains du fils Marsuy, sans lui, bien à leur aise dans un espace salon sur une estrade, bouteilles de champ dans des seaux à glace et cocktails colorés dans des verres de toutes formes. Il vit aussi Polli accompagné d'une femme aux longues, longues jambes sur hauts talons, mises en valeur par une mini, mini-jupe, mais toute maigrichonne du haut. Elle avait les épaules saillantes, les omoplates qui pointaient dans le dos comme des moignons d'ailes disgracieux et la peau des bras qui pendait un peu. Les seins ronds et fermes associés faisaient faux sous le débardeur lamé... En plus elle était trop maquillée et avait un visage ingrat. Eloïse est beaucoup mieux, se rengorgea-t-il, tout content.

La population était très mélangée, certainement parce qu'il n'y avait pas ou peu d'autres établissements de ce type aux alentours. Sur une des estrades salons, il remarqua un groupe de femmes de quarante-cinquante ans, une sortie de boulot « entre filles » pour fêter la fin de l'année peut-être... Il y avait aussi de jeunes étudiants à l'air sérieux, lunettes et tee-shirts mous, venus se détendre après des exams, d'après ce qu'il comprenait... des filles venues enterrer la vie de jeune fille de l'une d'entre elles... La soirée s'animait, la piste se remplissait, les dames de l'estrade surtout dansaient avec entrain... Il vit le fils Marsuy sortir du couloir qui menait aux toilettes. Vu le genre de la clientèle, il pensait qu'il ne se passait pas grand-chose par là-bas ou alors derrière la porte close d'un w.c.. Les acquisitions, utilisations ou échanges de substances stimulantes interdites devaient avoir lieu ailleurs ou très discrètement... loin du regard éventuel de Madame Truc ou de Madame Machin employée à la mairie ou au tribunal ou femme de gendarme... et qui ne devait pas connaitre ces dérives... Le patron devait y veiller ! Alors il attendit... Le fils Marsuy était très nerveux, s'agitant, buvant beaucoup, se passant la main dans les cheveux toutes les vingt secondes, regardant partout... Il attendit... deux bonnes heures... Il avait réussi à se faire oublier même du barman, gardant son verre au trois quarts plein, posant la main dessus et le déplaçant régulièrement, pour que l'autre ne l'enregistre pas, jouant sur son téléphone pour avoir l'air occupé et en profitant pour prendre quelques photos. Et chose étrange, cela ne lui pesa pas, il était concentré, hors du temps... Son esprit flottant sur le rythme des basses qui vibraient dans tout son corps... et parfaitement attentif. Il repéra l'homme dès qu'il apparut à l'entrée, bien avant que le fils Marsuy ne le voie. Le type dut s'avancer jusqu'au pied des trois marches qui menaient à l'estrade pour que l'autre le remarque et se lève à son coup de menton. Jo en avait déjà la photo et se dirigeait vers la sortie alors qu'il n'avait pas encore quitté son siège. Dès qu'il fut dehors, un rapide coup d'œil lui montra tout de suite où il se passait des choses !... Des costauds d'un genre bien défini, pantalons trop trop baggy laissant voir une bonne vingtaine de centimètres de sous-vêtements, des tee-shirts trop trop petits qui ne recouvraient absolument pas des abdominaux parfaits, des bras et des avant-bras extrêmement musclés exposants leurs tatouages malgré la fraicheur de la nuit, quadrillaient un des coins éloignés du parking. Circulant autour de trois voitures noires et brillantes, sur les capots desquelles étaient assis d'autres individus qui se la jouaient beaucoup plus chic. Jo partit en sens inverse, vers sa vieille bagnole à lui, dans laquelle il se glissa. Il revêtit sa tenue d'ombre, hésita pour le stick de maquillage. Pour finir, il s'en fit deux traits épais au-dessus et en dessous des yeux. Il dissimula tout son visage sous le passe-montagne déplié et ressorti par la portière entrouverte au minimum, à peine quelques instants plus tard. Il disparut dans l'ombre du mur qui clôturait cette portion du parking, un peu plus loin, il était remplacé par un grillage. Deux grands lampadaires plantés au milieu éclairaient bien l'enceinte, mais les bords restaient sombres à bien des endroits. Il put, sans trop d'efforts, longer rapidement la clôture et se retrouva positionné derrière les voitures noires alors que les deux autres arrivaient à peine. Le jeune essayait d'avoir l'air nonchalant et peu intéressé par ce qui se passait, mais transpirait l'anxiété jusqu'à Jo. Tous les yeux étaient fixés sur lui. Jo en profita, s'il voulait entendre ce qui se dirait, il devait se rapprocher. Il abandonna la sécurité de l'ombre où il se trouvait et le plus vite possible vint rejoindre celle, bien épaisse, que faisait l'arrière de deux des voitures suffisamment proches l'une de l'autre. Il se fit petit, collé sur un pare-chocs et une roue, respira léger et resta immobile.

— Salut ! émit le fils Marsuy dans un coassement en arrivant près des hommes adossés aux voitures.

Un grognement et un raclement de gorge lui répondirent. Il prit un ton hautain et condescendant pour poursuivre.

— Qu'est-ce qui se passe ? J'avais un arrangement avec Keumi et maintenant, lui, il me dit que ça ne peut plus se faire, il montra du menton l'homme qui l'accompagnait, je voudrais bien savoir pourquoi ?

Il avait l'habitude que l'on cède à ses caprices, cela s'entendait, la trouille s'entendait aussi et rendait sa voix chevrotante. Un des hommes se détacha d'une voiture et s'approcha de lui. Dans le même temps, les trois costauds, dans un mouvement bien étudié, vinrent se rassembler à quelques pas derrière faisant écran entre eux et la sortie de la boite et masquant la scène à un éventuel public. L'homme abaissa une main brutale sur l'épaule du fils Marsuy, qui devait avoir les jambes flageolantes, car il tomba à genoux aussi sec.

— Keumi, il a oublié un truc, c'est que la marchandise, ça se paye et pas à crédit ! J'ai dû le lui réexpliquer !... Et toi maintenant, tu me dois de la thune et je ne vais pas avoir à te le réexpliquer n'est-ce pas ? Le ton était menaçant et plein de sous-entendus.

— Non, non bien sûr... répondit l'autre d'une voix chevrotante, je lui avais dit à Keumi que j'allais le payer. C'est juste que là, en ce moment, je suis un peu gêné, mais ça va aller mieux, je vais vous payer, c'est certain.

— Ah oui et comment ?

— Je vais vendre ma voiture, je peux trouver un acheteur... et sinon, on me prêtera de l'argent, des parents, des amis...

— C'est bien, Keumi me l'a dit que tu allais honorer tes dettes, que tu n'étais pas le genre à ne pas payer !... L'homme tapotait maintenant le dos du jeune avec gentillesse, mais les paroles à double sens sonnaient sinistres. Comme tu es un brave garçon, ajouta-t-il et parce que Keumi t'a recommandé... Je vais te laisser un peu de temps et te donner les moyens de me rembourser... Tout à l'heure, on va t'apporter un paquet de ce que tu aimes et dans dix jours, tu rapporteras dix milles à Mickey, il désigna du pouce l'homme de la boite, il te dira où !... Si tu te débrouilles bien, tu payes ta marchandise d'aujourd'hui, ta dette et il y aura même assez pour toi... Il lui tapotait toujours l'épaule et d'un coup lui retourna la tête d'une baffe énorme, mais c'est ta seule chance !... Après tu devras rendre des comptes !... Il le bouscula encore et l'autre tomba allongé au sol... Tu as compris ?...

Le fils Marsuy émit un grognement qui pouvait passer

pour un oui. Après un dernier petit coup de pied, l'autre lui tourna le dos et regagna sa voiture en ordonnant.

— Ici, dans une heure !

Les trois costauds vinrent relever le jeune homme et l'épousseter sans ménagement avant de remonter eux aussi en voiture. Jo profita des claquements de portière pour regagner l'ombre de la clôture.

Le fils Marsuy resta seul sur le parking, il fit quelques pas difficiles et s'adossa au grillage à proximité de Jo. Il fouilla dans ses poches, sortit un paquet de cigarettes et en alluma une d'une main tremblante.

Jo réfléchissait à ce qu'il venait de voir et d'entendre. Keumi, un anonyme, qui devait avoir l'air sympa et propre sur lui pour pouvoir fréquenter ce genre de groupe de jeunes friqués. Il servait d'appât, laissant ensuite les méchants gérer l'affaire… lui encaissant certainement des pourcentages sur ce que le dealer nouvellement recruté rapportait. Si sa cible était bien choisie, comme cela semblait être le cas, c'était un job lucratif à moindre risque…

Jo sentit monter en lui l'envie de faire quelque chose, un truc débile qu'il ne pourrait que regretter. Le jeune était sur une pente descendante et fâcheusement glissante vers l'abime. Peut-être qu'une bonne poussée, appliquée avec violence dans le bas du dos, l'aiderait à remonter cette pente et à retomber du bon côté de la vie.

Sans plus réfléchir, il s'approcha en silence du jeune homme, lui saisit le bras, l'attira vers lui et d'un rapide balayage l'aplatit sur le sol dans une flaque d'ombre, la tête dans la poussière et les graviers. Il s'agenouilla sur lui, d'une main il lui ferma la bouche et de l'autre, lui bloqua un bras dans le dos d'une clé… suffisamment ferme pour obtenir la soumission de l'esprit !... Il attendit quelques secondes pour laisser le temps à la peur et sa clé d'agir, après quelques soubresauts, sa victime cessa de résister.

Prenant son « accent russe », celui qu'il utilisait pour dissimuler son accent français quand il était en mission à l'étranger et devait s'exprimer en anglais ou en allemand, il murmura à l'oreille du fils Marsuy, d'un ton méchant.

— Dans une heure, tu es chez toi, au fond de ton lit et tu oublies définitivement de revenir par ici… Ces mecs-là, je les surveille, si je te revois avec eux…

Il laissa sa phrase en suspens. Relâchant son bâillon, il lui attrapa les cheveux et l'obligea à le regarder. Il savait que ses yeux soulignés de noir lui donnaient un air dangereux très convaincant. Et pour finir d'être inquiétant, lui écrasant la tête au sol, il lui introduisit deux doigts en crochet dans les narines, lui referma la bouche en appuyant sa paume contre son menton et tira un peu. Il poursuivit sa phrase.

— Ton petit nez, je te l'arrache, troué comme il est par ce que tu y mets dedans, il viendra tout seul !

Retirant ses doigts des narines sanglantes, il lui écrasa encore plus la tête sur le sol, la frottant de droite et de gauche pour lui écorcher le visage et laisser des traces. Puis, il l'abandonna, allongé par terre, et s'éloigna dans l'ombre.

Enlevant ses gants avec dégout, il les rangea dans la poche de son coupe-vent. Il attendit d'être à côté de son véhicule pour ôter le passe-montagne et la veste et les glissa sous son siège. Le sang ne semblait pas avoir transpercé les gants, toutefois, accroupi à l'abri de sa voiture, il s'essuya soigneusement les mains avec quelques lingettes d'une boite hermétique qu'il y laissait toujours, pour se nettoyer après avoir manipulé ses olives et ses épices. Puis en humecta d'autres avec l'eau de la bouteille qu'il utilisait pour cela et ôta du mieux qu'il put le noir de son visage. C'était un bon produit qui, en principe, partait bien à l'eau. Il contrôla le résultat dans son rétro, cela lui sembla propre, mais il faisait sombre, alors il n'était pas trop sûr de lui. Pour finir, il époussseta son pantalon, rajusta sa chemise, et se recoiffa vaguement de ses doigts écartés.

Il s'en voulait déjà de sa connerie, et hésitait sur la conduite à tenir. Le fils Marsuy restait couché là-bas près du grillage. Il distinguait, bien qu'avec difficultés, le tas qu'il faisait, roulé en boule. Il y avait quelques groupes qui sortaient de la boite pour partir ou fumer dehors. Il examina les alentours, vérifia la position des caméras sur les lampadaires… Et se décida. Il rejoignit un groupe de fumeurs, en utilisant au maximum ses compétences de discrétion, se glissant de l'ombre de la clôture à l'ombre du bâtiment, ne la quittant qu'au dernier moment pour paraitre, en cas d'enquête et examen des vidéos de surveillance, être déjà intégré au groupe. Gardant le plus possible son visage dans cette ombre au cas où il serait resté quelques traces de noir, il posa des questions anodines, se fit offrir une cigarette et joua les crampons avant de regagner avec eux l'intérieur de la boite.

En premier lieu, il se dirigea vers les toilettes pour vérifier la propreté de sa figure. Ce n'était pas le moment de se faire remarquer. Il ne savait pas trop comment le jeune allait réagir, allait-il rameuter les foules, déclencher un scandale, appeler la police… Il ne le voyait pas vraiment en train de faire ça, comment pourrait-il expliquer aux flics son rencart sur le parking et le pourquoi de son agression par un Russe invisible. Car pour cela, il était sûr de lui. Il avait toujours été très bon pour se planquer, savait que personne ne l'avait repéré et qu'il ne serait pas visible sur les vidéos de surveillance. Les seuls qui pouvaient être repérés dans ce laps de temps, c'était les trafiquants et leurs voitures, qu'il avait rencontrés sur le parking et l'avaient quitté, dument enregistrés par les caméras. C'est pour cela qu'il n'était pas parti tout de suite et avait regagné la boite, pour n'être lié à eux d'aucune manière… En plus, s'il avait fait assez peur au gamin, son option serait de se tirer et de se faire oublier !...

Ce qui l'amena à son option suivante à lui, que devait-il faire ? Tenter de réceptionner la came à la place du fils Marsuy, pour jouer au grain de sable dans le trafic. Mais après le jeune serait sacrément dans la merde... et dans le collimateur des dealers en chef... dangereux pour lui... C'est parce qu'il lui voulait du bien qu'il lui avait sauté dessus, alors il n'allait pas l'enfoncer... Là, son beau-père ou sa mère pouvaient lui prêter ou lui donner le fric, ou il pouvait vendre sa bagnole et rembourser ses dettes et il serait quitte et si c'était assez rapide, ils le laisseraient tranquille... Il y a quand même un code de comportement dans ces milieux...

Il commença à préparer sa ligne de repli. En sortant des toilettes, il rejoignit la piste de danse et petit à petit se rapprocha du groupe des dames. Elles dansaient toujours, ne retournant que rarement dans leur coin. Tout en suivant mollement le rythme de la musique, il poursuivait ses réflexions. Il avait repéré des dealers, bon et alors ? Si ça se trouve, ils étaient déjà connus de la police qui n'avait pas de preuves contre eux et lui non plus n'avait pas de preuve, même pas une photo de la rencontre. Il n'était pas assez bien positionné et n'avait pas voulu prendre le risque... Et après ce qu'il venait de faire, il n'avait pas intérêt à se faire remarquer de qui que ce soit. Il décida de laisser tomber, il n'allait pas jouer au justicier et sauver le monde de la drogue à lui tout seul... Tous les états s'y essayaient sans réussir !... Se serait déjà bien beau, s'il avait réussi à renvoyer le fils Marsuy vers une vie moins risquée !

Il analysa ce qui l'avait poussé à agir ainsi. Pendant qu'il attendait immobile dans son coin d'ombre, les paroles de Polli lui étaient revenues « Pas de temps pour lui, personne pour lui apprendre les interdits moraux... ». Finalement, ce n'était pas vraiment sa faute au jeune s'il était comme ça. Alors, lui, il avait pris le temps... et le risque de lui montrer les dangers de certains modes de vie. Après ce serait à lui de choisir… plaisirs malsains et risqués ou respect des interdits… **L'AMOUREUX**, l'heure du choix… conclut-il en souriant dans sa tête.

Il surveillait du coin de l'œil les copains du fils Marsuy. À un moment, il y eut un peu de va-et-vient et il pensa que ça aller péter, mais non… ils reprirent leurs places sur la piste et leur estrade. Vers trois heures, il ne se passa rien de particulier. Il continua à danser avec les femmes de son âge, échangeant avec elles sourires et signes de connivence, l'intensité de la musique n'autorisait pas la discussion. Lorsqu'elles se rassemblèrent pour partir, il suivit leur groupe. Sur le parking, il les salua, commentant le DJ et la boite sympa et s'éloigna vers sa voiture en agitant la main.

Voilà pour sa couverture, il n'attirerait pas l'attention ainsi. En quittant les lieux, il vit que le jeune n'était plus là, avait-il ou non rencontré Mickey ? Il n'en savait rien, il espéra qu'il était rentré chez lui, comme il le lui avait ordonné. L'idée l'effleura d'aller vérifier. Il l'abandonna vite. Le temps du trajet de retour et cela ferait quasiment vingt-quatre heures qu'il était debout. Si jusque-là, la concentration, l'intensité de l'action avaient fait qu'il ne s'en était pas ressenti, son corps savait tout à coup que tout cela n'était vraiment plus de son âge… D'autant plus qu'il n'aurait qu'une heure et quelques, avant de repartir pour son marché du dimanche. Il ne prit même pas la peine de penser ne pas s'y rendre. Trop d'explications à donner, sa tante qui serait la plus curieuse, sa mère, Eloïse, ses collègues… Alors en rentrant, il appliquerait une recette de sa jeunesse, du café fort, un vrai repas, des œufs frits, du fromage… encore du café, une bonne douche et on repart… Il espérait qu'il pourrait ainsi tenir jusqu'à l'après-midi. Pas encore ce jour-là qu'il profiterait de son plan cul, il en serait bien incapable… Il allait une nouvelle fois devoir se défiler et ça allait foirer définitivement à coup sûr… Il était trop fatigué pour que cela le mette en colère, il était juste déçu…

XII

À son arrivée, il commença par préparer le café, puis sa première tasse à la main alla charger ses marchandises. Il ne devait pas s'assoir maintenant, sinon il s'endormirait aussitôt. Les œufs, le fromage et une autre tasse de café plus tard, il était calé et se sentait plutôt en forme. Il refit un café serré dans sa cafetière « push », la meilleure manière de faire le café selon les connaisseurs et pendant qu'il infusait, partit prendre sa douche. Il tenta de la finir à l'eau froide pour se dynamiser un maximum, mais son courage et sa bonne volonté n'allaient pas jusque-là… Il dut s'octroyer cinq bonnes minutes sous un jet le plus chaud possible pour se remettre de bonne humeur après cet essai idiot !

Comme à son habitude, lorsqu'il fut prêt, il vint s'assoir sur son fauteuil, face à la mer noire dans la nuit noire du petit matin d'hiver, pour boire sa dernière tasse avant de partir. Il remit **L'AMOUREUX** dans le jeu, et l'esprit plein de lassitude, fit son tirage du jour, il ne fut pas troublé en sortant **LE PENDU**… Oui, il le sentait bien ainsi, il aurait la tête à l'envers toute la journée… Il termina sa tasse et se mit en route, essayant de se redresser et de donner à ses pas force et dynamisme.

En arrivant, il regrettait amèrement son endurance et sa vessie de sa jeunesse. Il se dépêcha de se garer à sa place et se glissa derrière son véhicule pour pisser dans le port, comme un ivrogne… Il payait les trois grandes tasses de café fort du matin, qui en plus n'avaient même pas réussi à le secouer, il était crevé. Pendant son entrainement, à l'armée, il pouvait tenir soixante-douze heures, de micro sommeil en micro sommeil et à la différence de beaucoup, sans amphet !... Maintenant, il était trop vieux pour une nuit blanche… Pourtant, il devait tenir. Il lui fallait un petit coup de fouet supplémentaire. Il posa ses tréteaux devant son emplacement et se dirigea vers « L'Univers ». Il allait éviter « L'Amiral » où il avait ses habitudes, mais dont le patron connaissait sa mère et sa tante. Elles s'étaient occupées de la sienne dans ses derniers jours, il les appréciait pour cela, et aimait bavarder avec elles… Il l'aurait vendu, c'était certain…

À « L'Univers », celui qui l'avait repris quelque temps auparavant, essayait de maintenir une ambiance plus jeune, avec musique de jeunes bien forte et elles n'iraient pas potiner par là-bas… enfin, il l'espérait… Il demanda un café serré et arrosé ! Le serveur était d'origine italienne et quand on demande à un italien un café serré… c'est serré… La cuillère devait pouvoir tenir debout dedans… Il avait aussi eu pitié de son air de mort-vivant, car il lui servit la tasse pleine, au lieu du centimètre de liquide du véritable *expresso* et déposa à côté le verre de marc de Provence avec un clin d'œil !

Une gorgée de café, le verre cul sec, encore une gorgée de café ! Il inspira un bon coup et repartit, s'essayant de nouveau au dynamisme…

Il fut ravi, à neuf heures, de voir arriver son équipe de remplaçantes. L'envie de pisser était revenue et se faisait de plus en plus douloureusement insistante. Son dernier traitement avait été efficace, ainsi que les micro sommeils qu'il s'accordait régulièrement, debout, adossé à sa voiture, et il tenait plutôt bien le choc… Mais il fallait qu'il aille vidanger et vite ! Avec le monde qu'il y avait sur le marché maintenant, plus question d'utiliser le port… Après les embrassades et les remarques sur son air fatigué et sa mauvaise mine, il partit rapidement vers les toilettes de « L'Amiral ». Il en profita pour s'arranger un peu les cheveux et se passer un bon coup d'eau froide stimulante sur le visage en se tapotant vigoureusement les joues.

Il retrouva Eloïse sur le parking où elle venait de se garer, lui fit volontiers la bise et lui prit le bras, lui proposant qu'ils aillent, en se promenant le long de la plage, prendre un petit déjeuner à la terrasse de la boulangerie-pâtisserie salon de thé un peu plus loin en bord de mer.

Le vent était toujours à l'est et la mer était houleuse et grise. La couverture de nuages, basse et menaçante, courait vite, s'ouvrant parfois pour laisser apparaitre un morceau de ciel laiteux. Un rayon de soleil éclairait les vagues y déposant une large tache verdâtre et luminescente. Il ne manquait qu'une frégate meurtrie posée dessus pour que l'on se croie dans une peinture marine du dix-neuvième, après le combat et la tempête. Il le lui fit remarquer, voulant paraitre romantique, intelligent et cultivé. Dans le même temps, il essayait de trouver quelle excuse plausible et irréfutable, il pourrait bien utiliser pour pouvoir aller se coucher seul l'après-midi et garder ses chances pour la suite. Il était fatigué, son esprit était brouillé et rien ne venait.

Ils s'installèrent en terrasse, abrités par les brise-vents. L'air était humide et doux, cela lui faisait du bien d'être dehors. Il hésita, mais finalement commanda un café allongé, il n'allait tout de même pas boire un chocolat chaud ! Eloïse prit du thé, les viennoiseries étaient bonnes, ils reparlèrent du film de la veille. Elle lui paraissait gênée, un peu réticente. Elle avait dû le trouver nul hier. Et la tête qu'il avait aujourd'hui ne devait pas arranger ses affaires. Il se laissa envahir par la morosité et les regrets, pas la peine de se chercher une excuse, il n'en aurait pas besoin… il ne l'intéressait pas…

Il fut surpris lorsqu'elle vint poser la main sur la sienne, l'air encore plus gêné.

— Je suis désolée, s'excusa-t-elle, j'aurais aimé rester jusqu'à la fin du marché et que peut-être après, on aille manger quelque chose ensemble. Mais mon ex m'a appelée ce matin. Il veut ramener les enfants vers quatorze heures, pour aller voir sa mère ou je ne sais quoi !...

Comme il levait la main, voulant dire, ça ne fait rien, ce n'est pas grave, elle remit la sienne dessus, le caressant du poignet au bout des doigts et poursuivit.

— Je sais que je ne devrais pas accepter, mais mes enfants sont tellement importants pour moi… Alors, je vais devoir rentrer pour être là à leur retour…

Jo sentit son cœur accélérer, une bouffée de chaleur envahit sa poitrine et son ventre. Il était empli de soulagement, de satisfaction, d'espoir… la veine du Pendu… Il lui prit les doigts et comme la veille, les porta à ses lèvres.

— Ça ne fait rien, assura-t-il en souriant, on va se fixer un autre rendez-vous, pour un soir de la semaine… ou le week-end prochain… préféra-t-il ajouter pour ne pas paraitre trop pressé ou trop gourmand...

Elle posa leurs mains jointes sur la table, toujours aussi gênée.

— Il y a d'autres problèmes, reprit-elle, c'est la fin du trimestre et cette semaine, les enfants ont des petites fêtes avec la chorale, le cours de danse et le hand… Il faut que je les accompagne… et, ajouta-t-elle, samedi prochain, nous partons chez mes parents pour Noël, je les ai pour la première semaine des vacances…

Elle avait l'air tellement déçue en disant cela que Jo exulta de contentement, et c'est lui qui lui caressa la main en lui assurant :

— Ce n'est pas un problème, on se verra quand tu rentres… si tu veux…

Un doute venait de l'envahir, c'était peut-être des excuses bidon pour se débarrasser de lui avec gentillesse. Il fut rassuré par le soulagement qu'il vit dans son regard.

— Oui, cela me plairait… Si cela te dit, je suis invitée pour le réveillon chez des amis. Cela fait longtemps que c'est organisé et je dois y aller, mais j'aimerais bien que tu viennes avec moi… Les enfants seront chez leur père toute cette semaine-là…

Son regard était maintenant plein d'espoir, et Jo, bien qu'un peu frustré par l'attente, était si content qu'un grand sourire éclaira son visage. Il répondit avec enthousiasme.

— Oh oui, volontiers, ce sera super !

Elle parut ravie et commença à lui parler des autres invités de la soirée, beaucoup de copines à elle. Des femmes seules, divorcées ou séparées qui avaient formé une petite bande sympa. Mais il y aurait d'autres hommes, un certain nombre d'entre elles avait un compagnon. Ce serait gai, on danserait et il y aurait du champagne. Chacun devait amener une bouteille ou quelque chose à manger… Le genre « auberge espagnole », commenta-t-il pensant à des copains à lui qui fonctionnaient aussi ainsi. Cela la fit rire. Ils bavardèrent un bon moment et en la laissant à sa voiture, il s'attarda un peu dans son cou en lui disant au revoir.

Il regagna son stand le cœur et le corps en joie, toute fatigue oubliée, momentanément du moins… Il était dix heures et demie lorsqu'il y arriva et sa mère et sa tante étaient énervées.

— Mais pourquoi reviens-tu tard comme ça ?

— Tu sais pourtant que nous devons aller faire réchauffer le vin chaud.

Le vin chaud ? s'interrogea-t-il. Ah oui, le vin chaud ! Il déclara avec assurance :

— Je sais, mais il ne faut surtout pas qu'il soit trop chaud. Sinon ils ne pourront pas le boire, faites attention et goûter le ! Il ne doit pas bruler la langue !

Ouf ! Il s'en était bien tiré, la balle était dans leur camp maintenant.

— Oui, tu as raison

— On va faire attention

— On revient dans un quart d'heure, vingt minutes avec le premier thermos

— Pourquoi le premier ? s'étonna-t-il, vous en avez plusieurs ?

— Deux, qu'on va remplir alternativement jusqu'à la fin du marché.

Il n'avait pas la force de résister et répondit simplement

— Ok !

Elles partirent, commentant la durée de réchauffage nécessaire et l'intensité du gaz à employer…

Le temps qu'il serve trois clients et sa tante était déjà de retour avec un grand thermos fontaine qu'elle avait du mal à porter. Il l'aida à l'installer et la laissa offrir les premiers petits verres à des connaissances qui passaient à ce moment-là devant son banc… une dizaine de personnes au bas mot. Puis, elle repartit, chercher le deuxième pendant qu'il prenait le relais. Il gouta la mixture, se portant un toast et faisant un vœu pour l'année à venir ! C'était bon… et il se mit à la proposer avec enthousiasme, accompagnant souvent ses clients pour trinquer avec eux… Quand sa tante revint, il était en pleine forme, plus besoin de micro sommeil, et il vendait ses sachets d'épices à vin chaud comme des petits pains. Il y avait foule à son étal. Elle resta un moment pour l'aider, apportant des gobelets à ses voisins qui regardaient par là avec envie. Ils ne pouvaient toutefois pas quitter leurs stands. Le marché battait son plein et les passants se pressaient dans les allées. Au remballage, les forains alentour vinrent l'aider à terminer le quatrième thermos. Il avait vendu tout le stock qu'il avait amené ce jour-là et regrettait de ne pas avoir pris tout ce qu'il avait, mais il restait un dimanche avant Noël. Avec la pub qu'il venait de se faire, tout partirait !

Elles l'attendaient pleines de fierté quand il arriva pour déjeuner. Il les complimenta volontiers mettant en route pour un bon moment le moulin à paroles lui décrivant la recette, le faitout, le transvasement, l'entonnoir… Il se déshabilla, ôtant chemise et polaire, il n'avait pas froid du tout, mais encore envie d'uriner… Une fois plus à l'aise, il sentit la lassitude l'envahir et refusa l'apéro, arguant qu'il avait assez bu comme ça ! Qu'il était fatigué et ne resterait pas après manger. Il rentrerait très vite pour faire la sieste chez lui, car en plus il avait du travail…

Elles se regardèrent d'un air entendu.

— Très jolie !

— Émile dit qu'elle est professeur de sciences

— Elle enseigne au lycée, en première et terminale

— Doumé pense que son mari, c'était un âne de l'avoir laissée. Elle était trop bien pour lui de toute manière.

— Les petits-enfants de Madame Pilacci étaient dans sa classe, elle est très gentille, parait-il !

Mon Dieu ! Il ne s'était rien passé et toute la ville pensait le contraire… quel désastre ! Il soupira, essayant de se défendre.

— Oh ! C'est juste une copine !

Elles échangèrent un petit signe de tête, semblant dire, il se moque de nous, il a une tête à avoir découché, ils se promènent bras dessus bras dessous, il lui baise la main et c'est juste une copine ?! Elles n'insistèrent pas et lui non plus, il tendit simplement son assiette.

Les cannellonis à la brousse et aux épinards étaient ce qu'il lui fallait, réconfortants mais légers et faciles à digérer pour son organisme fatigué. Elles n'avaient pas besoin de lui pour la conversation et il laissa son esprit dériver vers son espoir de relation durable...

À l'heure exacte prévue par la météo, les premières grosses gouttes vinrent s'écraser sur son pare-brise comme il arrivait devant son portail. Il se dépêcha de se garer et de descendre jusqu'à chez lui, car l'averse devenait rapidement forte. Sa maison était sombre et froide, il se hissa péniblement jusqu'à l'étage. Il prit tout de même le temps d'allumer le petit chauffage de sa chambre, d'enfiler le douillet pyjama en flanelle épaisse offert par sa mère, se glissa sous couette et édredon avec volupté et lâcha prise.

XVI

Presque quatorze heures plus tard, il s'éveilla l'esprit clair et la faim au ventre. Il était bien au chaud dans son lit et hésitait à en sortir. Il savait que, hors de sa chambre où le petit radiateur avait fait son boulot, l'atmosphère de la maison aurait l'immobilité poisseuse et humide d'une vieille cave. Les journées grises, la pluie, l'absence de feu dans la cheminée depuis bientôt deux jours, auraient rendu cet endroit qu'il aimait tant, désagréable au possible. Il se donna du courage, enfila par-dessus son pyjama sa tenue du matin. Pantalon de jogging et polaires qu'il utilisait pour ne pas ressentir le froid de la nuit et de l'aube et passer le mieux possible le moment pénible de ses préparatifs de départ pour les marchés, aux petites heures du jour. S'il avait quelque chose à reprocher à son nouveau job, c'était bien ce moment-là…

Pendant que l'eau chauffait, il alluma une belle flambée

puis vint s'installer à côté avec son café. Il l'avait dosé très allongé, soupira pensant qu'il allait se limiter à une tasse pour ce matin… trop difficiles pour sa vieille vessie, tous ces excès de caféine… Il soupira encore… Cela avait fait partie des raisons qui avaient rendu ses dernières années de boulot de plus en plus insupportables, rester seul, dans son coin sombre, glacé, humide et le bas-ventre douloureux. Cela avait failli lui couter la vie. Tous ces désagréments l'avaient distrait et il n'avait pas vu venir le porteur de la lame qui lui avait troué le ventre.

Quand la chaleur du feu eut fait son office et détendu l'atmosphère glaciale, il se confectionna un gros brunch à la française… pain, fromage, saucisson. Il hésita pour le verre de vin, trouva que si tôt, c'était quand même exagéré. Il savoura tout cela, bien au chaud auprès du feu, en réfléchissant au programme de sa journée.

Il voulait aller zoner du côté du domicile de Marsuy, voir sa maison, si possible parler avec ses voisins, les commerçants du quartier. Il devait aussi préparer le compte rendu de sa soirée précédente et se demanda s'il mentionnerait vraiment tout ? Ou s'il passerait sous silence certaines choses. Son estomac bien rempli, il commença par cela. Il relut d'abord ce qu'il avait déjà écrit et établit une liste de questions, auxquelles il devrait pouvoir trouver une réponse aux alentours de chez Marsuy. Puis il rédigea le récit de sa soirée de la veille, omettant finalement la partie « russe » au cas où ses pages lui échapperaient. Il n'allait pas se mettre la tête sur le billot quand même ! Il pourrait toujours, s'il le jugeait nécessaire… le raconter à Joséphine.

Quand il eut terminé, le jour était levé, les nuages encore nombreux laissaient souvent place à de larges morceaux de ciel bleu et se sentant en forme, il décida d'aller courir. Il avait le temps, il ne souhaitait pas passer toute sa journée dans le quartier du député, ni ne pouvait, s'il ne voulait pas se faire repérer.

Il vint lacer ses chaussures sur son fauteuil Voltaire et les yeux sur la mer agitée, prépara ses cartes et tira **LA MAISON DIEU**. Intéressant songea-t-il, en ce jour où il prévoyait de voir celle de Marsuy. Une lame forte et terrible, porteuse d'orgueil, de haine, de chaos, de catastrophes où l'être humain est seul responsable de ses malheurs. Toutefois, elle prépare l'ouverture, l'émergence de ce qui est caché, la reconstruction après la déconstruction. C'est également une lame d'avertissement, elle met en garde contre les dangers, les pièges que le destin peut disposer sur le chemin. Il allait devoir faire gaffe, ne pas tenter d'exploit, s'abstenir des conneries du genre de celles de l'autre nuit !

Il partit le ventre serré par la peur, il devait se l'avouer, mais se décontracta au fur et à mesure des foulées. **LA MAISON DIEU**, il l'appréciait assez, dans son enfance, il l'appelait le « Chamboule-Tout » et aimait beaucoup quand sa mère la sortait pour la lui raconter. Elle n'avait jamais eu pour lui l'aura négative qui accompagne généralement sa lecture. Il finit par hausser les épaules, s'encourageant, comme souvent, à ne pas prendre pour vérité la prophétie d'un bout de carton – d'autant plus qu'il voulait éviter de penser à certaines interprétations qui liaient la lame à des problématiques éjaculatoires – et se concentra sur sa course.

Il respira à pleins poumons l'air frais du matin et les senteurs de la colline réveillées par la pluie, le sucré plein de soleil du thym et du romarin, l'amertume douceâtre des cistes, la puissance prenante de la terre et de l'immortelle… Il changea son itinéraire et monta à la large piste qui serpentait sur la crête, d'où la vue surplombait les collines environnantes et leurs vallons escarpés, et s'ouvrait jusqu'à la mer. La liberté du corps et de l'esprit l'accompagnait. Il se sentait parfaitement bien, en harmonie avec lui et le monde, ses jambes tournaient seules, libérant son cerveau de toute pensée. Il « était » simplement… un moment magique… Il rentra fatigué, car il avait poussé un peu plus loin que d'habitude, mais serein et l'âme en paix.

Il rangea sa voiture. Jeta à la poubelle les gants ensanglantés. Il déposerait le sac tout à l'heure dans une benne qu'il trouverait forcément sur sa route… Il faudrait qu'il pense à s'en racheter une autre paire. Il mit le reste de sa tenue d'espion dans la machine avec ses vêtements de sport et son linge de la semaine et lança sa lessive. Après avoir pris sa douche, aéré sa maison et laissé entrer le soleil, ce qui lui rendit l'atmosphère chaude et sympathique dont il était amoureux, nettoyé sa cheminée, laissant à couvert les braises de son feu du matin et préparant tout ce dont il aurait besoin pour celui du soir, fait un peu de ménage, son lit… il s'intéressa au contenu de son frigo. Et comme il s'y attendait, il ne l'enthousiasma pas, des vieilles pâtes et un restant de sauce bolognaise… qui ne le tentaient absolument pas.

Comme il partait par là-bas, il serait volontiers allé déjeuner chez Momo et Huguette, où il aurait pu recueillir encore quelques infos en se faisant plaisir. C'était fermé le lundi, il le savait… pas de chance… Peut-être trouverait-il un petit resto de ce genre aux alentours de chez Marsuy ?... Bon plan !... Sinon, il se contenterait d'un sandwich, il ne fallait pas qu'il se plaigne, dans cette enquête, jusque-là son estomac avait été plutôt à la fête !...

Sa route l'amena dans un ancien village d'agriculteurs, rattrapé par la ville dont il était devenu un quartier résidentiel, et n'était séparé que par une zone commerciale. Dès que l'on quittait les grands hangars parallélépipédiques aux toits plats des magasins, leurs parkings d'asphalte noir, leurs enseignes multicolores et discordantes, on changeait de siècle. La route devenait étroite, chaotique et presque blanche. Sur la place principale en terre battue stabilisée… ou en poussière tassée, parsemée ce jour-là de larges cuvettes d'eau de pluie, les platanes de taille respectable, aux branches dépouillées par l'hiver, étaient reliés entre eux par des guirlandes d'ampoules colorées. On pouvait sans peine imaginer des dames, tailles étroites, robes longues et canotiers, s'y promenant à l'abri de leurs ombrelles.

Jo alla se garer un peu plus loin, et revint en badaud, les mains dans les poches. Influencé, bien contre sa volonté rationnelle, par **LA MAISON DIEU**, après avoir hésité sur le genre « journaliste », il avait opté pour le mode discret et s'était vêtu de gris sombre et de bleu marine.

Le grand Café-restaurant-bar-journaux au fond de la place lui parut tentant, avec son jeu de boules aux pistes gravillonnées, séparées par de larges planches de coffrage, maintenues droites par des petits piquets de bois, et entourées de chaises pliantes en fer, de couleurs orange, verte et rouille tout à la fois, réparties en petits groupes, prêtes à recevoir les spectateurs, commentateurs, conseilleurs… des prochaines parties. Un chevalet publicitaire en ardoise, vantant un breuvage, lui aussi issu du siècle précédent et méprisé dans ces pays de soleil, proposait grillades et andouillettes au feu de bois, ce qui lui sembla prometteur.

Il pénétra dans le brouhaha apéritif de la grande salle au plancher de bois, imprégné profondément, comme le reste de la pièce et certainement aussi les clients, d'odeurs d'anis et de fumée. Au fond, dans le grand âtre, bâti à hauteur de cuisinier, les braises étaient déjà prêtes et attendaient les premières commandes.

Il s'installa sur une banquette, dans un coin discret. L'atmosphère était à l'effervescence et quand il comprit ce qui se passait, ce qui alimentait les discussions ferventes et justifiait les éclats de voix, il se colla des baffes virtuelles !

Christophe Domant, le beau-fils de Marsuy… le député… qui habitait juste à côté, au Mas des Estarelles… une belle bâtisse familiale… dont il avait hérité de son père… la famille y vivait depuis des générations… il y avait toujours était domicilié… comme cela, il avait pu se faire élire député pour la circonscription… Le Christophe, un gamin désagréable, qui ne disait jamais bonjour quand il venait voir ses grands-parents… Ce n'était pas vraiment les siens, mais ça n'excuse pas… minot, la boulangère l'avait surpris en train de voler des bonbons dans ses bocaux… elle n'avait rien dit, pour ne pas peiner le vieux Docteur Marsuy qui n'aimait déjà pas trop sa belle-fille… Et voilà que le « garri » s'était fait agresser… bousculer… rosser pour ses conneries… tabasser par des voyous à qui il devait de l'argent… en sortant de boite la veille… à deux heures… trois heures… cinq heures du matin… comme d'habitude… il y allait toutes les semaines… Et il avait dû être hospitalisé en clinique pour dépression… cure de désintoxication… fracture du crâne… à peine une égratignure… il avait un pansement autour de la tête quand l'ambulance l'avait emmené… Marsuy avec son caractère de cochon… emporté… entier… de justicier… droit dans ses bottes… avait fait venir les flics et ils allaient retourner le département…

Il y avait foule devant le bar et la plupart des tables étaient occupées. Les conversations se croisaient, s'emmêlaient bruyamment, chacun donnant une information ou son opinion avec un volume sonore suffisant pour couvrir celles des autres. Jo se ratatina dans son coin. Quel con, non, mais quel vieux con il avait été ! Qu'est-ce qui lui avait pris d'aller s'occuper des enfants des autres, lui qui n'en avait pas… Il se croyait expert en éducation peut-être !... La peur lui serra de nouveau le ventre. Il repensa à **LA MAISON DIEU**, emmerdes et catastrophes, il pouvait être content de lui… Il s'obligea à respirer avec calme, à garder un visage neutre et souriant et faisant signe au serveur qui passait à côté, lui commanda un Pastis d'une voix gaie. Il repassa dans sa tête les événements de la nuit précédente… Non, il n'avait pas fait d'erreur… Les flics devraient ratisser extrêmement large pour arriver jusqu'à lui et d'ici là, il aurait trouvé une bonne histoire à raconter pour justifier sa présence dans cette boite loin de chez lui et les quelques moments de flou qui pouvaient susciter des questions. Il était sûr de lui, il avait toujours été extrêmement bon pour des choses comme celles-ci.

Quand on lui apporta son apéro, avec sous-verre en carton et trois olives dans une coupelle, il commanda l'andouillette-frites qui lui faisait envie. C'était un petit risque, néanmoins il fallait bien qu'il se nourrisse tout de même !... Il se régala. Toutefois, sitôt son assiette terminée, il s'éclipsa pour aller rôder autour du Mas des Estarelles. Pas de café pour lui aujourd'hui de toute manière et il ne voulait pas s'attarder et se faire remarquer. Quand les piliers de comptoir avaient été partis déjeuner chez eux ou dans d'autres endroits, le volume sonore avait bien baissé, mais les conversations s'étaient poursuivies entre les tables et il savait tout de la propriété familiale. Lui était resté le plus transparent possible et il y avait peu de chances que qui que ce soit se souvienne de lui. Il s'exhorta à ne plus déconner, à faire très attention et à éviter de prendre des risques imbéciles !

Il quitta le petit centre du village et suivant les déductions qu'il avait faites d'après les paroles des clients du resto, se dirigea vers les terres maraichères qui existaient encore juste à l'extérieur. De nombreuses parcelles avaient été morcelées et dessus avaient poussé lotissements et maisons individuelles, le rêve d'accession à la propriété version provençale, à tuiles mécaniques et haies de troènes universelles. Il vit arriver de loin la propriété de Marsuy et ses grands arbres centenaires qui toisaient tout cela du haut de leur ancienneté. La vieille grille était ouverte en grand et plusieurs voitures stationnaient sous les arbres qui l'été, devaient assurer une ombre bienvenue. Comme il l'avait entendu, le jardinier qui venait une fois par semaine travaillait dur de la cisaille et tout était à l'angle. Les allées étaient ratissées, c'était propre, mais sans gout, sans âme, il dégageait ce qui gênait, point !

Un peu plus loin, la maison en elle-même, un corps de ferme à l'extrémité duquel existait encore une monumentale porte d'accès à une grange, avait reçu quelques transformations, des années auparavant. On voyait les nouveaux ajouts déjà anciens, et semblait triste sous les pins et les grands cyprès. Jo se contenta de passer devant, en prenant quelques clichés discrets. Il marcha jusqu'aux terres cultivées et, longeant la bordure d'un champ de choux qu'un fossé peu profond séparait de la propriété, entreprit d'en faire le tour, cinq hectares d'après ce qu'il avait entendu. Il s'efforçait de ressembler à un promeneur qui prend l'air et profite du temps doux. La clôture était ancienne, affaissée, enfoncée à bien des endroits, elle était doublée à l'intérieur comme à l'extérieur par une haute haie buissonneuse qui avait profité, pendant bien des années, et devait atteindre deux ou trois mètres de large. Il arriva sur une petite route, un chemin vicinal à peine macadamisé, qui séparait le grand parc d'autres champs qui s'étendaient jusqu'à la bretelle d'autoroute, une sortie avec un petit péage de quelques barrières, à trois cents où quatre cents mètres de là. Il s'engagea sur la route, toujours d'un pas de promeneur, les mains dans le dos, le nez en l'air et longea l'arrière du domaine.

Au travers de la haie, déplumée en cette saison, il apercevrait la maison au loin, entre les troncs. Une vaste terrasse descendait par quelques marches, vers ce qui devait être une piscine, il reconnaissait un plongeoir. Comme sur le devant tout était bien entretenu, mais triste, la terre était souvent à nue sous les grands arbres. Bien sûr, c'était l'hiver… Toutefois, il n'y avait vraiment aucune touche de couleur. Il rejoignit le village par une autre route et regagna sa voiture. Il avait décidé de ne pas forcer le destin et de ne pas attirer l'attention en allant poser des questions à droite à gauche, d'autant plus qu'il avait déjà les réponses à une bonne partie de celles de sa liste.

Il ressentait un peu de honte d'obéir ainsi à son tirage, de sa superstition imbécile. Cependant, il savait, au plus profond de lui qu'il devait respecter son instinct. S'il insistait, luttant contre ce que lui disait sa nature, il risquait de se montrer maladroit, inattentif, et au final de perdre plus que ce qu'il y avait à gagner. Action-réaction, il devait être en harmonie avec lui-même pour cela !

En repartant, il s'arrêta au centre commercial voisin. Son repas de midi lui avait donné des idées. Il voulait s'acheter des grilles de barbecue et lui aussi se ferait de bonnes grillades au feu de bois dans sa cheminée !... Dans sa vie, il n'avait jamais eu de maison à lui et encore moins de cheminée. Son premier hiver chez lui avait été occupé par des travaux et cette bonne idée ne lui était pas venue. Il trouva son bonheur dans un magasin de bricolage, puis alla s'acheter des gants de soie noirs, des socquettes spéciales course à pied et un nouveau vêtement thermique bien ventilé, qui lui tiendrait chaud, frais, mais pas humide, respirerait sans transpirer et encore un peu courrait à sa place... pour ses sorties en colline de l'hiver à la grande surface d'articles de sport voisine. La foule dans les magasins, les décorations partout et l'ambiance lui ayant remis en tête l'approche de Noël, il se mit en quête de cadeaux pour sa mère et sa tante. Pas pour Noël, qui ne les intéressait absolument plus depuis qu'il avait eu douze ans, âge auquel elles avaient estimé qu'il n'en avait plus besoin. Elles étaient alors retournées à leurs rites païens et accueillaient la nouvelle année, l'allongement progressif du jour et de la course du soleil, au solstice d'hiver.

Ce soir-là, elles sortaient les Tarots de leur mère et très religieusement, dans les fumées d'encens, buvant une tisane dépurative de romarin, elles faisaient, chose très rare pour elles, un grand tirage à soixante-dix-huit cartes, pour l'avenir du monde... Puis elles partaient, leur petit pique-nique rituel, composé de fruits de l'automne et de légumes racines, sous le bras pour accéder au point le plus haut ou avec une vue suffisamment dégagée qu'elles pouvaient atteindre. Là, commentant les étoiles ou s'abritant serrées sous un parapluie selon les circonstances, buvant leur tisane et mangeant leurs carottes, elles faisaient un vœu à l'an nouveau et rentraient. À l'aube avait lieu l'échange de cadeaux en rapport avec le renouveau, les fleurs et les fruits... Sauf pour lui qui avait droit aux trucs qu'aimaient les garçons de son âge, disques, bandes dessinées, patins à roulettes, skate-board... et à peu près tout ce dont il s'était envié cette année-là... Elles l'avaient toujours beaucoup gâté... Mais il ne les sortait que le lendemain de Noël, comme ses copains...

Il les avait accompagnées un an ou deux, se revoyait à quatorze-quinze ans, il avait grandi tard et venait juste de ne plus avoir besoin de lever la tête pour leur parler... leur gueulant dessus qu'il n'était pas question qu'il aille se peler le cul toute la nuit à bouffer des carottes crues et des pommes flétries... Elles s'étaient simplement regardées, lui avaient dit « Fête comme tu le sens » et elles étaient parties, le laissant se gaver de télé et de biscuits au chocolat. À leur retour, il était endormi sur le canapé et elles l'avaient réveillé à l'aube pour les cadeaux... par la suite, il en avait toujours été ainsi.

Toute sa vie professionnelle, n'ayant pas d'enfant, ni même de famille pour qui c'était important, il avait travaillé à cette période pour le plus grand plaisir de tous ces collègues. Mais souvent, lors de cette plus longue nuit de l'année, il avait fait des vœux aux étoiles pour un avenir moins sombre, un monde en paix, la disparition des trafiquants d'armes, de drogue, d'influence et autres malfaisants qui occupaient ses tristes nuits.

Au dernier solstice d'hiver, ils avaient passé la journée ensemble. Elles, dans sa cuisine, la lessivant à grande eau et la décapant à la brosse à dents. Elles avaient une version hospitalière nette et étincelante de ce que devait être la propreté ! Lui, pinceaux et rouleaux à la main, à repeindre le séjour. Elles l'avaient beaucoup aidé pour la remise en état de sa maison, assurant le plus gros du nettoyage, pendant qu'il peignait, grimpé sur l'échelle. Du coup, il les avait accompagnées, jusqu'au sommet de la colline au-dessus de chez lui, ce n'était pas trop loin… Il avait quand même réussi à argumenter que le raisin était un fruit de l'automne et leur avait ouvert une bouteille de vin qu'ils avaient partagée en faisant le vœu rituel. Bien sûr, au retour, il n'avait pas de cadeau, alors qu'elles avaient tout prévu !

Cette année, il allait assurer. Il aurait des présents de fleurs et de fruits et avait déjà réfléchi à un menu de pique-nique un peu plus fun que le leur !

Il rentra les bras chargés et satisfait de ses achats. Elles recevraient chacune un peignoir, fleurs pour sa mère, fruits pour sa tante, elles aimaient être semblablement différentes… Se partageraient un joli service à thé décoré de mignonnes fraises des bois, plantes en fleurs et fruits mêlés. Plus particulièrement pour sa mère, il avait choisi un petit collier avec une rose finement travaillée en pendentif, il savait que sa tante apprécierait l'attention.

Il remit en route la cheminée et vint s'installer à côté avec ses notes et un verre de vin. Il rédigea son rapport du jour, relut encore une fois le tout, ajoutant des commentaires au crayon par-ci, par-là.

Il jeta les vieilles pâtes et mit de l'eau à bouillir pour en cuire de nouvelles et finir sa bonne sauce bolognaise qui elle, allait même se bonifiant avec les réchauffages successifs. Pendant que tout cela cuisait, il monta extraire les photos du téléphone, il y parvint vite fait et sans problèmes. Finalement, il n'était pas si con quand il voulait !...

Et il essaya l'idée qui lui était venue en faisant ses courses. Il brancha sur son ordi, la clé USB qu'il avait achetée et du premier coup, réussit à y transférer le dossier qu'il avait préparé… Trop fort… Il avait eu l'illumination en regardant les vitrines de la galerie marchande pour choisir ses cadeaux. **LA PAPESSE** possédait un ordinateur, et même deux. Ils pourraient voir les photos dessus s'il parvenait à les emmener, pas besoin de les imprimer ! Il était vraiment fier de lui !

Il s'installa avec son assiette et un nouveau verre de vin devant son feu et mangea en revenant en pensée sur la semaine écoulée. Il ne l'avait pas vue passer, avait vraiment apprécié de retrouver l'intensité intellectuelle et physique qui avait accompagné toute cette enquête. Il ne regrettait pas d'avoir quitté son travail où il s'était senti trop souvent frustré et seul. Mais comme ça, pendant une semaine, cela lui avait fait plaisir ! Même ses conneries lui avaient plu !... Après le repas, il se servit un fond d'Armagnac et les pieds au feu, revécut tout cela dans sa tête.

III

À la fin du marché, il déjeuna avec des collègues avant de se diriger vers l'appartement de Joséphine, sachet de madeleines à la main et dossier sous le bras. Il se demandait ce qu'elle allait faire avec la vision du député Marsuy qu'il lui apportait.

Le matin, son tirage lui avait amené **L'IMPERATRICE**, qui après **LA PAPESSE** et **LA LUNE** complétait la voie de la mère. Il se doutait que ce devait être quelque chose comme cela. En souvenir de sa jeune amie, morte trop tôt, elle devait vouloir informer Marsuy de sa paternité pour aider Guillaume. Comment allait-elle procéder ? Il n'en avait pas la moindre idée, vu ce qu'il connaissait du caractère du député. Le coup de téléphone porteur de l'heureuse nouvelle ne serait même pas écouté. Le courrier prendrait direct le chemin de la poubelle. Et il n'imaginait pas la vieille se déplaçant pour aller lui faire la bise sur un marché et lui susurrer l'info à l'oreille ! En plus cette info si elle arrivait jusqu'à lui, risquait de lui déplaire suffisamment pour attirer encore plus d'ennuis à l'homme et à son entreprise… À l'époque, Marsuy n'avait pas donné suite aux lettres de la fille lui annonçant la grossesse !

Il lui faudrait présenter les choses avec subtilité et psychologie, mieux elle que lui pour cela !... Une idée horrible l'effleura. Elle ne s'imaginait tout de même pas qu'elle allait l'envoyer raconter tout ça à l'irascible Marsuy ! Aucune chance qu'il réussisse ni qu'il accepte du reste !

Une affaire de femmes ça, pas pour lui ! C'était les femmes qui, depuis l'aube de l'humanité, avaient la mainmise sur les mystères de la naissance et de la perpétuation de l'espèce.

Dans les temps anciens, dans ces civilisations de pierres levées et de cultes de la nature, elles avaient été vénérées pour cela, on adorait la déesse mère. Associée, elle aussi à **LA PAPESSE**, symbole comme elle du féminin supérieur, passif et fécond, qui reçoit et transmet, de la femme à son zénith dans cette époque très peu connue, antérieure à l'écriture – et oubliée, volontairement ou non par les hommes qui ont fait l'histoire – de sociétés matrilinéaires. Où l'on croyait la femme seule responsable de la procréation, un esprit de la nature la pénétrait et combattait, s'il gagnait, l'enfant naissait après une longue gestation, s'il perdait le corps de la femme évacuait le sang du vaincu et il n'y aurait pas d'enfant, pas d'avenir.

Les mystères qui entouraient l'enfantement ont sanctifié ces femmes et Gaïa, la terre, qui leur procure force et subsistance. On leur rendait grâce dans des cavernes, lieux de vie de la déesse, orifices comparables à l'organe générateur de vie. On y retrouve, venant du néolithique, des petites statuettes en l'honneur de la femme au ventre rond, aux seins bombés, célébrant ces mystères de la naissance, et datant d'époques encore antérieures, des représentations, sans tête ni bras ou limitée au simple organe reproducteur. On pensait alors que seules, les femmes pouvaient donner la vie, ce n'est qu'avec l'évolution et la compréhension du monde que le rapport fut établi entre acte sexuel et procréation.

Jusqu'à la plus récente antiquité, on a adoré d'innombrables déesses-mères Ishtar, Junon, Déméter, Cybèle, Bélisama, Isis... Les hommes envieux de ces millénaires de culte, au fait dorénavant de leur rôle dans la fondamentale perpétuation de l'espèce en voulurent le bénéfice. Ils eurent « la révélation » de nouvelles religions, masculines, guerrières, conquérantes. Ils s'approprièrent les enfants et les mères, pas question que l'on puisse douter de leur rôle prépondérant dans cette histoire. Dans leur évolution commune et indissociable, les femmes avaient eu l'avenir, elles devaient porter les générations futures, ils avaient eu la force de le protéger. Ils préférèrent se laisser envahir par la jalousie, la certitude de leur supériorité par cette force et malmener les procréatrices, les porteuses de vie. Sous prétexte de religion, mais conduit par la violence, ils les ont soumises, de la guimpe à la burqa, jusqu'à l'ignominie de l'excision et de la fibule... Ces tarés croyaient-ils vraiment que leur dieu les féliciterait pour avoir ainsi maltraité son œuvre ?

Jo poussa un gros soupir de colère, se rappelant les paroles de Monsieur Charles, son prof de philo, pour qui il avait rédigé tant de pages de dissert dans cet appartement « La religion sert de conscience à ceux qui n'en ont pas ».

— Et ça ne s'arrange pas ! se dit-il en soupirant une nouvelle fois.

Il avait attendu patiemment après son coup de sonnette. Lorsqu'enfin elle ouvrit la porte, il la trouva encore plus vieille, plus petite, plus ratatinée que la première fois.

— Oh, mon petit Jo, je suis contente de te voir, je savais

que je pouvais compter sur toi ! Tu nous as rapporté des petites gâteries, c'est gentil, Frédéric et Margot vont bien ? Ils doivent être rassurés !

C'est ce que lui avait dit Margot ce matin, quand en achetant les madeleines, il lui avait transmis le message de la semaine précédente. Il ne les avait pas revus depuis, étant allé espionner le samedi sur un autre marché… plutôt que d'occuper sa place habituelle à quelques mètres de la leur ! Leur fils avait dû être hospitalisé pour des examens, suite à des éruptions de plaques rouges et des vomissements qui l'avaient épuisé et que le docteur ne comprenait pas. Heureusement ce n'était rien, toutes les analyses étaient bonnes. Ils pensaient finalement qu'il avait dû manger une herbe ou quelque chose dans la colline où ils se promenaient souvent le mercredi, en famille. Il l'expliqua à Joséphine, mais elle le savait déjà.

— Dépose les madeleines à la cuisine, tu nous prépareras du thé tout à l'heure, et viens t'assoir à côté de moi pour me raconter ta semaine. As-tu pu apprendre quelque chose sur Monsieur le Député Jean Pierre Marsuy ?

Il lui fit un résumé succinct de ses investigations et lui tendit le rapport qu'il avait apporté. Elle lui jeta un coup d'œil qui lui sembla admiratif et reconnaissant, ajusta ses lunettes et commença à lire les pages. Elle marchait lentement, mais lisait vite, et en eut rapidement terminé. Le coup d'œil suivant fut étonné !

— Et, tu as aussi pris des photos ? lui demanda-t-elle.

Il lui montra la clé USB et sur ses indications, installa l'ordinateur portable sur la tablette devant elle. Elle y brancha la clé et sans tâtonner ouvrit le dossier photos, mit le diaporama et regarda les images défiler.

— Eh bien ! reprit-elle après les avoir visionnées deux fois, je dois dire que tu m'épates, du vrai travail de professionnel !

Le clin d'œil qu'elle ajouta à sa remarque lui remit le

doute, savait-elle quelque chose de sa vie ?

— Je veux relire tout cela, peux-tu aller nous préparer de thé pendant ce temps s'il te plait ?

Il se leva sagement pour obéir et gagna la cuisine, mit l'eau à chauffer, arrangea théière et tasses sur un plateau. En attendant que l'eau bouille, il s'approcha de la fenêtre pour regarder dehors. Il avait vue sur l'arrière de la petite école primaire dans laquelle il avait été élève, avant de commencer une série de déménagements qui, à la suite de son père, l'avait mené aux quatre coins de la France.

C'est là qu'il s'était caché derrière sa première poubelle, à pas sept ans. Pour échapper au regard de la maitresse qui passait par là, se serait étonnée de le voir trainer dans la rue et aurait essayé de remédier à ce fait anormal, alors qu'il tenait à profiter de sa soirée tranquille. Pour une fois, sa mère et sa tante travaillaient toutes les deux, elles n'avaient pas pu faire autrement ! Il avait les consignes pour rentrer vite et sa clé autour du cou, mais ne comptait pas l'utiliser tout de suite. Il voulait aller jouer au ballon avec les grands !

C'est de là que la vieille l'avez vu et avait ensuite conseillé à sa mère de l'envoyer, après l'école, au cours de judo, avec le père Louis qui saurait le maintenir dans le droit chemin, à la badine si nécessaire ! Sa mère avait, comme de bien entendu, écouté **LA PAPESSE** et lui, n'avait pas su d'où venaient cette idée et l'engueulade qu'il s'était prise. Jusqu'à ses dix-sept ans et qu'il soit assez grand pour voir par cette fenêtre pourquoi la vieille connaissait ses secrets ! Peut-être qu'effectivement le judo l'avait maintenu dans le droit chemin et qu'il devait lui en être reconnaissant !

Il prépara le thé et ramena le plateau. La vieille Jo semblait dormir, toute perdue dans son grand fauteuil, mais ouvrit les yeux dès qu'il s'assit sur sa chaise.

— Raconte-moi un peu mieux ce qui est arrivé à ce

jeune homme à la boite de nuit ! Tu ne dis pas qu'il a été blessé pendant sa rencontre avec les types qui voulaient l'embaucher comme vendeur de mort. Tu ne sais pas ce qui s'est passé après ?

Et paf ! La seule zone d'ombre de son rapport et elle tapait dedans… Il lui expliqua que, grâce au judo, qu'on lui avait fait apprendre enfant pour qu'il reste dans le droit chemin, il avait tenté d'inciter le jeune homme à le retrouver ! Elle hocha la tête en souriant.

— Oui, tu en avais besoin, et lui aussi certainement ! Mais le principal n'est pas là, je ne sais vraiment pas que décider au sujet de Jean-Pierre Marsuy. Il a vraiment un caractère particulier pour rester polie et parait difficilement abordable, il faut que je réfléchisse un peu. Sers-nous le thé et donne-moi une madeleine, tu seras gentil… Merci !

Ils mangèrent en silence, Joséphine plongée dans ses pensées. Elle fermait les yeux de temps en temps. Il était sûr qu'elle avait même dormi quelques instants. Il attendit qu'elle soit prête, l'entrainement, l'habitude… Après un long moment, elle commença à parler, d'une voix triste et bien chevrotante.

— Je suis vieille, je suis fatiguée et je vais bientôt mourir…

Elle arrêta d'un geste les dénégations qu'il s'apprêtait à faire.

— Et j'en suis contente. J'ai déjà trop vécu, la mort sera un soulagement et je l'attends avec sérénité. J'ai eu une bonne vie… j'en ai vu naitre des milliers… sauvé quelques-unes… J'ai rencontré des personnes extraordinaires, des âmes merveilleuses comme ta mère et ta tante et bien d'autres… Et maintenant mon corps est usé, mon cœur lâche, mes reins lâchent et chose insupportable pour moi, mes sphincters également… Tout se déglingue, devenir incontinente, quelle déchéance ignoble, c'est un vrai combat de maintenir ce corps qui m'abandonne… Je n'en peux plus... je n'en veux plus... Plus grand-chose ne me retient, j'ai mis en règle toutes mes affaires... Plus personne n'a besoin de moi... sauf Guillaume. La vie n'a pas été facile pour lui, fils bâtard qui s'ignore, mais il s'en est bien tiré. C'est un brave garçon, sa mère l'a beaucoup aimé et Michel Soublairan aussi. Même si le simple fait de le voir n'était certainement pas évident pour lui, surtout après la mort de sa femme. Je peux peut-être l'aider, mais pas toute seule... Il faut que tu me l'amènes !

— Qui ça, Guillaume ? demanda-t-il très étonné avant de se mordre la langue, qu'il était con !

— Bien sûr que non ! Marsuy ! lui rétorqua-t-elle acerbe.

— Co-comment voulez-vous que je vous l'amène ? Il en bégayait de saisissement.

— Ça ! Je ne sais pas, je sais juste qu'il faut que je lui parle face à face. Car il y a une question essentielle dont je n'ai pas la réponse. A-t-il été au courant de la grossesse ? Elle lui a écrit, et il n'a pas répondu, mais le courrier lui était-il parvenu ? J'ai mené ma petite enquête, moi aussi, contacté des vieux comme moi, qui se souvenaient de la famille. La mère Marsuy, elle avait le fichu caractère dont a hérité son fils avec en plus, un orgueil de classe qui ne semble pas l'animer. Le Docteur était un homme bon et occupé, ce n'est pas lui qui ouvrait le courrier et encore moins celui adressé à son fils. Elle, aurait pu en être capable, pendant qu'il était à Paris, et ne pas transmettre la nouvelle. La famille de la fille n'étant pas assez bien à son gout, ouvrier aux chantiers, cela ne devait pas lui plaire !... d'après ce que j'ai su. Là, j'extrapole, je rêve... car je voudrais réussir à aider mon petit Guillaume... Je ne peux pas aller lui poser la question, alors, il faut qu'il vienne à moi ! Et que tu me l'amènes, ajouta-t-elle en lui enfonçant l'index dans le sternum.

— Je suis d'accord, il n'a peut-être pas d'orgueil de classe s'insurgea-t-il, il a la réputation d'être un homme simple, aimant les choses et les gens simples. Je l'ai vu, il semble sincère. Mais de l'orgueil, il en a et beaucoup, je ne peux pas me pointer et lui dire « Venez avec moi, à l'autre bout du département, il y a une vieille dame qui veut savoir si vous savez que vous êtes papa !... » son ton était cassant et sarcastique.

— Non tu ne peux pas, il va te falloir trouver autre chose… et je ne peux pas t'aider…

Sa voix chevrotante s'effondra dans un bêlement de tristesse. Elle s'adossa à son fauteuil, les yeux fermés et des larmes coulèrent sur ses joues.

Le cœur en vrac de la voir si faible et si diminuée, il lui prit la main.

— Ne vous inquiétez pas, on va y arriver, on va trouver quelque chose… Je vais vous aider… Je réussirai à le faire venir…

— Mon pauvre petit Jo, je ne crois pas que je pourrai mener à bien ce dernier projet. Je suis au bout de mon chemin, mon vieux corps ne va pas résister encore longtemps. J'ai travaillé suffisamment de temps dans les hôpitaux pour le savoir…

— Bon, eh bien ! On va se dépêcher, une semaine ou deux, vous allez vous accrocher encore un peu n'est-ce pas ?

Il se voulait drôle et encourageant. Elle le remercia d'un sourire et retrouva son ton ironique.

— Bon d'accord, pour te faire plaisir, je vais résister le plus possible pour que tu puisses me rendre ce service. Tu es un brave petit… tu l'étais déjà gamin, un peu « tron de l'air », si gentil pourtant. Ta mère était tellement fière de toi, ta tante aussi… À toutes les deux, elles se demandaient bien comment elles avaient réussi ce coup-là… Elles t'aimaient tant… elles t'aiment toujours autant, tu sais !

Il hocha la tête en souriant, cela faisait longtemps qu'il avait compris qu'il était la chose la plus importante de leur vie.

— Ta tante, elle n'avait pas l'instinct maternel, les enfants, ce n'était pas son truc. Elle préférait remplacer ta mère et travailler quatorze heures de rang plutôt que de te garder quand tu étais malade ou que tu faisais tes dents. Mais elle l'a fait très, très souvent… Parce que ton fada de père, il ne fallait pas compter sur lui ! Trop occupé à sauver le monde !

Il ne put qu'approuver. Son père, il ne le connaissait pas vraiment, hors des paroles, pleines d'admiration de sa mère sur son intelligence, son savoir, sa gentillesse… Sa tante, elle, était d'accord avec **LA PAPESSE** et l'avait toujours critiqué… en l'absence de sa sœur.

— Elles ont quand même eu une vie très spéciale. Ta grand-mère avait déjà plus de quarante ans à leur naissance. Une erreur, un accident… des années qu'elle se croyait stérile… Jeune, elle était arrivée d'Arménie, une main devant, une main derrière. Mais c'était un esprit fort… et libre pour cette époque. Elle a mené une vie de bâton de chaise… pour rester convenable et ne pas dire ce qu'elle était réellement… et chopé toutes les maladies qui vont avec. Elle buvait l'absinthe… de contrebande quand cela a été interdit… et fumait d'horribles cigarillos noirs et puants… Il fallait qu'elles aient envie de naitre pour réussir à voir le jour au milieu de tout cela…

Elles se sont élevées toutes seules. Éperdues d'admiration pour cette grande dame qui parfois leur accordait l'aumône d'un regard… Elle les appelait mes petits pruneaux… valorisant pour des gamines hein ? Et dans ses bons jours, mes étoiles sombres… pas très gai non plus ?

Il aurait pu être d'accord avec sa grand-mère. Il se souvenait d'elles ainsi, leurs longs cheveux noirs leur mangeant la figure, leurs yeux sombres encore obscurcis au khôl… Elles étaient gothiques avant l'heure. Si ce n'était leur peau, bronzée noire de Pâques à la Toussaint… L'âge leur avait donné de la douceur et de la luminosité. Elles avaient cessé de se faire rôtir à la plage une vingtaine d'années auparavant quand on leur avait trouvé et ôté des grains de beauté suspects. Elles rajeunissaient leurs cheveux blancs d'un léger balayage blond, avaient arrêté le khôl et portaient des lunettes qui leur éclaircissaient le visage… Il les trouvait beaucoup mieux maintenant… Joséphine gardait les yeux fermés et poursuivait son récit, voguant sur ses souvenirs.

— C'était quelqu'un la grande Irma Tchrildoumidjian. Bon Dieu ce nom ! Le nombre de fois où je l'ai maudit en faisant les plannings d'Elettra… Elle aurait pu finir dans un bordel ou actrice, mais était devenue voyante… Et elle avait eu du succès, beaucoup de succès… C'était ça sa vie, pas ces deux gamines qui lui étaient tombées dessus quand elle ne s'y attendait plus et n'avait rien demandé ! Elle n'était absolument pas intéressée par ses filles qu'en plus elle étouffait de son aura mystique et autoritaire. Heureusement, elles étaient deux et se sont construites ainsi… des filles merveilleuses, toujours si gaies, d'une grande bonté, prêtes à tout l'une pour l'autre et pour les autres. Mais des « soi niantes », elles n'arrivaient pas à exister pour elles-mêmes… qui sont devenues d'excellentes soignantes…

— Grâce à vous, assura-t-il, elles le disent souvent que sans vous elles ne seraient jamais devenues infirmières !

— Oh oui, j'ai dû les pousser pour cela, elles avaient si peu de confiance en elles qu'elles s'imaginaient incapables de tout ! Ta douce Maïa surtout était la plus timide et avait besoin qu'on s'occupe d'elle… C'est pour cela qu'elle s'est amourachée d'un homme du double de son âge, elle cherchait un père… Irma ne leur avait jamais présenté le leur… et elles n'ont jamais pu lui en parler… Avec le tien, elle est mal tombée, c'est elle qui l'a tenu à bout de bras… Il ne devait pas pouvoir en être autrement… le besoin de donner, de s'occuper des autres… Elles ont bien vieilli n'est-ce pas ?

Il l'approuva, étonné que le cours de son récit ait rejoint ses réflexions personnelles.

— En fait, elles sont nées à la mort de leur mère… Cela les a libérées… Une crise cardiaque, boum ! en pleine consultation… Tu étais petit, cinq-six ans… Après elles ont pu vivre leurs vies, elles se sont lancées pour leurs études d'aides-soignantes, et puis vous êtes partis, je ne sais plus où, dans l'Est… Elles ont vu du pays, elles qui n'étaient jamais sorties du quartier !... Mais je radote, je radote, comme la vieille femme sénile que je suis… Je ne vis plus que dans mes souvenirs et je t'ennuie avec ça…

Il l'assura qu'il avait été content d'entendre parler de sa grand-mère, de sa tante et de sa mère. Lui dit qu'il trouvait aussi qu'elles avaient bien vieilli et qu'elles étaient en pleine forme, lui raconta leur idée de vin chaud. Elle lui mit une main sur le genou.

— Oui, tu es un brave petit, bientôt ce sera à toi de t'occuper d'elles, tu le sais ?

Il hocha la tête. Il en était conscient. Surtout depuis qu'il avait vu ce que le temps avait fait à la vieille Jo qu'il avait connue si forte. Qui en fait, n'était pas aussi vieille à cette époque que son œil et son cerveau de lycéen le lui laissait penser ! Elle devait approximativement avoir l'âge qu'il avait maintenant. Ce qui lui paraissait alors canonique ! Quelle image renvoyait-il, lui, aux plus jeunes ? À Eloïse qui devait avoir une quinzaine d'années de moins que lui ? Il n'avait pas osé parler d'âge, la différence aurait pu lui faire peur, et puis cela ne se fait pas avec une femme… Surtout quand ça t'arrange se moqua-t-il. Le voyait-elle comme un vieux ou encore pire, un vieillard ? Lui se voyait encore jeune !... Tout ce temps qu'il n'avait pas vu passer ! se désola-t-il. Elle reprit :

— Évelyne, la mère de Guillaume leur ressemblait un

peu. Une fille d'ouvrier qui s'estimait incapable de faire des études, et pourtant l'entreprise de Soublairan, elle s'en est bien occupée. Elle faisait tout, standard, secrétariat, compta… Toujours gaie, elle aussi… Sur son lit de mort, elle ne laissait rien paraitre quand le petit venait la voir. Elle a tant souffert. Mais pour lui, pour ses visites, elle ne voulait pas être assommée par les médicaments qui l'auraient soulagée… Elle m'avait demandé de veiller sur lui. S'il était là, c'était un peu grâce à moi ou à cause de moi, je ne sais pas ce qui convient le mieux. Il s'est très bien débrouillé tout seul, il avait une vingtaine d'années et fréquentait déjà la fille qu'il a épousée, cela l'a aidé… Il avait déjà pratiquement sa vie à lui… et maintenant qu'il a besoin de moi… je ne suis plus bonne à rien…

Sa voix était lasse, dépitée, il y entendit aussi de la colère impuissante. Il lui reprit la main et assura :

— On va essayer, je vais réfléchir, et peut-être trouver une idée pour amener Marsuy jusqu'ici. Vous aussi vous pouvez réfléchir, ajouta-t-il, parce que votre tête, elle ne se déglingue pas, je le vois bien !

Cela la fit rire et il en fut content pour elle. Ils discutèrent un moment, tentant de trouver un motif pour que le député vienne lui rendre visite. Toutefois, il voyait qu'elle était de plus en plus fatiguée, que ses paroles devenaient hésitantes et que sa tête dodelinait régulièrement. Alors, après avoir promis de s'occuper de cela le plus vite possible, il la laissa se reposer et se retrouva dans la rue encore plus tourneboulé que la semaine précédente.

II

Joséphine ferma les yeux, qu'elle était fatiguée ! Elle écouta les pas du garçon s'éloigner dans le couloir, la porte s'ouvrir, se refermer, les pas descendre l'escalier.

Elle se réveilla à l'arrivée de la petite jeune du soir, qui lui demanda, enjouée, si elle avait passé une bonne journée et à la vue des tasses à thé, la félicita comme si elle était un enfant débile

— Eh bien, on devait être bien contente aujourd'hui, on a eu de la visite, une vieille amie ou un beau jeune homme ?

Elle était gentille, gaie, dévouée. Joséphine l'aimait bien, même si elle trouvait parfois difficile d'être anonymisée ainsi. Elle lui avait demandé de l'appeler Jo, mais la gamine n'y arrivait pas. On leur apprenait à l'école à être respectueux envers leurs patients alors elle lui donnait du Madame Michon ou lui parlait à la troisième personne. Heureusement, une ou deux autres de l'équipe étaient un peu plus dégourdies et réussissaient à l'appeler Joséphine, comme le garçon.

— Un beau jeune homme, enfin jeune pour moi, pour toi il serait Mathusalem,

— Mahu ?.. Je ne le connais pas

— Beaucoup trop vieux, c'est tout ! C'est le fils de vieilles amies à moi, elles avaient ton âge quand je les ai rencontrées et lui, je l'ai vu naitre.

— Oh alors, on doit être bien fatiguée si on a papoté tout l'après-midi. Allez jusqu'à la salle de bain pendant que je mets votre soupe à chauffer. Je viens vous aider après pour la petite toilette…

La petite était repartie, pleine d'entrain, vers d'autres vieux, la laissant devant son assiette de soupe, sa poignée de cachets de soir, une poire gentiment coupée en tout petits morceaux dans un bol de fromage blanc. Elle lui avait bien arrimé sa couche doublée, pour qu'il n'y ait pas d'accident et qu'elle ne finisse pas la nuit dans son lit trempé ! Tout ça avec le sourire et des babillements pleins de gaité, c'était une gentille petite…

Elle prit tous ses médicaments un par un avec son potage, se disant, comme souvent, que cela devrait suffire à la nourrir. Elle avait fait le compte, dix-sept cachets par jour… Toutefois, ils ne la sauveraient pas de vieillir…

Après son diner, elle se rassit un moment dans son fauteuil pour regarder la télé et lorsqu'elle se réveilla, gagna son lit pour s'installer pour la nuit. C'était normal que les jeunettes lui parlent comme à un bébé, elle avait adopté le rythme nourrisson, dormir, une heure ou deux d'éveil, dormir, manger, dormir, les couches… tout pareil…

Elle avait un super lit moderne, le dossier montait, descendait, les jambes, le lit entier, tout pouvait se régler électriquement… Bien loin des trucs en ferraille des hôpitaux de sa jeunesse sur lesquels le personnel se cassait le dos !

Elle s'allongea volontiers, joua de la télécommande pour que sa cyphose soit confortable, que ses pieds gonflés par ses reins délabrés soient un peu surélevés, pas trop, sinon ça allait lui surcharger le cœur et l'étouffer, un réglage minutieux ! Elle se cala sur son oreiller et pensa au garçon.

Elle se demanda ce qu'il était devenu pendant toutes ces années. Les filles lui avaient dit qu'il était dans le commerce, voyageait beaucoup. Mais n'avaient jamais su où il était vraiment, jamais reçu de carte postale, il n'avait jamais ramené le moindre petit souvenir exotique... Elles ne s'en étonnaient pas... Les garçons, c'est comme ça, ça ne donne pas de nouvelles... En toute confidence, car elles savaient que leurs cartes étaient souvent moquées par leurs collègues, elles lui avaient expliqué que **LE BATELEUR** parcourait le monde dans son char triomphant, comme cela devait être !

Après le lycée, il était parti faire des études de droit, puis s'était engagé dans l'armée et avait disparu... Joséphine avait parfois pensé qu'il pouvait être en prison, parce que jeune, il n'avait été que plaies et bosses, un petit dur, un bagarreur, se castagnant volontiers dans la cour de récré ou à la sortie de l'école, grimpant sur tout, sautant partout... Mais il réapparaissait une ou deux fois par an, en pleine forme. Les filles prenaient deux jours de congé, le chouchoutaient et il repartait...

Elle s'éveilla, éteignit sa lampe de chevet et alluma le petit poste de radio qui la nuit la maintenait en relation avec le monde du dehors, la vie à laquelle elle n'avait plus accès. Dans l'obscurité somnolente, de jeunes et belles voix cultivées lui racontaient les histoires de la planète...

Elle s'éveilla et repensa aux filles, pas seulement les filles d'Irma. Toutes les filles qui avaient été les siennes, qu'elle avait dirigées, guidées, engueulées, consolées, pendant tant d'années. Ses filles... de son service... et toutes les autres qui avaient été ses collègues quand elle faisait partie des filles… et celles qui, auparavant, l'avaient guidée, engueulée, consolée, lors de ses premiers pas à l'hôpital… Celles-là étaient toutes mortes depuis longtemps… et bien trop nombreuses étaient les autres qui avaient déjà disparu… Elle pleura un peu et se rendormit.

Elle s'éveilla et pensa à Évelyne, déjà morte elle aussi… Comment pouvait-elle faire pour rencontrer Jean-Pierre Marsuy ? Encore un qui n'avait pas su la garder dans son pantalon, n'avait pas eu assez de couilles pour la sortir couverte… et avait semé sans réfléchir un petit enfant sans père… Combien en avait-elle connu ainsi ? Des bébés orphelins de pères inconnus dont la naissance s'accompagnait de larmes au lieu de sourires de bienvenue et qui avaient dû grandir envers et contre tout… pas facilement en général… Elle pensa aussi à tous ces petits anges qu'elle avait faits, leur offrant les limbes pour que leur vie ne soit pas l'enfer qu'ils n'avaient pas mérité, et pleura encore… Elle pleura aussi pour celles qui auraient dû être leurs mères et qui toute leur vie en avaient gardé le souvenir…

Elle pensait en rêvant, assise dans son fauteuil, après le repas… À qui pouvait-elle demander de contacter le député pour le faire venir ?

Quelques jours auparavant, à la recherche de renseignements sur l'homme et sa famille, elle avait cherché dans ses carnets et composé beaucoup de numéros de téléphone, d'anciens amis, d'anciennes collègues susceptibles de le connaitre, d'anciennes sœurs de sa loge. Celle qu'elle avait contribué à fonder, dont elle avait été la porteuse de clés, la dépositaire du trésor pendant tant d'années. Elle avait cessé de la fréquenter depuis longtemps, quand la déclaration de principe de respect des autres, de perfectionnement personnel et d'aide à l'humanité lui avait paru trop souvent bafouée, supplantée par des intérêts personnels et mercantiles. Quelques-uns des numéros l'avaient renvoyée à des personnes trop jeunes pour se souvenir d'elle, mais qui, en raison de cette fraternité, de cette même obédience, lui avaient tout de même raconté ce qu'elles savaient, d'autres vers des maisons de retraite où elle avait bavardé longuement avec ses pairs en vieillesse. Nombreux avaient été ses essais qui n'avaient pas abouti, où la recherche ne trouvait rien d'autre que le vide, la disparition…

Elle fit le compte de tous ceux qu'elle avait connus et qui auraient eu suffisamment d'autorité sociale, de contacts dans ce milieu pour que Marsuy ne puisse pas leur refuser un service… Ils étaient tous morts… les larmes coulèrent sur ses vieilles joues…

Elle rêvait en pensant au garçon, le petit Joseph, quelle idée avaient-elles eue, de l'affubler d'un prénom pareil ? Parce qu'elles croyaient que c'était celui de leur père, lui avaient-elles expliqué beaucoup plus tard. Quel cadeau pour un nouveau-né ! Il avait été un bébé facile, dormir, manger, dormir… Heureusement pour lui, parce qu'elles étaient un peu empotées toutes les deux !... Il était devenu un homme très bien, mais qui semblait taire bien des secrets… Il ne disait jamais rien de lui… Elle se demanda s'il n'avait pas travaillé pour le renseignement. Il s'était vraiment trop bien débrouillé pour un néophyte dans son enquête et son rapport était précis, circonstancié, très militaire… Il allait pouvoir l'aider, lui ramener le député… Elle s'endormit en souriant…

Elle rêvait de sa jeunesse, elle était entrée à l'hôpital pendant la guerre, pour aider, participer elle aussi, dans la mesure de ses moyens, avait passé son diplôme d'infirmière, plus tard était devenue sage-femme… Mais tout avait tant changé, le monde avait changé pendant toutes ces années… elle pleura un peu sa jeunesse envolée…

Pourquoi se réveillait-elle ? Elle devrait maintenant dormir du sommeil éternel… Elle l'avait mérité… Pourquoi n'était-elle pas morte dans cet escalier qu'elle avait dévalé tête la première ? Pour se retrouver en bas des marches avec à peine une hanche cassée. Un col du fémur, le truc le plus bête qui pouvait arriver à une vieille femme comme elle. Cela faisait au moins cent ans que l'on n'en mourait plus… même à quatre-vingt-dix ans… Quel âne avait inventé la prothèse ?… Jusque-là, tout s'était plutôt bien passé, elle avait vieilli en douceur sans voir passer les années, eu longtemps de multiples activités, fait faire des devoirs après l'école à la maison des associations, des ballades avec le groupe de marche. Puis son cœur s'était fatigué, mais elle avait continué le bridge, au club et chez elle avec des partenaires du monde entier… Pas d'effort au bridge, pas de stress, tout est compté d'avance… Et elle allait tranquille, tranquille, faire ses petites courses tous les jours, bavardant à droite à gauche. Des gens gentils lui montaient ses paquets quand c'était un peu lourd, pour elle toute seule, ce n'était jamais lourd… Et patatras, arrivée en haut avec son petit sac à provisions, elle s'était retrouvée à plat ventre dans le couloir, en bas… après un roulé-boulé digne de Bond… James Bond. Vu la descente qu'elle venait de faire, elle avait posé sa tête au sol et s'était dit « Très bien, une bonne fin ! »

Mais les jeunes du troisième s'étaient précipités, appelant les pompiers sur leurs téléphones portables… Une demi-heure plus tard, elle était déjà cadrée aux Urgences… Le lendemain matin, elle passait au bloc… Et pour la seconde fois, n'était pas morte, bien qu'elle ait fait l'arrêt sur la table d'opération… Ils l'avaient rattrapée… Quel âne avait pensé qu'une vieille femme comme elle voulait être rattrapée… Elle aurait dû partir, c'est tout !... Son temps était venu et il le lui avait pris ! Bougre d'âne… Elle s'était réveillé plusieurs jours après avec cette foutue machine qui l'obligeait à respirer quand elle n'en avait pas envie, un morceau de caillou à la place de la langue, le corps brulant de douleurs. Ils avaient tous été si contents qu'elle les regarde, qu'elle reprenne conscience. Ils l'avaient encouragée, complimentée... Elle avait cessé de résister, de s'agiter, d'arracher tout de qui la liait, de lutter contre le respi, de faire sonner toutes les alarmes... Cela les embêtait les pauvres, c'était leur boulot... Dans un hôpital, on ne tue pas les vieux, on ne les laisse pas mourir, on les sauve, comme les autres... Avec beaucoup de sourires, ils avaient enlevé l'énorme tube qui s'enfonçait dans sa gorge, l'obligeant à garder la bouche ouverte, maintenu en place par un cordon qui lui cisaillait les commissures des lèvres. Ils l'avaient remplacé par un masque qui lui écrabouillait le nez et lui envoyait toutes les dix secondes un courant d'air dans les yeux. Ses bras pesaient des tonnes, elle avait de la peine à tourner la tête, ne sentait plus son corps en dessous des épaules... Mais cela avait vraiment l'air de leur faire plaisir... Elle s'était laissé faire, le masque avait disparu petit à petit, on lui avait donné de la compote, de la soupe...

La blondinette qui venait lui faire bouger les jambes même quand elle n'était pas vraiment là – Elle se le rappelait – était devenue exigeante... Il fallait qu'elle plie, qu'elle tende, qu'elle lève, les bras, les jambes... Elle l'avait poussée, tirée, assise au bord de son lit, mise debout, propulsée dans un fauteuil... Abandonnée là un temps infini... et il avait fallu recommencer le lendemain.

Tenir debout, faire un pas, deux pas... avancer le déambulateur, recommencer... Ils l'avaient installée dans une chambre ensoleillée... et elle avait su qu'elle ne mourait pas ! Mais qu'elle ne vivrait plus non plus ! Elle était entre les deux, dans la salle d'attente pour le départ pour ce dernier voyage.

La hanche cassée, remplacée par métal et plastique marchait plutôt bien. Toutefois ses reins avaient mal supporté la ventilation et ses membres inférieurs n'auraient pas paru incongrus sous un éléphant. Pour préserver son cœur, ils lui avaient fluidifié le sang et elle n'était plus qu'hématomes à chaque point de piqure. Ils l'avaient si souvent analysé ce sang qu'elle se demandait s'ils ne nourrissaient pas une colonie de vampires avec tous les tubes qu'ils lui prélevaient tous les jours ou presque. Pour remplacer tout ce liquide qu'ils lui prenaient, ils la remplissaient avec de grosses poches de flotte se vidant dans ses veines au prix d'œdèmes supplémentaires. Et pour aider ses reins fatigués à éliminer tout cela, ils la faisaient pisser à grand coup de cachets !

La prothèse était en forme, mais pas le reste de son corps. La chute l'avait laissée bleue et violette de l'épaule au genou. Comme le temps avait passé, elle s'était décorée de jaune et noir sur tout un hémicorps. Chaque mouvement était douloureux et elle se déplaçait si lentement qu'elle n'avait pas le temps d'arriver aux toilettes. En plus, avec ce qu'ils lui donnaient, elle devait y aller si souvent qu'elle aurait dû y camper. Alors après l'ablation de la sonde urinaire, en prévention d'infections dont elle aurait pu mourir. Quel dommage cela aurait été après tout le mal qu'ils s'étaient donné. Elle avait dû accepter la déchéance des couches ! Elle se déplaçait avec d'autant plus de lenteur qu'elle marchait courbée sur son déambulateur, tassement des murs antérieurs des vertèbres… Tassements, avaient-ils diagnostiqué, vu l'allure qu'elle avait, ce devait être plutôt un véritable effondrement… De la quatrième à la dixième dorsale, dus à la chute, ou à l'alitement prolongé, là-dessus, ils ne se prononçaient pas. C'était la seule chose sur laquelle ils n'avaient pas un avis éclairé, et pas de cachet… Elle resterait pliée ! Une vie de rêve !

Elle avait pris son mal en patience, jamais cette expression ne lui avait paru aussi vraie, et attendu la fin. Avec tout ce qui était déglingué dans son corps, cela ne devrait pas durer bien longtemps. Mais elle s'était avérée résistante, et après des semaines de maison de repos, de rééducation, où elle ne faisait pas grand-chose d'autre que dormir dans son lit ou dans son fauteuil voisin, refusant de se laisser emmerder dans ses derniers jours et de faire les efforts qu'on lui demandait pour progresser. Pour faire quoi ? Le prochain Marseille-Cassis ? Ils avaient commencé à parler de l'envoyer en maison de retraite, car elle n'allait pas mourir tout de suite, ils en étaient certains ! De cela, il n'en était pas question. S'ils ne voulaient plus d'elle, après avoir pourtant fait tout ce qu'il fallait pour la garder, elle rentrerait chez elle.

Elle avait donc enfin accepté d'effectuer des allers-retours de barres parallèles, de couloirs. Des gamins en blanc l'avaient même fait monter sur un vélo. Ces gosses, un rien les amuse !

Elle avait ainsi retrouvé ses murs, ses livres, son ordinateur et, bien que son corps ne soit pas plus vaillant, elle pouvait au moins s'occuper l'esprit. C'était au prix d'une logistique digne d'un VIP ! Il y avait l'équipe qui prenait soin de son vieux corps incapable, l'aidait, le nettoyait, le surveillait, la tension, le rythme cardiaque, le TP, lui piquant encore régulièrement son sang – Il n'aurait pas fallu que les chiffres ne soient pas bons ! Ils n'auraient fait ni une ni deux et l'aurait renvoyée à l'hosto pour qu'on la sauve encore une fois ! Il y avait celle qui s'occupait de sa maison, son aide-ménagère qui faisait pour elle lessive, nettoyage, repassage et les quelques petites courses dont elle pouvait avoir besoin. Ce n'était pas grand-chose, car il y avait aussi ceux qui lui préparaient ses repas, se donnaient le mal de ne lui mettre dans les barquettes que des choses qu'elle pouvait manger, elle avait tellement maigri que son dentier ne tenait plus. Des dents jolies blanches et solides de sa jeunesse, il ne lui restait que quelques moignons, alors elle mangeait « mou ». C'est ce qui était écrit sur la fiche qui accompagnait les repas qu'on lui livrait tous les jours. Un petit gars sympa, qui rangeait dans le réfrigérateur son repas du soir et installait sur la table son déjeuner. Il lui suffisait d'ouvrir les barquettes, d'en transférer le contenu sur une assiette et si nécessaire de la mettre aux micro-ondes. C'était son travail, elle s'y obligeait, pour garder un peu de dignité, d'humanité, se satisfaire de n'être pas complètement dépendante, de pouvoir faire encore quelques petites choses. Tout comme elle s'obligeait à aller accueillir ses visiteurs à la porte. Pas tous ceux qui s'occupaient d'elle, ceux-là, ils avaient tous la clé, car pas le temps d'attendre la tortue qu'elle était devenue, mais les autres, ceux qui venaient lui tenir compagnie un petit moment et bavarder avec elle.

Ils avaient été nombreux, depuis son retour, son salon ne désemplissait pas. Elle parcourait chaque jour au moins deux ou trois fois l'aller-retour du couloir. Les gamins en blanc auraient été contents. Elle souriait en s'endormant de savoir qu'elle avait été appréciée et ce, même à travers les générations, que sa longue existence n'avait pas était vaine, juste beaucoup trop longue.

Elle se réveilla encore en le regrettant, la douleur était de retour. Que faisait-elle là ? La prochaine fois, il ne faudrait pas qu'elle rate l'opportunité et qu'elle réussisse un départ définitif ! Par quelle volonté n'était-elle pas morte ? Le destin la maintenait-il en place pour qu'elle puisse aider une autre génération ? Le méritant Guillaume, qu'elle avait vu grandir toujours sage et volontaire ? Grâce à ce petit Jo, qu'elle avait peu connu, même pendant ses deux années de lycée où elle lui avait ouvert sa maison. Qui était réapparu, sortant de nulle part, juste comme elle avait besoin d'aide et semblant apte à la lui apporter ? Il allait peut-être pouvoir lui amener ce pète-sec coléreux dont Évelyne avait eu la mauvaise idée d'être amoureuse.

Celui-là serait un homme difficile à manier, elle l'avait compris lors de ses recherches sur Internet. Il s'était disputé avec la moitié de ses collègues parlementaires. Ses sautes d'humeur étaient connues et fréquentes. Il ne mâchait pas ses mots lors de ses interventions, épinglant avec violence tous ceux qui le contrariaient. Le seul point positif en sa faveur était que leur parti politique lui importait peu. Il était aussi vindicatif avec les siens qu'avec ses adversaires, savait même admettre et apprécier les mérites de certains d'entre eux. Quelques-uns, oh très peu, étaient ses amis, au grand dam de sa famille politique parmi laquelle il avait beaucoup d'ennemis. On lui reconnaissait aussi d'avoir beaucoup fait pour sa circonscription et de se démener quand quelque chose lui paraissait important, un homme en colère, d'abord difficile. En plus, quel souvenir avait-il de cet amour d'été ? se le rappelait-il au moins ? Comment le faire écouter ? Le faire entendre ?

Et si le garçon ne réussissait pas ? Ou trop tard ?... Elle allait préparer un courrier, qu'elle joindrait à son testament. La parole d'une morte toucherait peut-être ? Elle versa quelques larmes en fermant les yeux.

*
* *

Le garçon était revenu, la veille, premier jour de cet hiver dont elle ne verrait certainement pas la fin, elle l'espérait en tous cas. Il lui avait apporté une jolie corbeille de jacinthes fleuries, qui embaumaient son salon aux odeurs si souvent déplaisantes, enfin cette nuit cela avait été, la petite n'aurait pas trop de travail ce matin...

Pour la nouvelle année avait-il dit, aussi païen et paganiste que le reste de la famille manifestement ! Il avait l'air tout gêné en lui annonçant qu'il allait essayer de lui amener le député le soir de Noël. Il savait que l'homme serait seul ce soir-là, voulait jouer sur son bon cœur et lui proposer une visite à une vieille dame, seule pour cette nuit de fête, qui l'admirait beaucoup et pour qui se serait un beau cadeau de le rencontrer... S'il avait été Pinocchio, son nez se serait allongé. Elle ne savait pas ce qu'il comptait faire exactement et l'un dans l'autre s'en moquait... S'il y arrivait d'une manière ou d'une autre ce serait bien !

Il lui avait demandé si elle avait quelque chose de prévu. Que pouvait-elle avoir de prévu pour la nuit de Noël ? Entourée de morts comme elle l'était... Ils se mirent d'accord sur le fait qu'elle donnerait congé à son aide-soignante, la petite serait contente de finir plus tôt pour l'occasion. Il lui proposa que, avec ou sans Marsuy, il viendrait et l'aiderait à se coucher, elle l'avait envoyé promener. Pour une fois, elle pouvait aussi se débrouiller seule, elle irait lentement, mais finirait par y arriver !

Il pensait venir dans une tranche horaire indéterminée entre dix-huit heures et vingt-deux heures... Eh bien, elle l'attendrait et si elle passait la nuit sur son fauteuil, ce ne serait pas grave. Elle avait passé de nombreuses nuits sur des fauteuils. Cela lui rappellerait sa jeunesse, quand elle attendait une naissance et surveillait la maman toute la nuit. Les bébés viennent à leurs rythmes, pas sur rendez-vous ! Il s'était moqué, disant que cette nuit-là, elle attendrait le petit Jésus ! Païen va ! lui avait-elle rétorqué ! Des petits Jésus, elle en avait vu naitre beaucoup, chaque naissance est un miracle porteur d'espoir ! Lui aussi en avait été un ! Elle l'avait déjà attendu toute une nuit, elle pouvait l'attendre une deuxième. Il serait le seul de ses petits Jésus à qui cela serait arrivé !

Ils avaient ri, cela lui avait fait du bien de parler, de blaguer un peu avec quelqu'un qui la considérait comme un être humain normal, et non comme une pauvre vieille chose !

Toute excitée, elle guettait l'arrivée de son aide du matin. Après une nuit d'immobilité, ses vieilles jambes étaient trop branlantes pour qu'elle se risque à se lever seule. Elle l'aiderait pour se laver, s'habiller, lui préparerait aussi son café et la laisserait devant son bol avec sa grosse poignée de cachets et les tartines de pain de mie compatibles avec l'état de sa dentition. Elle n'avait pas pu se résoudre à l'infâme mixture de biscottes beurrées, mises à tremper dans le bol pour les ramollir ! Qu'elle avait pourtant confectionné si souvent pour des vieux sans dents... sans se poser de questions sur l'aspect peu ragoûtant de la chose. Cependant, avant qu'elle reparte vite, vite, elle lui demanderait un petit travail supplémentaire.

Dans ses insomnies de la nuit, entre ses courts endormissements, elle avait réfléchi et mûri son plan. Elle devait être prête s'il réussissait à lui amener le député, car l'homme ne serait pas facile à amadouer, il faudrait le manœuvrer avec habileté. Elle allait avoir besoin d'un certain nombre de choses, rangées dans des endroits plus ou moins accessibles de son appartement et chacune de ses petites du jour lui rendrait un ou deux services. Elle ne pouvait pas tout demander à la même, elles n'avaient pas beaucoup de temps... Plein d'autres vieux impotents les attendaient... Heureusement pour elle, sa tête et sa vue n'avaient pas suivi le même chemin désastreux que certains de ses organes, elle arrivait encore à lire et à aligner quelques idées... Après son petit déjeuner, elle se mettrait à l'ordinateur et ferait quelques recherches, étudierait bien le dossier et les photos du garçon pour préparer la scène qu'elle jouerait à Monsieur le Député Jean-Pierre Marsuy... Pour lui, elle serait Némésis...

Elle sourit intérieurement de tout ce qu'elle avait à faire. Si elle avait des visites, et elle en aurait surement, tout un tas de vieilles amies, qui auraient pu être ses filles, sa génération n'était plus, ou plus capable de se déplacer... ou leurs enfants, qui auraient pu être ses petits-enfants, venaient la voir régulièrement. Elle devrait leur dire qu'elle était fatiguée pour s'en débarrasser vite et pouvoir continuer à se préparer. Car elle était d'une lenteur de tortue, à laquelle elle ressemblait du reste, avec son dos arrondi, sa tête semblant en sortir comme d'une carapace, branlante sur son cou maigrelet et tout ridé.

En plus, il ne fallait pas qu'elle se fatigue de trop et même qu'elle se prévoit des temps de repos, si elle voulait être au mieux de sa forme la nuit suivante !

Et une fois que tout cela serait réglé, elle mettrait chaque jour de côté, deux de ses petits cachets. Elle les connaissait bien, ils lui manqueraient, elle aurait mal, s'essoufflerait toujours plus. Un jour, quand elle en aurait suffisamment, elle les prendrait tous ensemble et ne souffrirait plus !

XVII

Jo avait passé une nuit agitée, entrecoupée de réveils à l'issue de courses affolées. Pendant lesquelles ses pieds ne trouvaient pas leurs appuis sur un sol immatériel qui leur échappait et se dérobait sous eux comme le sable d'une dune. Où il finissait par trébucher vers le gouffre et se réveillait de ne pas y tomber, se rendormant pour rêver d'action, de combats contre des adversaires aussi fuyants que le sol, évanescents, mous comme son oreiller... Cela faisait bien longtemps que cela ne lui était pas arrivé.

Il s'éveilla tout à fait, encore plus tôt que s'il devait aller au marché. Pourtant en cette veille de Noël, il avait décidé de se donner congé et de se reposer en prévision de la soirée et de la nuit. Il se tourna sur le dos, les mains croisées sous la nuque. Il laissa son esprit se détacher pour trouver la pleine conscience lucide et attentive qui lui serait nécessaire, et commença à revoir ses plans.

Il avait promis aux étoiles ! Ce soir, le petit Jésus serait le père Noël et amènerait un sapin en cadeau à **LA PAPESSE**. Cela le fit sourire, quel mélange hétéroclite de légendaires croyances superstitieuses ou de superstition croyante de légendes ! C'était libre choix… en fonction des gouts de chacun…

Le soir du solstice, sa mère et sa tante étaient arrivées au crépuscule, juste avant le coucher du soleil, toutes contentes qu'il les ait invitées, et qu'il ait prévu de s'occuper de tout pour leur fête.

Elles gloussaient d'excitation comme des gamines, mais avaient retrouvé leur sérieux dès qu'elles avaient disposé les cartes pour le grand tirage. Il n'avait pas pu échapper à la tisane de romarin qu'elles avaient préparée et commencée à boire en installant leurs tarots sur le tissu de soie qu'elles avaient apporté et déployé sur sa table devant la cheminée. Elles manipulaient religieusement les cartes de leur mère et chuchotaient avec respect, mais animation chaque fois qu'elles en retournaient une.

Cela leur avait pris du temps… Il avait préparé tranquillement le pique-nique, joué le jeu, buvant lui aussi le romarin plutôt que le vin qui lui aurait mieux convenu… épluché et mis à cuire ses légumes pour une soupe carotte-gingembre dont il avait trouvé la recette sur le livre d'un jeune cuisinier anglais, mis des raisins secs à tremper dans un peu d'Armagnac et d'eau tiède, pelé et coupé en petits morceaux des pommes et poires, ainsi qu'une grosse tranche du melon vert que son collègue primeur lui avait donnée, il en conservait quelques-uns dans sa cave depuis l'automne, soigneusement emballés dans du papier journal, égrené du raisin, ainsi qu'une grenade pour la couleur et le symbole.

La pomme-grenade, le fruit défendu qui orne le sommet des colonnes du temple, le fruit sacré présent dans les trois religions du livre. Le fruit infernal aux grains rouges et brulants, parcelles du feu chtonien, qui apporte aux humains la connaissance du feu intérieur, alchimie des forces telluriques et cosmiques.

Il avait mélangé le tout pour obtenir une belle salade de fruits. Il avait cassé les coques de noix, noisettes et d'amandes, les avait mises dans un petit sac pour que cela soit plus facile à transporter et à manger. Il avait aussi du nougat noir et blanc, des calissons, du champagne et une pompe à l'huile. Il espérait qu'il ne dérogeait pas trop, pour la soupe et la salade, il était impeccablement dans les clous, légumes racines et fruits de l'automne… Mais cela l'avait amusé de préparer les treize desserts de la nuit de Noël. Les Provençaux devaient être de bien grands païens eux aussi, pour avoir poursuivi cette tradition au travers des siècles de catholicisme et déguster encore leurs fruits de l'automne après la messe de minuit… L'église aurait bien voulu s'approprier cette tradition des treize desserts, tentant de les lier à la Cène, au dernier repas du Christ, aux ordres mendiants… Toutefois, l'histoire ne prenait pas et leur origine restait floue… ou si ancienne que l'on n'en avait plus le souvenir… Ils avaient eu plus de réussite avec la crèche et les santons, prétextes, s'il en est, pour mettre en valeur la Provence, ses petits métiers et son mode de vie…

Il était prêt, avait mis dans son sac à dos, le thermos de soupe et les gobelets, la boite en plastique avec la salade de fruits et trois petites cuillères, la bouteille de champagne et les coupes, les confiseries… Il n'avait pas oublié un grand torchon qui servirait de nappe, une couverture pour s'assoir. Pour certaines choses, elles avaient des idées de chochottes… Elles débattaient avec acharnement des significations de l'as de coupe et de la Reyne d'épée ! Pour les attendre, il s'était installé sur son fauteuil préféré et avait réfléchi à la demande de la vieille Jo.

Il ne savait pas trop que faire, essayer ou non d'aller voir ce grand colérique de député, le soir de Noël où il était censé être seul chez lui et lui jouer des violons pour qu'il vienne visiter la vieille. Dans cette nuit si particulière où il pourrait être tenté par une bonne action ?... Il avait trituré l'idée dans sa tête depuis qu'il l'avait quittée. Il avait d'abord envisagé de tacher de lui parler par hasard ou sur rendez-vous dans une de ces mairies où il rencontrait ses électeurs. Il n'était pas électeur, alors comment lui dire « J'habite à dache, voudriez-vous y venir, rencontrer une vieille dame qui va bientôt mourir et veut vous parler » ? Et avait fini par songer que peut-être, s'il s'emmerdait seul le soir de Noël, il pourrait faire preuve de bonne volonté…

Entrainé par l'ambiance qui régnait chez lui, il avait décidé de le demander aux Tarots. Un truc simple, un tirage à deux cartes, pour et contre, c'est tout ! Il prépara ses cartes et pensant soigneusement à sa question. Devait-il aider Joséphine ? Il choisit deux lames qu'il posa côte à côte, à gauche le pour, à droite le contre… Quand il avait retourné la carte de gauche et découvert **LA PAPESSE**, il avait su que, de toute manière, il le ferait et **LE MONDE** de la carte de droite lui avait appris que le monde entier serait contre lui ! Que de réjouissantes perspectives ! Dans ce double tirage, l'association des deux arcanes promettait aussi une belle réalisation, pleine de noblesse et de grandeur d'âme, ainsi qu'un grand bonheur, une immense satisfaction… Ce qui ne lui donnait aucune raison de ne pas s'y coller !

Quand elles avaient eu enfin terminé, ils s'étaient mis en route. Il avait essayé d'oublier son tirage, pour être gai avec elles, mais avait eu bien du mal à ne pas y repenser régulièrement.

La promenade était agréable, ils étaient bien couverts. La nuit était fraiche, mais douce pour un soir de décembre, le ciel sans nuages. Les étoiles brillaient, étincelles d'or sur son bleu profond, sans être dérangées par un tout petit croissant de lune… La nuit leur appartenait…

Il avait apporté une lampe, mais ils ne l'utilisèrent pas,

leurs yeux s'habituant peu à peu à l'obscurité, le chemin était large et sans danger. Elles papotaient avec gaité comme toujours, poursuivant leurs commentaires sur leur tirage et ses perspectives pour la nouvelle année. Il n'avait pas été vraiment réjouissant, pourtant cela ne les souciait pas, elles étaient contentes d'être là, avec lui !

En haut, ils installèrent la couverture au milieu du chemin. Ils ne risquaient pas d'être dérangés par des promeneurs, des fadas comme eux, il n'y en avait pas d'autres ! Elles avaient beaucoup ri de sa petite blague ! Il leur avait servi du champagne et elles lui avaient porté un toast disant qu'elles voulaient renouveler cela de nombreuses années. En riant aussi, il avait donné son accord, dorénavant c'est lui qui s'occuperait du solstice d'hiver ! Pensant à part lui, que pour l'été et ses rites d'amour, il préférait ne pas être avec elles !

Ils avaient bu la soupe, mangé la salade de fruits, les confiseries et la pompe, terminé le champagne en contemplant les étoiles.

Comme s'il ne les connaissait pas depuis le temps, elles lui avaient expliqué les Pléiades, dont l'amas brillait là-bas vers l'écliptique. Leur mère leur avait donné le nom de deux d'entre elles et elles en étaient fières. Elles avaient raconté le géant Orion, le grand chasseur, qui les avait poursuivies pendant sept ans et leurs sœurs des Hyades, les nymphes de la pluie, comme elles, filles du géant Atlas, lui-même fils d'un Titan…

Elles lui avaient également parlé d'Hermès, né dans une grotte d'Arcadie, fils de Maïa et de Zeus, qui inspira les hermétistes, les alchimistes, en Hermès Trismégiste et permit la naissance des Tarots. Le Tarot, grimoire de vingt-deux pages, parfois appelé le Livre de Thot. Hermès Trismégiste, le trois fois grand, figure syncrétique, issu de la fusion de Thot, dieu du savoir des Égyptiens, maitre des scribes, inventeur de l'écriture et du langage, gardien des rituels, de la magie et du sacré, et d'Hermès qui fut aussi le Mercure des Romains, messager des dieux, inventeur de l'alphabet et de la musique, guide des héros, gardien des routes et des carrefours et maitre des voleurs... Le Trismégiste aurait inventé astronomie et cosmogonie, patronné la philosophie et la médecine, enseigné à Pythagore et révélé à l'homme Macrocosme et Microcosme par la Table d'Émeraude. La Tabula Smaragdina ou pierre d'Hermès, texte le plus célèbre de la littérature alchimique et hermétique qui fut découverte en son tombeau.

Le livre majeur de l'hermétisme, sa clé de voute, le *corpus herméticum* fut traduit en latin par Marcile Ficin, sous le mécénat d'un Médicis. Dans cette Italie prérenaissante, où se multipliaient les jeux de Tarots, comme celui des Visconti, autre grande famille italienne, jeu magnifiquement enluminé aux cartes de grandes tailles, totalement impropre aux jeux de cartes de société, et très certainement dévolu à une pratique ésotérique. Les lames y ressemblent à une galerie de portraits. C'est vers cette époque qu'elles commencent à se modifier, à inclure l'iconographie hermétique, qui amènera autour du dix-septième siècle, le Tarot de Marseille.

Tout cela dans leur duo ininterrompu... Il était heureux pour elles et pour lui. Et pour leur faire plaisir, bien qu'il ne leur ait évidement parlé de rien, de toute manière, il pouvait rarement en placer une, surtout s'il n'en avait pas envie... quand vint le temps des vœux, dans un moment d'égarement... certainement dû au champagne, à la sensation planante d'être là, dans l'espace hors du temps, enveloppé du manteau de nuit du ciel étoilé, il avait promis en silence d'amener le député à **LA PAPESSE**, de gré ou de force... S'il ne voulait pas venir gentiment, il l'assommerait, le mettrait sur son dos et le porterait jusqu'à elle !

Ils étaient redescendus tranquillement, sa mère avait

raconté, comme elle le faisait dans son enfance, le soir pour l'endormir, le mythe de Gaïa, la terre-mère, la déesse primordiale, la chtonienne qui avait engendré Ouranos, le ciel couronné d'étoiles…

Gaïa était née de Chaos, le vide essentiel, glacé, obscur et sans limites. Toute ronde, elle était lumière au milieu de rien et de nulle part. Elle dansa, là où il n'y avait ni haut, ni bas, ni dedans, ni dehors, laissant des traces légères, dorées et éclatantes, ainsi naquit Ouranos, qui l'enveloppa de son manteau de velours étoilé pour la réchauffer. De cette étreinte était né l'œuf primordial, d'où sortirent les 3 Hécatonchires aux cent bras, Briarée « le fort », Gygés « le membru », Kottos « le furieux », les trois Cyclopes à l'œil unique, Brontés « Tonnerre », Stéropés « Éclair », Argés « Éclat ». Excellents forgerons, ils travaillèrent dans les forges d'Héphaïstos, donnèrent la foudre à Zeus, le casque de l'invisibilité à Hadès et à Neptune son trident. Puis vinrent les douze Titans, six géants dont Océanos était l'ainé et Chronos le plus jeune, et six Titanides, Théïa, Rhéa, Thémis, Mnémosyne, Phoïbé et Téthys. Les cyclopes déplaisaient à Ouranos et il les avait enfermés dans les sombres profondeurs du Tartare. C'est le courageux Chronos, poussé par sa mère, qui les vengea. Tenant dans sa main gauche une faucille de silex confectionnée par Gaïa, il sectionna les organes génitaux d'Ouranos et les jeta dans la mer. De l'écume blanche qui les entoura naquit Aphrodite que les vagues portèrent vers Cythère…

*
* *

Il s'était rendormi. Un jour pâle filtrait maintenant à travers ses volets. Il s'étira, c'était une bonne chose, car il allait avoir besoin d'être en forme ce soir. Il avait eu un peu de mal à récupérer de la nuit du solstice, plus de son âge ces nuits de veille… Cela lui avait vraiment fait du bien de dormir longtemps.

En rentrant, ils s'étaient couchés. Elles, dans son lit, dont il avait changé les draps l'après-midi. Ce qui lui avait valu encore plus de reconnaissance et évité de les voir s'agiter pour le faire à cette heure indue. Pour certaines choses, elles avaient vraiment des idées de chochottes… hospitalières en plus… Lui s'était contenté du petit lit de sa chambre d'amis. Mais le plus dur avait été le réveil, à peine quatre heures plus tard… Enfin, surtout pour lui. Elles étaient en pleine forme, discutaillant dès le matin… Ce qu'il les trouvait fatigantes quand elles faisaient ça, à cette heure-là !... Pendant qu'il chargeait ses marchandises, elles avaient préparé le petit déjeuner, refait son lit au propre, lavé la vaisselle de la veille qu'il avait laissée trainer dans l'évier…

En déjeunant devant la cheminée dont il avait réussi à ranimer quelques braises pour démarrer une petite flambée sympathique, ils avaient échangé leurs présents de fleurs et de fruits. Il avait été heureux de les voir si contentes de leurs cadeaux, c'est vrai qu'il ne leur en avait jamais offert beaucoup. Il n'était pas souvent là et ne ramenait jamais rien de ses voyages… pas possible… Elles n'avaient jamais semblé y attacher d'importance, mais là, de voir le plaisir qu'il leur faisait, il le regretta… Elles en avaient pour lui bien évidemment. Un citronnier en fleur et le grand pot en terre cuite, décoré d'une guirlande de feuillage, dans lequel il pourrait le rempoter et l'installer sur sa terrasse quand ce serait le moment.

Elles avaient leur voiture, ils étaient donc partis chacun de leur côté. Arrivé au marché, il avait commencé son installation, la tête dans le potage, dormant debout. C'est dans ce demi-sommeil qu'avait émergé l'idée géniale… enfin, il le pensait, mais se laissait parfois envahir par le doute… qu'il allait mettre en œuvre ce soir.

Le ballet de la famille Arrizzi, charriant sur leurs grands diables, des empilements de deux mètres de haut de cageots emplis de fruits et de légumes, les sapins de Noël du fleuriste emmaillotés dans leurs filets d'où dépassaient à peine quelques branches s'étaient associés dans sa tête brumeuse, et il avait su... Marsuy, il n'allait rien lui demander. Même la nuit de Noël, il n'était pas vraiment sûr de sa bonne volonté... Il allait l'emballer en sapin et le transporter, d'abord dans son camion puis sur un diable chez **LA PAPESSE**... Physiquement, cela lui semblait faisable. L'homme était un peu plus petit que lui et avait la minceur des grands nerveux, le genre « stoquefish » comme disait sa tante... Cette idée avait le gros avantage, ne pas les exposer, ni lui, ni Joséphine. S'il se débrouillait bien, le bonhomme ne saurait jamais qui l'avait emmené ni où il était allé... Bon plan ! s'était-il congratulé et il avait commencé à réfléchir à son organisation matérielle.

Il avait dit aux deux sœurs de se reposer ce matin-là et de ne pas venir le remplacer. Pourtant dès huit heures, il les avait vues circuler sur le marché. Sa mère était arrivée à neuf heures comme d'habitude, pour qu'il puisse tout de même faire une pause, avait-elle dit, lui expliquant aussi qu'Elettra était allée faire réchauffer le vin chaud... Ce qui l'avait laissé perplexe jusqu'à ce qu'il se souvienne... Ah oui, le vin chaud ! Il lui avait confié le banc et était parti faire ses courses. En achetant ses légumes chez les Arrizzi, il avait demandé s'il pouvait leur emprunter un diable pour quelques jours, et ils avaient accepté volontiers. Chez le fleuriste, il avait tâté et bien regardé les sapins sous toutes les coutures. Il en avait profité pour acheter des jacinthes en fleurs pour Joséphine à qui il rendrait visite l'après-midi pour vérifier sa disponibilité ce soir-là et la faisabilité matérielle de son plan.

Il allait s'imaginer, sortant le diable de son camion, le trainant dans les ruelles, et lui faisant monter l'escalier. Dans son souvenir, les marches étaient basses, mais quand même... La vieille femme aurait son présent fleuri du solstice, ce qui émut beaucoup sa mère lorsqu'il lui confia la plante pour qu'elle la ramène chez elle. Il la reprendrait tout à l'heure en partant après le déjeuner… Sa tante arriva un peu plus tard avec le grand thermos, encore plus exubérante que d'habitude. Elle l'embrassa tendrement, elle aussi était contente qu'il soit si gentil avec **LA PAPESSE**, ce qui le conforta dans sa décision. Le vin chaud eut encore plus de succès que la semaine précédente, car beaucoup s'y attendaient et même l'espéraient. Certains rodaient depuis un moment autour de son stand exprès. Il vendit tout son stock de sachets préparés, ainsi que beaucoup d'olives pour les apéros de fêtes qui s'annonçaient, beaucoup d'épices pour les repas et les gâteaux qui suivraient, une excellente matinée !

Rituellement, pour ce déjeuner de lendemain de fête, elles avaient préparé la soupe à l'oignon. Elles s'étaient aussi dépêchées de confectionner un gâteau au chocolat. Elles voulaient l'accompagner l'après-midi et en emmener un morceau pour Joséphine. Ce qui ne l'arrangeait pas du tout… Il avait réussi à s'en sortir en argumentant que la vieille se fatiguait vite et qu'elle n'apprécierait pas d'avoir trop de monde en même temps. Elles feraient mieux d'y aller quelques jours après Noël. Cela lui ferait plus plaisir si les visites étaient un peu étalées. Elles avaient admis en chœur qu'il avait raison, et il avait pu partir seul, avec sa plante et un gros morceau de gâteau.

Il ne l'avait pas trouvée en forme du tout quand, après qu'il ait attendu un temps infini, elle lui avait enfin ouvert la porte. Son visage s'était un peu éclairé à la vue des fleurs, mais elle avait rapidement fait demi-tour, enfin rapidement n'était pas vraiment le mot… Et était repartie vers son séjour encore plus voutée et plus lente que les autres fois.

— Viens et ferme la porte derrière toi, je te remercie pour les fleurs, avait-elle marmonné d'une petite voix faible en s'éloignant dans le couloir.

— Ce n'est rien, c'est pour la nouvelle année, pour que votre maison soit fleurie. Maman et Tatie vous ont préparé du gâteau au chocolat, voulez-vous que je fasse du thé ?

Il les appelait toujours ainsi, dans sa tête comme dans la vie, M'man et Tatie. Pour lui, contrairement à ce qui se passait pour beaucoup, elles étaient bien distinctes. Il les trouvait très différentes, surtout de caractère, sa tante n'était pas sa mère et ne l'avait jamais été. Bien que certaines fois, elle en ait endossé le rôle pour dépanner sa sœur, l'emmenant chez le médecin ou venant le chercher au collège et se faisant engueuler par le surgé parce qu'il s'était encore battu dans la cour ! Mais cela n'avait jamais été plus loin, tant qu'il avait été là, ils avaient vécu séparément, proche certes, mais chacune avait son propre domicile. Ce n'était que depuis son départ qu'elles partageaient ce qu'elles appelaient une « coloc », bien que l'appart leur appartienne.

— Mes petits soleils ! Toujours si attentionnées, tu les remercieras bien pour moi. Oui, fais-nous du thé s'il te plait, je t'attends dans mon fauteuil.

— Elles ont dit qu'elles viendraient vous voir la semaine prochaine.

— Oui, elles sont gentilles… comme toi… personne n'oublie la vieille Jo, avait-elle ajouté d'une voix encore plus cassée.

Il avait préparé le thé, et avait été bouleversé en entrant avec le plateau de voir les larmes qui coulaient sur ses joues ridées.

— Que se passe-t-il Joséphine ? Vous n'êtes pas bien ? Voulez-vous que je les appelle ? Elles sauront certainement quoi faire pour vous aider.

— Non, ça va aller, ce sont juste mon âge et mon impuissance qui me désolent, donne-moi un peu des nouvelles de dehors, que se passe-t-il là-bas ? Et as-tu eu une idée pour notre problème ? Elle avait essayé d'être gaie, mais cela sonnait faux.

— Oui, peut-être, avez-vous quelque chose de prévu pour la veille de Noël ?

— Que veux-tu donc que je prévoie ? De sortir réveillonner ou d'organiser une fête ici pour vingt personnes ! lui avait-elle répondu triste et vaguement agressive.

Elle s'était adossée à son fauteuil, avait fermé les yeux et de nouvelles larmes avaient perlé aux coins de ses paupières. Du coup, il ne savait plus où se mettre et avait bégayé son histoire, lui racontant qu'il pensait aller voir Marsuy ce soir-là, où il serait seul et le persuader de venir faire plaisir à une très vieille dame, seule aussi, qui l'admirait beaucoup, depuis longtemps et dont c'était le rêve de le rencontrer... Il était habituellement plutôt bon menteur, endossant avec aisance des rôles de composition, là, il avait été nul... Elle avait ouvert un œil et l'avait regardé, comme si son nez allait s'allonger. Puis s'était redressée, lui avait enfoncé l'index dans le sternum et d'un ton beaucoup plus gai lui avait dit « Ah oui ! Raconte-moi ça un peu ! »

Il lui avait donné une version édulcorée de son plan. Insistant sur le fait qu'il n'était vraiment pas certain d'y parvenir. Expliquant qu'il ne savait pas du tout à quelle heure cela pourrait se faire, qu'il serait bien qu'elle soit seule pour la soirée. Le député s'il venait ne serait peut-être pas d'accord pour avoir en plus des spectateurs... Elle avait bien voulu tout ce qu'il voulait, retrouvant vigueur et enthousiasme. Assurant qu'elle l'attendrait même toute la nuit si nécessaire. Plaisantant sur le fait qu'elle l'avait déjà fait pour lui, l'appelant joyeusement son petit Jésus...

Il avait été bien meilleur dans cette partie et lorsqu'il l'avait quittée, emportant un trousseau de clés, il l'avait vue rajeunie, l'œil vif et le sourire aux lèvres. Cela avait rajouté à sa motivation… Il allait le faire, il fallait qu'il y arrive…

Il faisait nuit quand il était sorti et il avait commencé à imaginer comment cela pourrait bien se passer. Il avait vérifié la hauteur des marches de l'escalier, une dizaine de centimètres, c'était jouable ! Il avait fait le tour des vieilles rues qu'il connaissait bien, avait repéré deux ou trois emplacements où il pourrait venir se garer, pas vraiment autorisés, mais sinon ils n'auraient pas été libres et ne le seraient pas non plus au moment où il en aurait besoin ! Une affichette « En livraison » sur son pare-brise ferait patienter un hypothétique policier qui serait assez fou pour travailler ce soir-là et vouloir s'occuper à mettre des contredanses ! Il ne resterait pas non plus toute la nuit !

Il était allé chercher sa voiture, l'avait garée sur l'un d'eux, calculant la place qu'il lui fallait pour ouvrir le haillon, la positionnant pour pouvoir, avec une discrétion maximale, sortir le chariot et y installer son lourd sapin. Il avait fait un essai, utilisant comme charge trois seaux d'olives, circulant un peu dans les rues avoisinantes, montant et descendant les trottoirs, ça devrait aller ! Il n'avait croisé que peu de passants dans ce dimanche soir de décembre et espérait qu'il en serait de même !

Le lendemain, il l'avait joué « homme de l'ombre » ! Restant le plus professionnel possible, il avait préparé une liste de tout ce qu'il devait faire, dans sa tête uniquement pour qu'aucune trace n'existe. Il était parti, GPS désactivé, il ne l'utilisait que rarement de toute manière, laissant son téléphone officiel à la maison, n'emmenant que celui qu'il utilisait comme appareil photo et qui pouvait lui servir d'excuse pour trainer quelque part. Par les petites routes du département, pour éviter les autoroutes, leurs péages et leurs caméras, il s'était dirigé vers le centre commercial proche du mas des Estarelles.

En chemin, il s'était arrêté dans d'autres centres commerciaux, répartissant ses courses entre diverses grandes surfaces, réglant en liquide et dans la mesure du possible ne touchant ses achats qu'avec ses gants, le vingt-trois décembre cela pouvait paraitre normal.

Il avait fait attention de se garer dans les ombres et d'y circuler lui-même aussi souvent qu'il le pouvait. Il s'était vêtu d'un jean sombre et d'une parka gris foncé, qu'il avait mise et ôtée régulièrement ainsi que son passe-montagne roulé en bonnet, pour changer d'aspect. Dans les règles de l'art en pays ennemi, se rappela-t-il en souriant… Cela lui avait plu.

Il savait aussi qu'il ne fallait pas qu'il prenne cette histoire à la plaisanterie. L'enlèvement d'un député, s'il se faisait gauler, pourrait lui couter extrêmement cher, et l'excuse de la vieille dame malade ne conviendrait pas comme circonstance atténuante ! Alors il s'était appliqué et son expérience lui disait qu'il avait tout bien fait ! Il s'était ainsi procuré tout ce dont il avait besoin.

Le sapin, il en avait même eu deux pour le prix d'un, car ils étaient assez moches. Mais c'était les derniers et le vendeur avait été content de s'en débarrasser et de fermer boutique. Jo en avait profité pour lui demander quelques longueurs de filet d'emballage supplémentaires.

Les sangles de déménagement qu'il avait achetées une par une dans divers endroits. L'adhésif large, cependant pas trop costaud pour ne pas épiler Marsuy jusqu'au derme en le lui enlevant. Il avait lui-même vécu cette situation et en connaissait la douleur. Même pas avec de vrais ennemis en plus, juste pour un entrainement lors d'une session de recyclage où il avait dû faire exprès de se laisser prendre, lui qui ne l'avait jamais été, et essayer de s'évader. Les autres connards avaient joué le jeu à fond et, pour plaire à leur chef qui n'aimait pas Jo, trouvant qu'il ouvrait trop souvent sa grande gueule, l'avaient bâillonné méchant. Il les avait bien niqués, leur faisant le coup de la crise d'asthme pendant qu'ils le vannaient bêtement toutes portes ouvertes. Deux mouvements d'épaule et un balayage plus tard, il était dehors et ils ne l'avaient jamais revu ! Ou plutôt si, soixante-douze heures plus tard, à la fin de l'exercice, ils l'avaient trouvé, allongé sur sa couchette dans la caserne qui leur servait de point de rassemblement, plongé dans un bouquin, son baladeur dans les oreilles. Il les avait à peine calculés, les accueillant d'un « Salut, les gars, tout va bien pour vous ? » moqueur. Se planquer était ce qu'il avait toujours su faire de mieux. Or, dans le scénario prévu, il était censé attendre l'équipe d'intervention qui devait venir le secourir ! Toutefois, le commandement n'avait pas été très clair là-dessus. Ce n'était pas un ordre. Alors, il s'était cru autorisé à faire différemment et à jouer au malin. Après cela, il avait écopé d'encore plus de missions solitaires où une patience extrême était nécessaire. J'attends, j'observe, j'attends, je guette, j'attends... Vraiment de plus en plus insupportables...

Il avait eu, à cette occasion, le bas du visage brulé par l'arrachage paniqué de son bâillon. Il ne voulait pas de ça pour le député. Ce n'était pas la peine d'ajouter les coups et blessures à l'enlèvement !...

Les liens en plastique en sachet de cent, le plus grand format, il n'aurait jamais l'usage de tous, mais ça se vendait comme ça aux bricoleurs.

La bâche vert foncé. Un lot de coussins. Une paire de ciseaux. Un nouveau couteau de pêche...

Gants de soie et passe-montagne neufs pour Marsuy, lui non plus ne devrait pas laisser d'empreintes ni de traces ADN où que ce soit...

Il avait laissé sa voiture dans un coin du dernier parking et avait marché vers le village. À la main, il portait un sac publicitaire de l'une des grandes surfaces voisines avec dedans quelques-uns de ses achats. La nuit était tombée depuis longtemps, le village de Marsuy, contrairement aux centres commerciaux, ce n'était pas l'Amérique, pas de caméra de surveillance qui garderait trace de son passage. Il suffisait que personne ne le remarque et ça, il savait le faire très bien !

Il avait traversé le village du pas pressé de celui qui sait où il va un soir d'hiver. Les maisons étaient closes, volets fermés, les lumières de l'intérieur se voyaient par les interstices, certains jardins étaient décorés de guirlandes lumineuses, de traineaux de Père Noël multicolores, de bonshommes de neige clignotants. À part quelques véhicules qui passaient, rien ne bougeait, sauf dans le vieux café du fond de la place, où toute la vie semblait rassemblée. De là où il était, il s'était imaginé entendre le brouhaha qu'il y voyait…

Il avait gagné le mas des Estarelles. Là, il avait disparu dans l'ombre d'une haie et observé la demeure. Le grand portail était fermé, la maison close, aucune lumière ne filtrait par les volets. Sous les arbres, des véhicules qu'il avait vus la fois précédente, il ne restait que le coupé sport décapotable rangé dans un coin, la bagnole du jeune sans doute et une grosse berline allemande déjà un peu ancienne. Le SUV rutilant était absent, de même que la voiture dans laquelle il avait déjà vu le député.

Il avait attendu un moment, en profitant pour mettre ses idées en place. Ce jour-là Marsuy devait aller dans une maison de retraite, pour les vœux de Noël… Il n'était peut-être pas rentré… ou peut-être que oui !… Mais si, seules les pièces sur l'arrière étaient allumées, il ne pouvait pas les voir…

Il avait fait quelques calculs. Dans une maison de retraite, au plus tard à dix-huit heures trente, dix-neuf heures le repas était servi, le temps de dire au revoir, de discuter encore un peu avec le personnel, qui n'avait quand même pas que ça à foutre. Le député la quitterait dernier carat à dix-neuf heures trente, vingt heures, le temps de rentrer, ce n'était pas très loin… forcément dans la circonscription… Il serait, dans le pire des cas, vingt heures trente. Devait-il aller faire le tour de la propriété et savoir si les lumières brillaient derrière ou attendre que le député arrive, accompagné ou non de femme et assistant ? Car c'était cela, la question primordiale, Marsuy serait-il seul le lendemain ? ou sa femme avait-elle décidé de sacrifier son séjour au ski pour, en cette période de Noël, soutenir son fils pendant sa cure de désintox ?…

Jo était certain qu'il s'agissait de cela. Le gamin avait dû rentrer, paniqué de ce qui lui était arrivé, peut-être même en manque des doses qu'il n'avait pas pu avoir les derniers temps, avait réveillé tout le monde et s'était retrouvé vite fait en clinique. À la fois pour le protéger et comme il pensait que procéderait le Marsuy qu'il croyait avoir cerné après une semaine de filature et d'enquête… en profiter pour le remettre dans le droit chemin, vers lequel lui-même avait essayé de le pousser…

Le nombre de bagnoles lui laissait envisager que Madame était partie… Il avait décidé d'attendre, Marsuy ne devrait pas tarder et selon toutes probabilités, il serait seul !... Il faudrait encore qu'il fasse attention ! Peut-être, « La blonde » comme certaines de ses rencontres l'avaient appelée, était-elle allée, dans son cross-over tout neuf, à la clinique ? Connaissant le principe des cures de désintox, il en doutait. Une des premières mesures était l'isolement et l'éloignement du milieu habituel, pas de visites !... Et le jeune n'était pas minot au point d'avoir besoin de sa mère… De toute manière, au plus tard à vingt et une heures, le gamin serait couché et sa mère rentrée et Jo n'aurait plus qu'à faire une croix sur son projet. Il lui fallait Marsuy seul, point…

Il s'était renfoncé sous sa haie, et pour s'occuper l'esprit, était revenu à son ébauche de plan… Il ne voulait surtout pas laisser affleurer les idées qui rodaient juste en dessous. Celles où il était le dernier des abrutis de risquer de passer le reste de sa vie à l'ombre, une ombre bien pire que celles qu'il avait voulu fuir, perdant cette liberté qu'il avait pourtant bien méritée. Tout ça pour obéir à des bouts de cartons... faire plaisir à une vieille femme aux portes de la mort et respecter un vœu fait aux étoiles... du grand n'importe quoi !... Alors il s'était concentré, s'imprégnant des lieux, calculant que son véhicule serait bien, garé sous tel arbre. L'arrière serait dans l'ombre et cela lui permettrait de charger son paquet à l'abri de tout regard ! Il avait oublié son mp3, ses musiques et ses émissions, qui étaient ses compagnes appréciées dans ce genre de circonstances, trop occupé par les précautions à prendre et la liste du matériel à acheter... Mais commençait à peine à s'ennuyer vraiment et à regretter d'être là à faire le con, quand Marsuy était arrivé... dans sa bagnole de fonction, conduite par Walther !

Il en était descendu sans façon, saluant l'autre d'un « Joyeux Noël, mon cher Walther, embrassez bien votre femme et vos enfants. Je vous attends jeudi pour aller à la maison de la circonscription et préparer l'arrivée des Japonais », avait ouvert son portail qui n'était même pas verrouillé, et poussant simplement la grille derrière lui, s'était dirigé vers la maison.

Jo avait attendu encore un peu, avait vu des filets de lumière apparaitre à certains volets et comme plus rien ne se passait, avait décidé de poursuivre son exploration préparatoire.

Il ne pourrait pas arriver, pousser le portail, ouvrir la porte et assommer le député... trop risqué, du bruit, de la résistance... pas possible... Il lui faudrait le surprendre, pour que l'emballage soit vite fait, bien fait... Il voulait entrer sans bruit, parvenir au plus proche de sa cible sans qu'elle sans aperçoive, lui ôter rapidement toute possibilité de mouvement et d'expression orale... Puis il irait chercher sa voiture qu'il aurait garée à proximité, mais dans un coin discret et là, seulement pénétrerait par le portail, misant un peu sur la chance que personne ne passe à ce moment. Il transformerait le bonhomme en sapin, le chargerait à l'arrière et repartirait vite fait. Vu, la circulation qu'il y avait sur la route, il avait toutes ses chances de ne croiser personne !

Il était parti le long de la haie, pour découvrir quelle faille de la clôture, il pourrait bien exploiter pour entrer dans la propriété, rampant et farfouillant à des endroits qui lui paraissaient prometteurs. Il avait longé le champ de choux et trouvé son bonheur presque au bout, à quelques mètres du chemin. L'emplacement était vaguement éclairé par les grands lampadaires de la bretelle d'autoroute et de sa barre de péage voisines, mais bien dans le fond du fossé il savait qu'il était invisible. Un large pan de clôture était très abimé, il avait laissé son sac, abrité sous des branchages et avait rampé facilement sous la haie... Un passage déjà fait lui avait-il semblé. D'arbre en arbre, il s'était approché de la maison. Il ne craignait pas un chien, la fois précédente, comme tout le temps de son attente, il en avait guetté les signes, car une résidence de ce type se devait d'avoir un chien, et n'avait rien remarqué... À la réflexion, le passage sous la haie pouvait bien avoir été fait par un gros chien fugueur, trop épris de liberté, qui l'avait utilisé une fois de trop pour s'évader et rencontrer la mort sous la forme d'un pare-chocs de voiture... Et par amour et nostalgie, n'avait pas été remplacé, c'était une histoire connue... On lui avait enseigné que, se débarrasser du chien tôt dans une surveillance, permettait des opportunités discrètes plus tard, et que le plus facile était de favoriser son évasion et sa disparition fortuite... Si un autre chien était installé à la place, il était alors plus aisé de faire ami-ami avec lui... Il était nouveau dans le coin, ne savait pas que le type qui passait régulièrement par là et offrait des gâteries l'était également. Il avait toujours été là et avait le droit d'y être !... Là, le destin... ou les étoiles s'en étaient occupés pour lui, ce qui le fit sourire.

Aucun volet n'était fermé, il s'approcha suffisamment pour voir Marsuy, vautré dans un fauteuil, cannette de bière à la main, regarder la télé... Rien ne semblait prévu pour Noël, pas de sapin, pas de décoration... Madame ne devait pas être là, ou s'en foutait complètement ! Monsieur, comme il l'avait compris en l'espionnant, n'était pas du genre à consacrer du temps à ces détails...

Il avait fait le tour de la maison et tenté sa chance à la porte d'entrée, prêt à disparaitre dans l'ombre à la moindre réaction. Très doucement, il en avait abaissé la poignée, avait poussé pour laisser la porte s'entrouvrir et tout aussi doucement l'avait refermée... mais il prendrait quand même ses outils...

Il était reparti par le même chemin, s'arrêtant un long moment pour observer le député et son séjour. Il avait calculé le nombre de pas depuis la double porte vitrée qui était ouverte dans son dos et devait donner sur l'entrée... Comment il pourrait organiser une progression discrète... comment se saisir du député et l'immobiliser s'il était dans le fauteuil... Il avait également envisagé le canapé ! Il était ressorti par le trou de la haie, réajustant les branchages pour dissimuler le passage, avait récupéré son sac dans le fossé et regagné la petite route de derrière.

Marsuy, il ne fallait pas seulement qu'il l'enlève, il faudrait qu'il le ramène ! Il pensait venir jusqu'ici avec sa voiture, depuis qu'il rodait par-là, rien ni personne n'était passé, la visibilité était bonne grâce aux éclairages de la barre de péage. Si le lendemain, par malchance, il y avait un véhicule ou un improbable promeneur, il le verrait arriver de loin et poursuivrait sa route ou la reprendrait vite fait... pour revenir un peu plus tard. Il s'imaginait bien ramener le type réemballé en sapin, lui ôter son déguisement et le déposer dans le fossé, sangles de maintien un peu relâchées pour qu'il parvienne à s'en débarrasser sans trop de mal et se retrouve à côté de chez lui. Cela le rassurerait et lui ferait plaisir !... enfin peut-être ?!

Mais lui, il ne faudrait pas qu'il s'attarde, s'il arrivait par le village, deux-trois minutes pour larguer le paquet et il devrait repartir tout droit et vite. Il avait suivi la route dans la direction opposée pour voir où elle l'emmènerait. Il avait été assez content de regagner la départementale qui passait devant le mas quelques centaines de mètres plus loin. À proximité il avait vu les enseignes de quelques petites entreprises, particulièrement celle d'un concessionnaire automobile. De nombreuses voitures étaient stationnées là, à l'intérieur des grilles certes, mais la sienne juste à côté, se fondrait dans le décor pour la première partie de son plan. Il était revenu d'un pas rapide le long de la route, observant encore une fois la maison, aucun autre véhicule n'était arrivé et tout était tranquille… Que les étoiles fassent qu'il en soit de même le lendemain avait-il souhaité, en s'éloignant vers le parking du centre commercial !

*
* *

Et aujourd'hui, c'était le jour J. Il avait repassé tout son plan dans sa tête, visualisant toutes ses actions à chaque étape pour s'en imprégner au maximum et quitta enfin son lit pour terminer ses préparatifs. Pour mettre son corps en train, il voulait aller courir et s'habilla en conséquence, puis tasse de café et tartines au miel en mains, il vint s'assoir à côté de sa petite table et y déposa son déjeuner.

Il prit son paquet de Tarots en repensant à son tirage du solstice. Il avait fait de son mieux, essayé de mettre toutes les chances de son côté pour aider **LA PAPESSE** et que **LE MONDE** n'en sache rien ! Il coupa en se concentrant sur la journée, en choisissant sa lame sa main tremblait un peu et il s'en voulait, trouvant que depuis quelque temps, il se laissait beaucoup trop influencer par ces foutues cartes. Mais, il fut plus que soulagé en retournant L'ETOILE, sans conteste c'était son arcane préféré. Elle était toujours pour lui l'annonce d'une bonne journée, elle était porteuse de chance. Il l'associait au bien-être, à l'eau. Lorsqu'il la tirait à intervalles rapprochés ou deux fois consécutivement, il allait, en fonction de là où il était, au hammam, au sauna ou au bania à la russe avec vodka et branches de bouleau… Ou s'offrait une thalasso avec massages, bains bouillonnants et tout le reste, il adorait ça… Elle avait, comme les autres lames, des aspects négatifs, mais il s'en foutait, les ayant volontairement ignorés toute sa vie… Qu'elle soit de Noël, du berger ou la conjonction de Jupiter avec Vénus ou l'étoile des rois, ce soir, elle serait sa bonne étoile… Elle le guiderait et il la suivrait confiant…

C'est avec enthousiasme qu'il commença à courir. Il se sentait de mieux en mieux, se réappropriant son corps qu'il avait laissé lui échapper dans ses dernières années de travail où il n'avait pas souvent envie de faire quoi que ce soit. Et surtout, sur son lit d'hôpital, où de longues semaines d'immobilité forcée lui avaient fait perdre muscles, souffle et endurance. Ensuite, son nouveau boulot, sa maison l'avaient beaucoup occupé et le temps lui avait manqué pour se reprendre en main…

C'était mieux, mais pas encore parfait. Il appréhendait un peu la maitrise de Marsuy ce soir. Il manquait toujours de tonicité, de souplesse. Sa musculature n'était plus ce qu'elle avait été. Toutefois, il n'allait commencer abdos-gainage et étirements aujourd'hui… Il ferait avec ce qu'il avait et les automatismes acquis pendant tant d'années qu'il savait avoir conservé… Pour le reste, il faudrait qu'il envisage de s'y remettre, mais après !... Il trottina sans forcer, ne voulant pas se fatiguer et en profita pour établir le programme de sa journée.

À son retour, après sa douche, chaudement couvert

d'une grosse veste en polaire, il s'installa dans son garage et entrepôt et commença la préparation du déguisement. Il enfila ses fins gants de soie, découpa dans la bâche une forme trapézoïde, y attacha, sur une ligne, à l'aide de grandes croix d'adhésif, les coussins qui donneraient du volume au corps de son sapin et protégeraient sa victime des cahots de la route. Il en garda un qu'il lui glisserait sous la tête. Il essayait que l'homme souffre aussi peu que possible… Il lui en voudrait peut-être un peu moins ainsi !... Il tailla un autre morceau de la même dimension et le décora de branches de sapin qu'il installait dans de petites entailles, les faisant tenir en place en les maintenant sur l'intérieur de la bâche par de l'adhésif. Il mit en réserve un des sommets de ses sapins, il le planterait au-dessus de la tête de l'homme et le laisserait dépasser. Il posa les deux morceaux l'un sur l'autre, les referma, imaginant le député dedans. Au niveau du visage, il laisserait un espace pour qu'il puisse respirer, derrière les aiguilles des branches cela ne se verrait pas, glisserait le tout dans le tube de filet en prenant soin de commencer par les pieds. Ce ne serait pas facile, mais l'autre n'était pas très gros et cela devait pouvoir se faire.

Pour le déballer, il devrait découper le filet pour ne pas abimer son dispositif et donc, il lui en faudrait un autre pour le retour. Heureusement il en avait une bonne quantité, le type avait été sympa, et pu en préparer trois morceaux de la bonne longueur, cela lui en ferait un de rechange au cas où !...

Ensuite, il s'attaqua aux sangles. Il lui en fallait trois pour ceinturer le député et quatre pour l'attacher sur le chariot pour ne pas qu'il verse dans les cahots. Elles étaient beaucoup trop longues et il les raccourcit aux tailles qui lui semblaient adéquates, court pour les chevilles, plus long pour le corps et encore un peu plus long pour « le sapin ». Il les prépara, sangles enfilées dans les boucles, prêtes à servir, il les porterait autour de lui, sous son coupe-vent comme des cartouchières !

Contemplant son œuvre, il se visualisa… Faisant rouler l'homme sur les bâches, les rabattant sur lui… Il devrait positionner les deux morceaux de toile plastique l'un sur l'autre, pour éviter de multiplier les manœuvres… Il lui fallait trois sangles supplémentaires qu'il installerait avant, à plat entre les deux pièces du déguisement, il fermerait la partie coussins avec, ce serait facile ainsi et maintiendrait solidement la première couche. Il avait prévu large, il lui en restait encore plusieurs. Il avait toujours aimé être précautionneux… Il laisserait une ouverture dans chaque couche s'arrangeant pour qu'elles soient un peu décalées… Puis, il glisserait les pieds dans le tube de filet et ferait remonter celui-ci le long du corps comme une chaussette que l'on déroule, ce qui fixerait le « décor sapin » en place… Il transférerait le corps, morceau par morceau, sur le diable couché à côté, les pieds d'abord puis le bassin, et enfin le haut du corps, à la manière des pompiers installant un blessé sur un brancard… Il arrangerait aussi les sangles sous le diable avant de commencer… Il se vit lever le diable à la verticale, l'emmener jusqu'à sa voiture et… le hisser ainsi dedans… S'il positionnait le chariot de dos contre le plancher de sa camionnette, il pouvait le faire basculer en arrière et n'aurait plus qu'à pousser. Il calerait un coussin sous la tête et les épaules de Marsuy, et il serait super bien installé et son déguisement ne serait pas abimé… C'était beaucoup plus simple que ce qu'il avait prévu initialement… sortir le député du diable, le mettre dans le coffre, le remettre sur le diable… Non, de cette manière, ça irait tout seul ! Enfin presque tout seul !... Cela demanderait quand même pas mal de biceps ! Il découpa encore une partie de bâche pour recouvrir son paquet pendant le trajet, étala le morceau qui restait dans le fond de sa voiture pour éviter toute transmission de quoi que ce soit comme poussières, traces de saumure ou d'épices qui pourraient contaminer sa victime ou l'inverse... Il y déposa son travail à côté du grand diable, cacha le tout avec le morceau de bâche. De ce côté-là, il était prêt !

Il s'occupa de sa tenue à lui... Il avait prévu de porter son collant de course à pied noir en le mettant à l'envers, pour dissimuler les petites pièces fluorescentes qui lui permettaient d'être vu la nuit, ce dont il n'avait évidemment pas besoin pour ce soir, il en ôta les étiquettes. Son coupe-vent noir et silencieux dans les poches duquel il rangea sa petite trousse d'outils spéciaux pour serrures, le couteau de pêche, une mini-lampe, les liens en plastique, la cagoule et les gants pour Marsuy et un torchon propre, se reprochant d'avoir oublié d'acheter ça... Mais ça devrait passer, il s'en débarrasserait rapidement après... Son nouveau tee-shirt thermique, un sous-vêtement chaud pour en dessous... Son passe-montagne, ses gants de soie noirs, plus ses gants en cuir pour protéger la protection... Ses chaussures de trail grises dont il noircit les bandes réfléchissantes au feutre noir qu'il utilisait pour inscrire ses prix sur ses étiquettes... Les sangles qu'il passerait autour de ses épaules... Son jean sombre et sa parka grise pour le trajet en voiture et les rues piétonnes de **LA PAPESSE**... De ce côté-là aussi, il était prêt.

Pour se permettre de prendre du recul, avant de vérifier une dernière fois s'il n'avait rien oublié, il se consacra à son déjeuner. La veille, son hamburger-frites de midi, et les nouilles sautées qu'il s'était achetées dans un fast-food chinois sur la route du retour ne lui avaient pas déplu. Cela faisait longtemps qu'il n'avait mangé ce genre de choses. Cependant, il ne voulait pas renouveler l'expérience trop souvent, il savait qu'il s'en lasserait plus que vite ! Il en avait trop abusé auparavant ! Il avait acheté tout ce qu'il fallait au marché, le dimanche, et se mit à l'épluchage des poireaux. Il fit revenir les morceaux de sauté de veau dans sa cocotte quand ils furent bien dorés, versa les poireaux émincés dessus, remplissant le récipient jusqu'en haut, le poireau, ce n'est que de l'eau, ça diminue beaucoup à la cuisson, sel, poivre, thym qui va si bien avec. Il baissa le feu, laissa mijoter et un verre de vin blanc à la main descendit dans son jardin faire l'état des lieux.

Il faisait beau, quelques nuages dans le ciel, l'air à peine frais, une veille de Noël printanière ! Cela faisait quelques jours qu'il n'était pas venu examiner ses cultures, mais cela ne les avait pas dérangées. Ses plans d'immortelles, disposés en quinconces dans les quatre larges restanques qui constituaient son terrain, se portaient bien, pas de décès parmi eux. Il participait à un projet de copains à lui qui se lançaient dans la production d'huiles essentielles. Toutefois, ils vivaient dans un pays de sauvages, froid et humide et chez eux, l'hélycrise italienne, très utile et très recherchée ne poussait pas... forcément c'était une plante méditerranéenne qui venait spontanément en Corse. La pluie, la neige, le gel, ce n'était pas pour elle ! Jo avait un grand bout de terrain sec et ensoleillé qui lui convenait mieux et dont il n'avait pas le temps de s'occuper, alors il avait accepté, enfin accepté un bien grand mot... Il s'était laissé faire... et son terrain était maintenant couvert d'immortelles corses ! C'est vrai que cela ne lui demandait pas trop de travail... Enfin, ce n'était pas non plus tout à fait vrai... à l'automne, il avait dû préparer le terrain et cela lui avait valu bien des ampoules aux mains et de bonnes courbatures, mais depuis les plantes se débrouillaient seules... Il venait les visiter de temps en temps, surveillant qu'elles ne se fassent pas envahir par les mauvaises herbes. Comme il faisait cela régulièrement, les cultures étaient propres ou à peu près. Son copain agronome qui lui avait amené les plants et l'avait aidé pour les installer n'était pas très à cheval là-dessus... Il préférait une terre vivante. Pourtant, il ne fallait tout de même pas que les plantes meurent étouffées par plus costaud qu'elles et la mauvaise herbe endémique, c'est costaud ! Jo posa son verre dans un coin bien ombragé, prit la binette qu'il laissait toujours trainer par là et continua le nettoyage de la restanque, là où il s'était arrêté la dernière fois. Deux-trois mètres de désherbage, une petite gorgée de vin blanc, deux-trois mètres de désherbage, une petite gorgée de vin blanc... « Demi-dalle par demi-dalle, l'efficacité de la légion romaine ! » rigola-t-il tout seul... Suivant les consignes de son pote, il laissait les herbes sur place pour qu'elles protègent le sol et petit à petit deviennent sol elles aussi. Il eut rapidement chaud et après une dizaine de mètres, fit une pause, s'asseyant au soleil sur le muret. Il contempla la mer, avec le long de la cote, la chute des falaises dans le liquide presque noir de leurs ombres, festonné d'écume, les nuages qui passaient dans le ciel si bleu... Qu'il était bien ! Quelle chance il avait eu de trouver cet endroit ! Quelle chance il avait eu de pouvoir sortir vivant de sa « vie grise » ! Mais là, il allait encore lui falloir de la chance s'il voulait continuer à en profiter ! Il avait organisé pour le mieux sa grosse bêtise. Néanmoins, il se savait toujours à la merci d'un impondérable... L'accident sur la route, l'abruti qui lui rentrait dedans alors qu'il avait sa proie emballée dans son coffre... Le copain qui arrive en visite au plus mauvais moment... Un flic suspicieux dans les vieilles rues... N'importe quoi pouvait se produire !

D'un coup, il plongea dans la nuit et se refit le film de ce que devrait être sa soirée, essayant d'envisager tous les impondérables au fur et à mesure et de leur imaginer une solution... Quand il eut déposé Marsuy dans son fossé et mit sa voiture sur la route du retour, le soleil revint... Il secoua la tête tout étonné, but la dernière gorgée de son verre et retourna vers sa cuisine pour commencer la cuisson du riz qui allait accompagner son sauté de veau aux poireaux. Pour ce soir il lui fallait de l'énergie, des sucres lents... Les poireaux, c'est bon, mais ce n'est que de l'eau, cela ne nourrit pas… Il remua son sauté, mit l'eau à chauffer et se resservit un verre de vin blanc. Il se prépara une coupelle d'olives vertes au citron. De sa gamme, c'était ses préférées, du moins aujourd'hui, c'était celles qu'il se sentait d'humeur à manger, et il revint s'installer sur la terrasse pour son apéro ! Il voulait surtout passer un bon moment, ne pas penser, se mettre la pression, il était prêt ! Ne pouvait pas faire mieux ! Cela ne servait à rien de s'emboucaner la journée… au contraire ! Il regarda la mer, les petits bateaux qui voguaient dessus, leurs voiles blanches et les sillons qu'ils laissaient sur le bleu, liquide, mercuriel, scintillant dans le soleil…

Pour manger, il préféra la cuisine à la terrasse et s'installa sur un coin ensoleillé de sa table, dehors il avait fini par avoir froid aux mains. Il s'octroya encore un verre de vin, d'ici ce soir, il aurait digéré le tout. Il lava et essuya sa vaisselle avec soin, rangea chaque chose à sa place et partit se coucher. Il aimait beaucoup faire la sieste, il avait couru le matin, but trois verres de vin et pensait qu'il s'endormirait sans problème… Il mit son réveil pour seize heures, les écouteurs de son MP3 dans ses oreilles, une émission de philosophie et se concentra sur les paroles si intelligentes de la femme et de son invité.

Quand la sonnerie le tira du sommeil… Il s'étira, le moment était venu ! Maintenant, il était bien qu'il se focalise sur ses actions à venir ! Depuis le déjeuner, il avait réussi à ne plus y penser, son esprit était libre… Il récupéra MP3 et écouteurs qui trainaient sous ses draps, éteignit l'appareil et le rangea dans son tiroir. Il s'installa sur le dos, mains sous la nuque, inspira et souffla longuement trois fois et visualisa une dernière fois sa soirée !

Ensuite, il retourna à sa voiture, vérifia tout ce qu'il avait préparé, s'habilla comme il l'avait prévu, passant son jean sur son collant de course, enfilant autour de son torse, dans l'ordre où il voulait les utiliser, les sangles qui lui serviraient à entraver le député. Les autres étaient dans le coffre avec le restant du matériel. Il mit son coupe-vent, son manteau, ses chaussures aux bandes noircies, sa cagoule roulée en bonnet, ses sous-gants, les autres par-dessus…

La nuit tombait déjà, il était temps qu'il se mette en route, plus tôt tout cela serait fait, mieux ce serait !

Il partit encore une fois par les petites routes, sans téléphone ni GPS, lorsqu'il gara sa voiture sur le petit parking jouxtant le concessionnaire automobile, la nuit était tout à fait noire. En passant devant le mas des Estarelles, il avait ralenti et jeté un coup d'œil, la grande grille était fermée, les deux mêmes voitures stationnées à l'intérieur aux mêmes endroits. Il n'avait pas eu le temps de voir si les fenêtres étaient éclairées, mais cela n'avait pas d'importance, dans peu de temps il serait de retour.

Se transférant sur le siège passager, il ôta gants de cuir, jean et parka qu'il posa au sol soigneusement pliés. Plutôt que de rejoindre le mas des Estarelles par la route qui passait devant, puis de longer le champ de choux, il partit en trottinant sur le petit chemin de derrière. Ouvrant un peu sa veste pour que son vêtement technique criard apparaisse dans le décolleté, faisant attention que les sangles restent dissimulées… Un joggeur accro qui s'entraine même le soir de Noël, c'est plus plausible que le type qui balade seul dans le noir ! Il ne rencontra personne… se glissa dans le fossé puis sous la haie. Et se plaqua contre le tronc du gros arbre le plus proche, se demandant bien pourquoi il n'était pas simplement passé par le portail ? Pour s'amuser ?!... par amour du secret et de la dissimulation ?!... Bien au fond de lui, il savait que ce qu'il était en train de faire lui plaisait. Ce n'aurait pas été drôle du tout d'arriver, de sonner, de mettre un pain dans la tête de Marsuy et de l'embarquer sur son dos… Pourtant, il aurait à peine risqué plus ! Mais n'aurait pas jubilé comme maintenant !... Qu'il était con ! Et là, il fallait qu'il arrête de déconner ! De laisser ses idées se disperser ! Il ôta sa veste noire et les sangles, la remit, passa les sangles par-dessus dans le bon ordre et déroulant sa cagoule pour dissimuler son visage, il se reconcentra sur son objectif !

Se glissant encore une fois d'arbre en arbre, il s'approcha de la maison, le séjour était éclairé, les volets toujours ouverts. Lorsqu'il fut assez près, il vit que le député n'était pas dans son fauteuil, ce qui l'aurait arrangé… Il travaillait sur un ordinateur portable, installé au bout de sa grande table de salle à manger. Un énorme truc ancien en bois, autour duquel pouvait s'assoir facilement une quinzaine de personnes. Il devait en même temps regarder la télé que Jo ne voyait pas, dans un angle de la pièce, car il levait régulièrement les yeux de son clavier et de son écran pour fixer ce point quelques instants.

Pas question donc, de se glisser par la porte à double battant qui ouvrait sur l'entrée et qu'il avait repérée. Marsuy n'aurait qu'à détourner les yeux de quelques degrés et il serait en plein dans son champ de vision. Il lui fallait passer par celle plus petite située derrière son dos et qui donnait dans une autre pièce, il ne savait pas laquelle… stratégiquement, ce pouvait être la cuisine ?!

Le député semblait bien occupé par ce qu'il faisait, l'ordi, la télé, un verre contenant des glaçons et selon toute probabilité du whisky. Une bouteille dont il reconnaissait la forme était posée à côté. Jo attendit quelques instants, pas de différence. L'homme réfléchissait en agitant les glaçons dans son verre, buvait une gorgée, le reposait, écrivait un peu, levait le nez vers la télé, regardait un peu et reprenait son verre… Jo acheva de contourner la maison, tous les volets étaient fermés, mais une des pièces était éclairée. Il vint coller son oreille à la porte d'entrée, n'entendit rien et doucement abaissa la poignée pour l'ouvrir, il l'entrebâilla lentement, le son du téléviseur arriva jusqu'à lui, il entra et repoussa la porte. Il était dans une grande entrée, des dalles anciennes, usées par de multiples pas couvraient le sol, sur le mur en face de lui, un escalier aux marches larges et basses menait à l'étage. Il s'avança un peu et regarda, en haut tout était noir, rien ne bougeait. À sa gauche, sur le palier de trois marches qui servait également de départ à l'escalier, la porte double du séjour, à droite, sous l'escalier une porte plus petite, aussi ancienne que la maison lui sembla-t-il, donnait sur la cuisine, la pièce éclairée… Il s'approcha, à l'autre extrémité de la cuisine, il vit l'accès qui ouvrait sur le séjour derrière Marsuy… Il s'empara d'un des torchons qui trainaient posés à côté de l'évier et cessa de penser, laissant son corps agir !

Il atteignit sa victime alors qu'elle reposait son verre. Il la souleva de sa chaise, l'allongea par terre, lui bloqua un bras dans le dos et comme elle ouvrait la bouche pour crier enfonça dedans le torchon en boule, puis il la plaqua à plat ventre. Il avait déjà à la main un des liens en plastique et lui attacha les siennes avec, s'installa à califourchon sur son dos en direction des pieds dont il devait s'occuper maintenant. Il attrapa la première sangle. Cependant, le premier moment de surprise était passé et Marsuy se débattait comme un beau diable. Il dut se coucher sur lui pour arriver à lui saisir les deux jambes et à les enserrer dans la sangle, se prenant en même temps, un bon coup de talon dans l'œil. Une fois la sangle serrée, l'autre continua à se tortiller comme un poisson sur l'herbe, grognant fort sous son bâillon… Jo passa une autre sangle autour du corps, l'amena à mi-hauteur des biceps et serra, il enfila la troisième sangle, sortit son couteau de pêche, sectionna le lien en plastique qu'il remit immédiatement dans sa poche, positionna la sangle à hauteur des poignets et serra, arrangeant les bras du député le long de son corps pour qu'il soit le plus confortable possible. Les mains dans le dos et le lien auraient petit à petit coupé la circulation… et ce serait devenu très douloureux, il le savait, il avait déjà expérimenté… et ne pouvait se résoudre à faire ça à ce type qui ne lui avait rien fait !... Un teigneux pourtant, qui continuait à s'agiter, ne lâchant pas le morceau. Dans d'autres circonstances, il lui aurait mis une bonne beigne… Il sortit de sa poche le passe-montagne et les gants qu'il avait amenés pour lui et les lui enfila… enfonçant la cagoule jusqu'aux yeux.

Il s'assit quelques instants pour récupérer, cela avait été chaud, le bonhomme s'était bien défendu. Il n'était pas trop balèze, mais nerveux et tonique et il avait dû s'arracher pour le maitriser… Il se contorsionnait toujours, arrivant même à avancer en rampant, se frottant la tête au sol pour faire glisser la cagoule… Il fallait qu'il trouve quelque chose pour l'immobiliser le temps qu'il aille chercher sa voiture. Il secoua une chaise à côté de lui, aussi massive que la table, il se releva, en déplaça quelques-unes et fit rouler le député sous la table. Avant de le refermer dans sa prison de chaises, il se pencha vers son oreille, chuchotant d'une voix menaçante.

— Ne bouge pas, je reviens !

Il avait évité l'accent russe, pour que l'autre ne fasse pas le rapprochement, et avait forcé son accent du sud, en enlevant le chantant et lui donnant le ton rauque et racailleux des cités… Maintenant tous les gamins parlaient comme ça ! Ils devaient l'entendre à la télé et trouver ça chic !... Il replaça les chaises autour de la table et en regagnant la porte réfléchissait vite… Pouvait-il se permettre de sortir par le portail ou allait-il refaire le tour par la haie ? Il décida d'agir avec le plus de prudence possible et de passer par derrière. Moins il y aurait de mouvement visible devant la maison mieux ce serait. Cela ne lui prendrait pas beaucoup plus de temps. Il se glissa d'abord d'ombre en ombre jusqu'à la grille et vérifia qu'elle n'était toujours pas verrouillée. Une fois derrière la maison, il ôta sa cagoule et la mit dans sa poche, il transpirait là-dessous et ne devrait plus en avoir besoin.

Sur la route, il rejoua au joggeur et regagna sa voiture. Il remit rapidement jean et Parka, il ne devait pas s'attarder pour ne pas laisser l'homme seul trop longtemps. D'autant qu'en écoutant ses propres battements de cœur se calmer, il venait d'avoir une idée désagréable. Marsuy n'était plus tout jeune, la soixantaine, excité comme il était, il était peut-être cardiaque et allait lui faire le malaise coincé sous sa table. Il ne traina pas pour ramener sa voiture devant le portail, l'ouvrir et la garer comme il l'avait prévu, au trois quarts dissimulée par deux gros arbres bien placés. Il referma la grande grille et commença à sortir son matériel, il lui fallut deux voyages. Il ne voulait pas abimer son sapin…

Il installa tout sur le sol du vaste séjour, il avait juste eu à déplacer un peu un fauteuil pour se faire de la place, puis fit rouler sa victime, hors de sa prison. L'autre qui s'était calmé après s'être pris quelques coups contre les pieds de chaises recommença à s'agiter, mais Jo le maintenait d'une main ferme. Il remplaça le torchon par un morceau d'adhésif plus confortable. Il laissa le torchon sur le sol, bien content de ne pas avoir eu à utiliser le sien. Il commença son empaquetage. Pour que le bonhomme se tienne un peu tranquille, il lui murmura un encouragement à l'oreille.

— Ne t'inquiète pas, il ne va rien t'arriver, on va juste aller se promener un peu.

Essayant d'avoir l'air gentil avec cet accent qui ne l'était pas. Ça ne le calma pas du tout, cependant, une fois bien sanglé sur le diable plus rien ne bougeait. Le sapin émettait juste de temps en temps des borborygmes colériques… Avant de le soulever, il contempla son œuvre, pas mal du tout, ça avait de la gueule, on aurait dit un vrai, comme chez le fleuriste ! Il leva le chariot en haltérophile, accroupi bien bas. Il fit un premier effort pour amener les poignées à ses épaules en utilisant la barre supérieure sur laquelle reposait la tête de l'homme calée sur le coussin, puis les attrapant par dessous, il se redressa, verticalisant le chariot en même temps… Une forte tension dans le bas de son dos lui fit penser qu'il le payerait !... Le transfert dans la voiture ne demanda pas beaucoup plus d'efforts.

— Détends-toi, il y en a pour un moment, enjoignit-il à sa victime de sa voix basse et vulgaire, avant de la recouvrir de la tête aux pieds avec le morceau de bâche. Des pieds qui ressemblaient beaucoup trop à des pieds ! constata-t-il. En arrivant, il faudrait qu'il trouve quelque chose pour les pieds !... Il roula sans se presser, ne voulant ni accident, ni bradasser désagréablement son prisonnier. Il y avait du monde aux alentours des centres commerciaux. Il n'était pas encore vingt heures et les gens devaient faire leurs dernières courses. Jusque-là, il s'était bien débrouillé, tout s'était bien passé, il n'arriverait pas trop tard chez Joséphine.

Il se gara sans problème sur l'une des places qu'il avait repérées. Pas celle qu'il aurait préférée, mais comme il avait été malin se félicita-t-il, il n'avait que le chariot à descendre en bloc et cela conviendrait. La mise debout du chariot fut un peu plus compliquée que sa mise à plat dans le coffre et il faillit bien se retrouver dessous. Il sentit qu'il s'était encore esquinté le dos. Demain il serait à quatre pattes… des conneries plus de son âge !... Il installa en haut de son paquet, le sommet de sapin qu'il avait réservé pour cela, faisant attention de ne pas éborgner l'homme dessous, qui se remit à grogner.

— Du courage, on y est presque, lui glissa-t-il pour tenter de le calmer.

Il enveloppa les pieds dans le filet de sapin de rechange qu'il utiliserait tout à l'heure pour le retour, l'arrangeant pour que cela ait l'air le plus naturel possible. Il n'oublia pas d'y dissimuler le rouleau d'adhésif, dont il aurait besoin également. Avant de partir, il dut caler son fardeau contre un mur, et reculer sa voiture pour qu'elle ne gêne pas la circulation ce qui aurait attiré l'attention sur elle.

Il entama son périple dans les ruelles. Il était plus éloigné de l'appartement qu'il ne l'aurait voulu, mais il allait faire avec… Le bonhomme pesait beaucoup plus que ses trois seaux d'olives et au pied des escaliers, il n'en pouvait déjà plus ! Il en voulait à sa victime d'être aussi lourde et de s'être mal tenue au moment où ils avaient croisé une petite famille en partance pour le réveillon qui bavardait joyeusement. Les enfants tout beaux, chaussures vernies, jupette en satin et jolies chemises, Maman maquillée, châle en cachemire autour du cou, Papa en costume-cravate dont il n'avait pas l'habitude, cela se voyait… Cet énervé de député avait voulu en profiter pour se faire remarquer et recommencé à grogner. Pour couvrir ces bruits malvenus, Jo avait dû entonner, passant ainsi pour le Ravi de la crèche, *Mon beau sapin* et *Vive le vent*. Seule sa mauvaise conscience l'avait empêché de lui filer un coup de pied quand la famille eut disparu à un coin de rue. Heureusement, les quelques autres passants silencieux qu'ils avaient croisés n'avaient pas donné lieu à des effets sonores et il avait pu éviter de se rendre ridicule plus longtemps… C'était un truc auquel il n'avait pas pensé, que sa victime serait aussi vindicative et bruyante… ou pas voulu penser se corrigea-t-il, car la seule solution aurait été de l'assommer et ça, il n'en avait pas envie et préférait éviter. L'intensité d'un coup sur la tête, c'est difficile à maitriser et il aurait pu laisser des séquelles…

Le hall n'était pas très grand. C'était un immeuble de centre-ville. Le rez-de-chaussée était occupé par une boutique, quand il était jeune, c'était un disquaire où il avait adoré trainer. Le proprio était sympa, leur faisait écouter les nouveautés, ne râlait jamais parce qu'ils n'achetaient pas ou pas souvent, disant que le monde attire le monde et qu'ils étaient sa publicité. Maintenant, il n'y avait plus rien derrière la grille… le temps passe, les temps changent… Les vieilles rues et leurs petits magasins se vident au profit des grands centres commerciaux clinquants… Sur le côté, une porte en bois, que la dernière des « petites » comme disait Joséphine fermait pour la nuit, s'ouvrait sur un long couloir qui longeait le magasin, au fond un escalier permettait l'accès aux étages. Par chance pour lui, la vieille habitait au premier. Il réussit à caler le diable contre le mur, referma et s'assit sur les marches pour se reposer quelques minutes. Là, il savait qu'il était tranquille, le couple de retraités qui habitait au second passait l'hiver au soleil de Tunisie et les étudiants du dessus étaient en vacances. Il s'était renseigné en en croisant un dans l'escalier lors de sa visite précédente. Le jeune descendait avec sa grosse valise et lui avait expliqué qu'il était le dernier à partir !

Il s'encouragea, ainsi que sa victime.

— Allez, dans cinq minutes on y est ! annonça-t-il.

Puis, il commença à hisser sa lourde charge de marche en marche. Ce fut dur. Il apprécia vraiment de passer la dernière marche et d'accéder au palier !... En ouvrant la porte, il songea que la vieille Jo allait devoir faire preuve de finesse et de psychologie pour amadouer son prisonnier qui émettait des sons de plus en plus furieux ! Mieux elle que lui pour cela !

Il poussa son chariot dans le couloir jusqu'au séjour, pour le déposer au sol. Il essaya de respecter les règles du port de charge et de bien plier ses genoux, pour économiser son dos qu'il sentait à la limite de la rupture. Lorsqu'il se redressa, un doigt sur la bouche voulant signifier ainsi à Joséphine de se taire et de ne pas attirer l'attention sur lui en le nommant ou en lui posant des questions, il resta saisi… elle était **LA PAPESSE**.

Son fauteuil à haut dossier, en similicuir maronnasse, était drapé d'un morceau de tissu azur et or, qui l'encadrait comme un dais. Elle était assise là-dedans, toute petite, semblant perdue sur un trône trop grand. Mais elle se tenait droite et irradiait d'autorité. Elle avait revêtu un assemblage hétéroclite de jupes bohémiennes rouge et verte, et de peignoir chinois en satin bleu foncé et s'était coiffée d'un turban en lamé or. D'un genre qui avait été à la mode chez les dames chics des années cinquante ou qui sortait d'un déguisement des mille et une nuits. Elle devait s'occuper, en l'attendant, à regarder un de ses albums photo. Et pour parachever la similitude avec l'arcane, le tenait ouvert sur ses genoux, levait la tête vers Jo et semblait lui en montrer le contenu. Il s'inquiéta de sa mauvaise mine, les larges cernes bleuâtres de ses yeux lui mangeaient la figure. Elle avait la pâleur sinistre des grands malades qui ne voient plus le soleil. Elle dut voir son désarroi et son inquiétude sur son visage, car, en hochant la tête en réponse à sa demande de silence, elle lui fit un clin d'œil et leva un pouce vainqueur !

Elle aussi était surprise de le voir arriver ainsi. Elle écarquillait les yeux, mais respectant la consigne de silence ne lui envoya qu'un coup de menton interrogateur. Il remit son index sur ses lèvres, agita de haut en bas son autre main tendue lui demandant d'attendre et s'occupa de son paquet.

Il commença par enlever son manteau et se faire de la place, poussant le lit encombrant contre le mur, avec facilité grâce aux roues qui en garnissaient les pieds. À part ça, peu de choses trainaient dans le chemin, Joséphine ayant aussi besoin de place pour circuler avec son déambulateur. Il alla à la cuisine chercher la chaise sur laquelle il voulait installer le député, en ramena aussi des ciseaux avec lesquels il découpa le filet. Il défit les deux couches de bâches, fit rouler sans trop de ménagement l'homme à côté du chariot qu'il entreposa sous le lit, le déguisement soigneusement plié dessus, pour les réutiliser après. Avant de s'attaquer à la dernière sangle, il menaça l'homme qui se sentant plus libre recommençait à s'agiter.

— Maintenant, tu te tiens tranquille et tout se passe bien, tu te retrouves confortablement assis… Si tu m'emmerdes, c'est moins drôle, je te beigne et je serre fort !

À l'appui de ses dires, il lui maintenait douloureusement les chevilles attendant qu'il se calme pour en défaire la sangle. Marsuy se calma… un peu… mais dès qu'il eut commencé à desserrer la sangle des chevilles, il se remit à se débattre. Il fut obligé de lui enfoncer deux doigts dans le foie… vite et fort… Il essaya que ce ne soit pas trop, toutefois, s'il voulait être efficace, il fallait marquer le coup… et ça marqua ! L'autre s'arrêta net, se recroquevillant sur lui-même dans la mesure de ses possibilités… Jo en profita pour vite défaire la sangle des pieds, le saisir par le col, l'obliger à se remettre debout puis à s'assoir sur la chaise. Il lui passa rapidement une sangle autour du corps pour l'attacher à son siège, entoura chacune de ses chevilles et le pied de la chaise voisin d'un lien en plastique. Et, il fut tranquille… mais là aussi, ça avait été chaud… Il s'adossa contre le mur et se laissa glisser pour s'assoir au sol, et récupérer.

LA PAPESSE hocha un menton approbateur et garda un silence souriant. Il allait falloir qu'elle soit maligne pour convaincre Marsuy d'aider son protégé !... Jo pensait qu'il n'avait vraiment pas choisi la bonne solution et se demandait comment il avait pu avoir une idée aussi absurde ?!... Et elle, que lui avait-il pris de s'affubler de la sorte ? Savait-elle qu'elle ressemblait à un arcane des Tarots ? Elle ne lui avait pourtant jamais donné l'impression de s'y intéresser, s'était même montrée moqueuse et méprisante de la crédulité de sa mère et de sa tante. Pour se concilier le député, pensa-t-il, il aurait été mieux de l'attendrir, qu'il prenne en pitié une vieille femme malade et fatiguée, comme cela avait été le cas pour lui… L'autre l'aurait peut-être écoutée ainsi, et aurait pardonné à son ravisseur de s'être laissé attendrir lui aussi !

Là, elle ressemblait à une vieille folle… Non, se reprit-il, pas vraiment une vieille folle, elle dégageait trop d'autorité, de mécontentement pour cela… Une vieille reine en colère… en colère et vengeresse !...

Son rythme respiratoire et ses battements cardiaques s'étant apaisés, il se releva, demanda d'une mimique silencieuse à la vieille femme où elle voulait son prisonnier et si elle était prête. Il fit encore quelques efforts pour déplacer la chaise vers l'emplacement qu'elle lui désignait. Elle lui demanda par geste d'installer devant elle sa petite table à roulettes, y déposa l'album. Puis fit signe qu'elle était prête et approuva de la tête pour qu'il ôte la cagoule de sa victime. Ce qui eut pour effet de multiplier les borborygmes furibonds…

Jo resta en arrière, pour que l'homme ne puisse pas le voir, retourna s'adosser au mur et s'assoir pour se reposer. Tout à l'heure, il aurait encore le retour à faire… vraiment plus de son âge !... Il tâta le pourtour de son œil qui avait pris le coup de talon. En plus, il allait se taper un coquart… vraiment super !... Jusque-là l'action l'avait empêché d'y prêter attention. Maintenant, il sentait la tension douloureuse et espéra que ça ne gonflerait pas au point de lui fermer l'œil. Au moins l'autre était en chaussettes, s'il avait eu ses godasses, ce serait déjà fait !... Il devrait peut-être aller à la cuisine et y mettre de la glace ? La fatigue et la curiosité le maintinrent assis contre son mur…

La vieille jeta au député un regard noir et méchant. En réponse à coup sûr à celui qu'elle devait recevoir.

— Ne me regarde pas comme cela, tu ne me fais pas peur, là où je vais, tu n'as aucune influence, aucun pouvoir… Tu ne peux rien, ni pour moi ni contre moi ! gronda-t-elle d'une voix furieuse.

Jo posa sa tête contre le mur et soupira sans bruit. Si elle pensait l'amadouer ainsi, c'était mal barré ! Elle ne faisait absolument pas pitié et pointait vers le député un index agressif et accusateur... Tout en finesse et en psychologie, soupira-t-il encore. Il aurait dû s'en douter, elle n'avait jamais été du genre à arrondir les angles ! On fonce dedans et après on compte les points ! Une méthode comme une autre ! Il avait adoré voir Bruce Willis agissant ainsi dans *Le cinquième élément*, mais se demandait si c'était vraiment adapté à la situation.

— Par deux fois, enchaina-t-elle, j'ai été refusée à la pesée des âmes... Certainement parce qu'avant d'aller rendre des comptes, je dois régler les miens, et tu fais partie de ma liste... Tu en occupes même la meilleure place... Nous avons un contentieux...

Les borborygmes étranglés de son vis-à-vis qui s'étaient calmés reprirent de plus belle. Il secouait la tête de gauche à droite en même temps.

— Non, tu ne m'as jamais rencontrée, tu ne me connais pas, tu ne sais pas qui je suis !... Tiens-toi tranquille !...

Elle se pencha en avant, encore plus menaçante. Elle avait eu l'habitude d'ordonner et d'être obéie, cela se voyait et s'entendait. L'homme ne broncha plus, elle attendit quelques instants et poursuivit :

— Je vais te dire qui je suis... Je suis la sorcière... l'avorteuse... la faiseuse d'anges...

Oh, bravo ! gémit Jo en silence, de mieux en mieux !

— Et je viens te demander compte de ceux que tu as semés au vent de ton plaisir... profitant de jeunes filles timides, éblouies ou apeurées par ton statut de gosse de riches, de fils de bourgeois... Et toi, c'était ton dû, elles n'étaient rien, alors tu tirais ton coup et ton désir assouvi, tu partais sans te retourner... Tu ne savais pas, peut-être, que c'est ainsi que l'on fait les bébés ?... Ou ça ne t'intéressait pas ?!... Qu'est-ce que c'est un bâtard ? Un rien du tout, c'est ce qu'on t'a appris n'est-ce pas ? Et ça ne mérite que ça... devenir... rien du tout !... ne pas devenir en fait ! C'est ainsi que tu aurais aimé que cela se passe pour toi ?!... Ne pas être ?... Une bonne question, qui fait dilemme depuis longtemps… Un sort enviable à ton avis ? Un non-être… quelle importance ? Il n'existe pas ni celle qui le porte et le laisse grandir en elle… ou pas ?…

C'était dit d'un ton ferme et colérique. L'index pointait agressivement l'accusé ou martelait la table. Jo trouvait que la vieille y allait vraiment fort et en était secoué pour Marsuy !

Il se rappelait très bien ce qu'il avait ressenti quand elle l'avait pris à partie sur le même thème et la honte qui lui avait serré le ventre… Et lui, il n'avait pas en plus la culpabilité, il n'avait encore rien fait !... Il n'avait pas été vraiment précoce, peut-être perturbé par la mort de son père, il ne pensait qu'à la baston et aux compètes de Judo. Les filles n'étaient que des proies plus faciles à courser et à attraper pour leur tirer les cheveux, les bousculer, leur piquer leur goûter… Le déménagement, le retour dans le sud, l'été à la plage, lui avaient ouvert les yeux… Sous leurs vêtements, elles avaient exactement les mêmes avantages que celles des magazines qu'il s'était procurés en toute discrétion et à moindre coût chez divers marchands de journaux, perfectionnant encore pour l'occasion sa technique en course à pied. Qui lui faisaient passer des nuits agitées avec des réveils parfois un peu humiliants, mais si satisfaisants… Il était rapidement sorti de la version papier pour passer au 3D et à une réalité palpable… Mais avait fait attention toute sa vie, de ne pas semer de petit enfant sans père, la leçon avait porté !... D'autant plus que les deux autres en avaient remis une couche quelques jours plus tard. Il était rentré du lycée et les avait trouvées toutes les deux assises à la table du séjour, devant la pile de ses merveilleux magazines. Sa tante s'était chargée de son éducation, sa mère était encore très secouée par la perte de son idole et avait du mal à retenir ses larmes… Là aussi, cela avait été violent, photos de chancres à l'appui, il s'était retrouvé avec une autre boite de préservatifs à la main… Avant de se faire briefer sur le respect dû à sa partenaire, qui n'avait absolument rien à voir avec les photos de « Ses magazines cochons » sur lesquels, elle administra un bon coup de poing… Bon ça, il l'avait vite compris tout seul… Maintenant, des années après, il se demandait si elles ne s'étaient pas passé le mot… Il avait vraiment fallu que la pulsion du sexe soit puissante pour qu'il surmonte tout cela, pensa-t-il avec nostalgie…

L'autre devait être secoué aussi et ne disait plus rien, mais de temps en temps niait d'un mouvement de tête.

Joséphine ouvrit l'album photo sur la tablette entre eux et martela l'une d'elles. Jo se redressa en silence et s'approcha pour mieux voir. C'était bien la photo qu'elle lui avait montrée, seul Marsuy était visible, elle avait dissimulé le reste du groupe avec une autre photo retournée.

— Tu te reconnais ? C'est toi là, reprit-elle véhémente, le jeune seigneur avec droit de cuissage sur les filles de basse extraction, elle fit glisser la photo et dévoila sa voisine, comme celle-ci, la timide et gentille Évelyne… La voix se fit plus douce, Paix à son âme, elle fut certainement plus légère que la plume… Une courte pause et la harangue reprit… Qui avait si peu de confiance en elle, qu'elle s'estimait inexistante… une proie facile… elle n'osa assurément rien dire… Ne résista pas… Peut-être même était-elle fière que toi !… Qui appartenait à la classe de ceux qui comptent, qui sont importants… tu t'intéresses à elle, cela la faisait exister, elle aussi, à travers toi…

Elle s'arrêta, posa ses coudes sur la tablette, joignit ses mains par le bout des doigts et les tapota les uns contre les autres, comme un proviseur qui vous passe un savon. Elle avait déjà dû faire ça quelques fois et était inquiétante à souhait… Elle fixa l'homme dans les yeux et reprit :

— J'ai une bonne ou une mauvaise nouvelle pour toi,

c'est selon !... À toi de voir !... Que crois-tu qu'il advint de la rencontre d'Ève et du serpent, non pas au fond d'un vallon, mais sous la lune dans une calanque ?... Un rien du tout... ou pas ?!...

Elle attendit quelques instants et lentement, retourna la photo cachée qui montrait Guillaume jeune homme. Elle la plaça à côté du jeune Jean-Pierre Marsuy pour que la ressemblance soit évidente... Jo en avait chaud pour lui !

— Il est ! reprit-elle martelant la photo de son index, mais aurait pu ne pas être, puisqu'après t'avoir appelé, envoyé des messages, elle était toujours seule et devait décider que faire ! Se trouvant trop faible, incapable de faire face... elle est venue dans mon antre de sorcière... pensant que plantes et alambics allaient l'aider et faire disparaitre son angoisse... Plouf comme ça !... Mais la réalité est sanglante !... Elle avait cru en toi, espéré, attendu... trop !... La vie avait grandi et le non-être existait... Elle le sentait en elle... Alors que faire ? Un bâtard, un rien du tout ?... Heureusement, il y a des mecs qui ont les couilles que les autres n'ont pas... Sauf quand il s'agit de se les vider n'importe où, n'importe comment... et donnent un avenir aux enfants semés aux quatre vents. Elle découvrit le reste de la photo de groupe et vint tapoter le visage de Michel Soublairan, lui a eu le courage de l'accompagner chez moi, puis sans se faire prier de donner une vie à ton inconséquence... L'index rageur se leva de nouveau vers le nez du député... Et toi, qu'as-tu fait pour le remercier de s'occuper de tes gènes, tu l'as emmerdé ! Et maintenant ta progéniture, tu l'emmerdes aussi !... Tu leur as fait du tort sciemment, je le sais ! Mais savais-tu à qui tu faisais du tort ? Ça peut-être pas ! Je t'ai accordé le bénéfice du doute, et avant de franchir la dernière porte, je voulais t'en informer !

Marsuy s'agitait désespérément hochant négativement la tête avec vigueur.

— Tu es en colère ! reprit Joséphine.

Et la tête essaya de dire oui et non en même temps, pas facile ! Cela donna à Jo l'impression de voir une de ses boules montées sur un ressort au sommet d'un stylo, s'agitant frénétiquement au moindre mouvement... La voix enfla...

— Tu es un homme en colère ! La colère est un péché capital ! Tu le sais ! Pourtant tu te laisses diriger par elle, et pour lui avoir obéi, quand tu devras rendre des comptes, tu mériteras le cinquième cercle pour ce que tu as fait avec indifférence !

Elle abattit sa main à plat sur les photos de l'album. Comme grognements et agitation augmentaient encore, elle le menaça de nouveau de l'index...

— Tu te calmes maintenant ! ordonna-t-elle avec l'autorité et l'ampleur de voix d'un sergent. C'est à cause de cette colère que le garçon a dû te ramener sans te demander ton avis. Il savait qu'il ne pouvait pas te demander poliment d'être gentil et de venir discuter avec une vieille femme des conneries que tu as faites !

Jo était content de l'entendre dire cela, elle avait bien compris son problème... Joséphine ramena ses deux mains jointes par les pulpes des doigts devant son visage, et se tapotant les bouts de doigts les uns contre les autres, attendit... Après encore quelques secondes d'agitation, Marsuy se calma et parut même s'effondrer, ses épaules s'affaissèrent et sa tête tomba en avant. De là où il était dans son dos, Jo ne pouvait pas voir le visage de l'homme et il espéra qu'il ne venait pas de faire un malaise ou un infarctus. Il le demanda d'un regard à la vieille femme qui lui répondit d'un signe de tête que tout allait bien, avant de reprendre :

— Si maintenant, tu souhaites t'exprimer sur ce que je viens de te dire et que tu comptes le faire poliment et sereinement, le garçon va t'enlever ton bâillon. Mais je te préviens, et la voix se fit de nouveau menaçante, au moindre éclat de voix, à la moindre grossièreté, il t'en remet un, te recolle la tête dans le sac et te rembarque. Tu te débrouilleras seul avec ta conscience… Tu as compris ?...

L'homme hocha la tête… une fois. Jo s'approcha et d'un coup vif lui ôta l'adhésif. Pour couper la douleur, il lui appliqua la main sur la bouche, appuyant fort et pour finir en tapota le pourtour du bout des index, comme une esthéticienne pour stimuler la peau de sa cliente et peut-être lui éviter quelques rides. Il avait appris cela au Judo, sport parfois dangereux où on peut récolter bien des entorses, qui nécessitent ensuite des contentions adhésives élastiques et il avait dû souvent s'en enlever. Pour tromper le corps et lui faire oublier, un peu… la douleur, il faut envoyer d'autres informations puissantes et variées. La vieille se marrait franchement, et il lâcha le député en haussant les épaules pour retourner s'assoir au pied du mur.

— Tu vois qu'il est gentil, ton ravisseur dit-elle, il te chouchoute !

— Ça ne s'est pas passé comme cela… souffla-t-il d'une petite voix, je ne savais pas… Elle n'était pas comme vous dites…

— Oui ? La voix se fit attentive.

— Elle était différente, si vraie, pas comme ces pimbêches que ma mère me présentait à longueur de temps et qui ne voulaient que se faire épouser. J'étais un jeune étudiant prometteur, j'avais un bel avenir, comme vous dites j'étais d'une bonne famille… C'est tout ce qui les intéressait… Moi, je n'existais pas… Avec Évelyne, on parlait… vraiment… de choses importantes… Elle n'était pas l'imbécile que vous croyez… une bécasse ricanante comme les autres, elle était intelligente… Elle était timide et moi aussi, on se plaisait tous les deux, on était bien ensemble, du moins c'est ce que je pensais…

— Et ?

— Et... je devais retourner à Paris pour mes études... J'étais malheureux de partir... Elle était triste que je parte, alors on a fait l'amour... l'amour, insista-t-il, peut-être la seule fois de ma vie... J'ai cru en elle, moi aussi... Et...

— Et ?

— Ça a été très dur... Son père était ouvrier aux chantiers et il ne m'aimait pas... Trop fils de bourgeois... Les préjugés vont dans les deux sens... ajouta-t-il avec une pointe de sarcasme.

— Hum ! fit Joséphine, se tapotant de nouveau les pulpes des doigts entre elles et fronçant les sourcils

— Je ne pouvais pas lui écrire chez elle ! En ce temps-là, pas d'Internet, de téléphone portable, à peine le téléphone... Alors j'ai mis pour elle une enveloppe dans un courrier pour ma mère, elle devait aller la lui porter et prendre son message en retour... Le député s'arrêta un long moment, gardant la tête baissée.

— Et ?

— Maintenant... c'est dur aussi... Je pense que m'a mère m'a menti...

Youh ! jubila Jo, la vieille avait raison d'y croire...

— Je ne suis pas rentré avant Noël, mais ma mère était venue me voir à Paris. Elle m'avait dit qu'Évelyne ne voulait pas de moi, que je ne l'intéressais pas du tout, qu'elle n'avait pas voulu ma lettre... À mon retour pour les fêtes, elle m'a annoncé qu'elle allait se marier... Et je l'ai cru... Je n'ai pas cherché à aller la voir... J'étais en colère...

Il s'arrêta encore, toujours la tête basse et la vieille n'essaya pas de le titiller. Elle se laissa même aller dans le fond de son fauteuil, paraissant soulagée.

— Je sais qu'elle était intelligente, lui assura-t-elle, mais elle était tendre, de la pâte dont on fait les victimes ! Tu ne lui avais pas répondu, elle ne savait plus où elle en était... L'image que son père lui renvoyait de toi ne t'a pas aidé, tu l'as déçue... Elle s'est sentie si bête de t'avoir cru... Son histoire était la même que la tienne, mais elle avait peur... Michel a été fort pour elle, a tout pris à son compte, et elle l'a aimé pour cela... Ils ont eu une bonne vie, mais elle est morte jeune, tu le sais ?

Marsuy hocha la tête affirmativement et demanda :

— L'enfant, c'est Guillaume ?

— Oui, tu le connais ?

— J'ai lu son nom dans les dossiers, mais je ne l'avais jamais vu... Me croyez-vous quand je vous dis que je ne savais pas, que ma mère ne m'a jamais transmis les lettres qu'elle m'a envoyées ?

— Bien sûr que je te crois, mais cela ne t'excuse pas !

— Non, mais j'en ai tellement voulu à Soublairan de me l'avoir piquée dès que j'avais eu le dos tourné ! Je me sentais si bête, moi aussi, d'avoir cru si fort en elle... J'étais en rage après eux, c'est vrai... Même des années plus tard, lorsque par hasard je suis devenu député et que je suis revenu habiter dans ma circonscription... Soublairan était connu, son entreprise vivotait, mais il avait bonne réputation, Évelyne était... sa voix s'étrangla... partie. J'aurais fait n'importe quoi pour l'écrabouiller lui et son marmot, qui aurait dû être le mien... qui est le mien... la voix se brisa tout à fait... J'ai un grand respect pour ma fonction... Je n'ai rien fait de mal... mais j'ai tout fait pour ne pas faire bien... c'est vrai !...

— Si tu appelles cela, du respect pour ta fonction... reprit la vieille Jo avec ironie, à toi de voir !... Et à toi de voir maintenant ce que tu vas faire... L'entreprise Soublairan va fermer à cause de toi ! Ce doit être pour respecter ta fonction que tu envoies ces gens au chômage, ce n'est pas mal faire, je suppose ?!... Juste ne pas faire bien ! Tu sais ce que tu dois faire pour essayer d'empêcher cela, s'il n'est pas déjà trop tard ! N'est-ce pas ?... Le ton était ferme et définitif et le député se contenta de hocher la tête. Mais il faut que je t'avertisse, prévint-elle, Guillaume ne sait rien, pour lui, son père, c'est Michel Soublairan. Il est fier d'essayer de sauver l'entreprise qui porte son nom !

— Je comprends... répondit-il d'une voix triste, et... le connaissez-vous ? Comment est-il ?...

— Je suis contente que tu me poses la question... C'est un bon garçon, il a toujours été sérieux et a fait de bonnes études... Sa femme est gentille et l'aide beaucoup pour l'entreprise, comme Évelyne a aidé Michel... Ils ont deux enfants... Veux-tu les voir ?

— Oui, s'il vous plait, le ton était presque suppliant.

— J'espérais que notre conversation se passe ainsi, alors j'ai préparé cela pour toi.

Elle prit une enveloppe kraft posée un tabouret à côté d'elle et en sortit un paquet de photos, qu'elle regarda une par une avant de les tendre au fur et à mesure vers Marsuy, les posant devant lui avec un commentaire nostalgique

— Guillaume à sa naissance avec Évelyne... Son baptême... Quand il a appris à faire du vélo... Son anniversaire pour ses sept ans, il venait d'apprendre à lire et je lui avais offert un livre de contes... Sa communion... La fête du Bac... Son mariage... Maxime à sa naissance... Eve-Marie à sa naissance... Et la dernière que j'ai, toute la famille pour les dix ans de Maxime...

La vieille femme releva la tête vers son interlocuteur, eut l'air étonnée puis regarda Jo et lui annonça :

— Je crois qu'il va nous falloir des mouchoirs en papier, tu en trouveras à la salle de bains...

En s'y rendant pour remplir sa mission, Jo se demandait si elle avait aussi des photos de lui à divers âges de sa vie. Bon ! Pour lui, il n'y avait pas eu de baptême, de communion, de mariage et tout ce qui va avec, mais il avait eu sept ans et un livre de contes... Combien en avait-elle offert ainsi ?... Dans la salle de bain, il examina son œil dans le miroir, ça irait. La pommette était rouge et gonflée, ainsi que le bas de l'arcade sourcilière, l'œil lui-même n'avait rien, pas de petits vaisseaux éclatés qui auraient pu devenir problématiques. Par contre, dans une semaine, il aurait l'œil bordé de jaune et de noir et serait beau pour sa soirée de réveillon !... Après la mauviette, elle le prendrait pour un violent... Bravo !... Il allait encore falloir qu'il invente un mensonge !...

Il revint avec la boite demandée, et ne savait pas trop quoi faire. Il n'allait pas moucher le type quand même et lui essuyer les yeux... Joséphine non plus ! Elle avait déjà du mal à s'occuper d'elle... Elle avait dû y penser aussi, car à son arrivée elle demanda à Marsuy :

— Si le garçon te libère, tu te tiens tranquille ?

— Oui, oui... Vous pouvez me libérer, je ne ferais rien... ni maintenant, ni jamais... Je ne sais pas qui vous êtes tous les deux... Et comment vous avez pu avoir cette idée complètement folle... lui répondit-il d'une voix enrouée et semi-bégayante, les mots avaient du mal à sortir... Mais je me connais, et je ne serais jamais venu ici autrement que contraint et forcé... Et, maintenant... je vous en remercie... Ce soir, j'ai eu le fils que j'aurais aimé avoir... Vous pouvez me croire, je suis un homme de parole... Quand je décide quelque chose, je m'y tiens !... et il s'effondra, sanglotant... puis rejeta la tête en arrière et poussa de longs gémissements... Hoquetant comme s'il étouffait.

Sur un signe de tête de Joséphine, Jo se dépêcha de le libérer des sangles qui le maintenaient et de lui mettre la boite de mouchoirs sur les genoux, avant de se replier contre son mur. Mais maintenant, l'autre pouvait se retourner quand il voulait. Si on lui avait demandé son avis, il l'aurait remballé vite fait et serait allé le déposer dans son fossé. Il avait toutes les infos, la mise en scène de la vieille avait marché, elle avait assez secoué le bonhomme et il avait écouté et entendu !... Au moins, il avait encore les pieds attachés et ne pouvait pas lui sauter dessus... Mais il devait rester vigilant, et il se remit debout au cas où ?!...

Elle laissa l'homme pleurer un moment, puis observa :

— Pleure, pleure, tu as beaucoup de regrets à évacuer, beaucoup de colère à noyer...

Ce qui eut pour effet de commencer à le calmer.

— J'aimais beaucoup Évelyne, affirma-t-elle, et Marsuy hoqueta encore... et à sa mort... les pleurs et les gémissements reprirent... J'ai promis de prendre soin de Guillaume... encore plus de gémissements. Ce type portait vraiment une grosse, grosse croix depuis des années... Il est en difficulté, à cause de toi, et l'index rageur refit son apparition, Marsuy avait eu de la chance d'être trop éloigné sinon elle lui aurait déjà fracturé le sternum !... Et, avant de pouvoir enfin me reposer, je devais l'aider, je l'avais promis à une mourante... Tu comprends ça ?... De gros sanglots lui répondirent, des mouchoirs sortirent de la boite. Le garçon a été gentil, il a bien voulu m'aider... lui aussi, c'est un bon garçon !... Sanglots et hoquetements... Nous nous sommes renseignés, tu semblais d'un abord difficile... et comme je ne vais plus durer longtemps... La seule idée qu'il a eue, pour agir vite, a été de te transformer en sapin... Brillant, je dois dire... et parfaitement exécuté... Elle fit un petit clin d'œil dans sa direction et Jo lui répondit d'un salut militaire...

Elle attendit encore un peu et l'homme se calma petit à petit. Il avait explosé de chagrin comme on explose de colère, brutalement, lâchant tout d'un seul coup et eut du mal à se reprendre de sentiments aussi extrêmes, il hoqueta et renifla un moment... Comme il finissait de se moucher une nouvelle fois, elle reprit :

— Comme je te l'ai dit, nous nous sommes renseignés, et quand on se renseigne, on apprend des choses et là, j'ai de mauvaises nouvelles pour toi !

Jo se sentit blêmir en l'entendant, elle n'allait tout de

même pas l'enfoncer encore plus et lui raconter sa femme et son fils, enfin pas le vrai… le fils de sa femme… Christophe… celui qu'il avait massacré sur un parking… Il l'avait toujours appelé le fils Marsuy et il avait du mal à lui donner un autre nom ! La vieille était impitoyable, elle continua.

— Ton caractère colérique n'a certainement pas nui qu'à ton fils !

La voix avait cessé d'être consolante et retrouvé son tranchant, la vieille prit sur le tabouret son ordinateur portable, le posa devant elle sur la tablette en ahanant un peu. Jo fit bien un pas en avant pour l'aider, mais elle avait déjà fini, et l'ouvrait face à Marsuy, bidouillant avec sa souris en virtuose, sans même regarder ce qu'elle faisait, elle afficha la photo de Polli. Ouh là ! pensa-t-il, mauvais ça ! Le type lui avait été sympathique, et il n'aimait pas l'idée de lui rajouter des ennuis.

— Je ne connais que quelques événements récents. Ce sera à toi de faire de l'introspection si tu veux réparer et en retrouver d'autres comme celui-là, qui va perdre son boulot, parce qu'il a été soupçonné à tort, d'avoir fait ça…

Affichage de la photo de Madame Marsuy, la main de Vallieur sur ses fesses, et l'enveloppant d'un regard énamouré… Jo en déglutit avec difficulté… Il n'aurait jamais dû lui laisser ça, c'était le B.A. BA…

—Quant à cela… photo du fils Marsuy, enfin de Christophe… en train de se faire une ligne de coke au « Pleasure », tu en fais ce que tu veux… C'est juste pour te montrer que l'enquête a été bien faite… ce problème tu le connais déjà. Ce que tu ne sais peut-être pas c'est que ton remplaçant… dans tous les sens du terme ! Il n'a pas, comme tu peux le voir, une moralité à toute épreuve… et il touche, elle frotta son index contre son pouce, en ton nom !... Pour cela, je n'ai pas de preuve, l'enquête a été bien faite, mais l'enquêteur était pressé par le temps… Cela va être à toi d'approfondir…

— Mais, mais, mais… bafouillait Marsuy.

— Je n'ai plus le temps, gémit Joséphine, je suis trop fatiguée…

Elle se laissa aller dans son fauteuil, tellement blême que Jo en fut inquiet et s'approcha.

— Ça va, Joséphine ? s'enquit-il en lui tapotant la main, tout en se disant que le député venait de voir son visage.

Elle balbutia d'une petite voix hésitante, lui tapotant la main elle aussi.

— Laisse-moi me reposer un peu mon garçon, j'ai eu une longue journée. Offre quelque chose à boire à notre invité, ajouta-t-elle avant de fermer les yeux.

Elle était si pâle et avait des cernes si noirs qu'il lui prit le pouls. Ça battait, n'importe comment, mais ça battait ! Il jeta un œil mauvais au député.

— Vous voulez boire quelque chose ?

L'autre secoua la tête négativement… C'est sûr que faite comme cela, l'offre était difficilement acceptable !

— On devrait peut-être la coucher, proposa-t-il, montrant le lit du menton.

Jo essaya d'estimer la situation, de toute manière, il était grillé… Joséphine serait mieux dans son lit et un petit coup de main pour la transporter en douceur l'aiderait plus que s'il essayait de se la trimballer tout seul, si petite et si légère qu'elle soit. Il hocha la tête et sortit son couteau de sa poche, Marsuy eut un haut-le-corps et se redressa, s'attendant à tout, puis se relâcha quand il se mit à genoux pour couper les liens de ses chevilles. Il se mit debout avec difficulté.

— Prenez les jambes ! lui commanda Jo

Ensemble, ils transportèrent la vieille femme jusqu'à son lit, Jo lui ôta ses pantoufles, désolé de ses pieds gonflés et énormes et de sa respiration haletante. Il la couvrit de son drap et s'asseyant sur le bord du lit, lui prit la main.

— Avez-vous besoin de quelque chose ? s'inquiéta-t-il.

Pour seule réponse, elle refusa de deux minuscules mouvements de tête, mais garda sa main serrée dans la sienne et esquissa un sourire. Il resta assis au bord du lit sans ôter sa main, espérant qu'elle n'allait pas mourir, là, tout de suite, maintenant… Que ce n'était qu'un petit coup de fatigue après tous les efforts qu'elle avait faits pour jouer son grand spectacle de colère vengeresse. Elle avait été super là-dedans, et Marsuy, après avoir voyagé bâillonné et ligoté, en avait eu un choc… Qui lui avait permis de lâcher prise, de décrocher de sa colère et d'accepter le message… Elle parut respirer un peu mieux, se détendit, sa tête roula sur le côté et elle se mit à ronflotter, ce qui soulagea Jo, elle s'était endormie, et après elle irait mieux !… Il devait maintenant réfléchir à la gestion de la suite. Marsuy était retourné sur sa chaise, il semblait avoir repris ses esprits et contemplait les photos. Il caressait celle de Guillaume jeune homme et la comparait avec son propre portrait dans l'album… Jo se demandait si le fait qu'il l'ait vu était réellement un problème. L'homme avait l'air sincère quand il disait qu'il ne ferait rien, et il pensait qu'il tiendrait parole. Mais peut-être commençait-il à douter, à se poser des questions ?

— Vous ne croyez pas que c'est vraiment votre fils ? le questionna-t-il en voyant l'intérêt qu'il portait à la photo.

— Euh… si je le crois… Je vois bien la ressemblance, Michel, je le connaissais du lycée, et il ne lui ressemble pas du tout, à Évelyne non plus… Et, je ne peux pas imaginer un troisième homme qui en plus, me ressemblerait… C'est ainsi… J'avais le fils dont j'ai rêvé toute ma vie et je ne le savais pas… Elle dit vrai, j'en suis certain, il indiqua Joséphine de la main… J'ai surtout des regrets. Il s'adossa à la chaise, étendant les jambes et levant les yeux au plafond. Il reprit la parole d'un ton triste et nostalgique, j'étais déjà trop fier, trop fier pour l'aimer vraiment et surtout pour le reconnaitre. Je ne lui ai jamais dit que je l'aimais, alors que pouvait-elle penser ? Qu'effectivement, elle n'était rien pour moi... Un simple objet de désir... ? Michel l'aimait aussi, il la connaissait, c'est lui qui nous avait emmenés à la plage, là-bas, au début de l'été, pour la voir... et c'est moi qu'elle a choisi... J'en étais fier et je n'ai pas vu ma chance, elle a été la rencontre de ma vie, après je n'ai jamais plus revécu cela, ce moment parfait... J'étais un jeune imbécile, je pensais sans doute que c'était tout le temps ainsi... Ce n'est pas faute d'avoir essayé, mais cela ne fonctionnait pas, me laissait insatisfait, pas sexuellement bien sûr, ça c'est facile... Mais pour le reste, la fusion, être l'autre au plus profond de soi... Depuis, j'ai ce regret et cette colère, mais plutôt que d'admettre que c'était moi... que c'est par orgueil que je n'étais pas allé la voir à Noël... Même si cela avait été vrai qu'elle m'avait préféré Michel, j'aurais pu aller la féliciter, être gentil, au lieu de m'étouffer dans ma rancune et de fuir par lâcheté... Oui, par lâcheté, il faut aussi que je le reconnaisse... J'étais soulagé de ne pas devoir lutter contre ma mère pour me marier en dessous de ma condition... Elle était ainsi, je ne devais fréquenter que des jeunes de mon milieu !... Elle a agi comme elle pensait être bien pour moi, et je n'ai pas cherché à en savoir plus ! J'ai fui et je ne suis plus revenu. À la fin de l'année, j'ai passé mon diplôme, j'ai tout de suite eu un travail pour lequel je voyageais beaucoup... Jusqu'à ce que, toujours pour faire plaisir à ma mère, j'accepte d'être suppléant d'un vieux cousin à elle et qu'il meure brutalement... Elle était malade, mon père aussi vieillissait, je ne m'étais jamais marié. Alors, j'ai lâché mon travail et je suis revenu habiter par là... Cela aussi satisfaisait mon orgueil d'être ainsi reconnu et apprécié... Même, si je sais très bien qu'il ne faut pas prendre pour argent comptant tous les compliments et les sourires que l'on me fait...

Marsuy avait raconté tout cela, semblant se parler à lui-même, passant de ses souvenirs à des réflexions explicatives autoflagellantes, du regret, des remords pleins la voix. La présence d'un témoin inconnu ne semblait pas le gêner. D'autant moins, vraisemblablement, qu'avec la crise de larmes et de détresse qu'il venait d'avoir, le témoin en avait déjà vu beaucoup… Il n'avait sans doute plus de honte devant lui… De plus, estima Jo, ce n'est pas un type sensible à la honte, au regard des autres, il suit son chemin à lui, tout droit sans se retourner !

Il avait écouté en silence, assis sur le bord du lit, la main de Joséphine dans la sienne, et essayait en même temps de rassembler ses idées. Qu'allait-il pouvoir bien faire ? Pas question de remballer le bonhomme, ce n'était plus possible vu le cours des événements. Bien qu'il ait vu son visage, Jo savait que l'homme serait peu susceptible de le reconnaitre, même s'il avait l'occasion, peu probable, de le croiser sur un marché ou ailleurs. Il savait s'adapter et s'il le voyait approcher, pourrait changer de comportement pour paraitre différent. Il avait peu de caractéristiques particulières, cela lui avait bien servi pendant bien longtemps. Il pouvait continuer à compter là-dessus, un portrait-robot de lui serait difficilement exploitable, une autre coupe de cheveux, une barbe ou une moustache et il disparaitrait dans l'anonymat. Pour Joséphine, cela ne posait pas de problème, elle ne sortait plus de chez elle et pour l'instant, le député ne savait pas où il était. Peut-être accepterait-il d'être raccompagné un bandeau sur les yeux ? Il ne faudrait pas qu'ils croisent quelqu'un dans la rue… Oui, mais, s'il était d'accord, ils pourraient faire passer cela pour un jeu ou une surprise ? Pour couronner le tout, il était en chaussettes…

Plongé dans ses réflexions, il s'aperçut d'un coup que l'autre s'attendait à ce qu'il participe à la conversation. Il essaya de se remémorer ses dernières paroles et sortit ce qui lui passa par la tête.

— Oui, il y a parfois des poignards dans les sourires. Ce

qui lui valut un regard étonné.

— Vous avez raison, je le savais pourtant, mon nouvel assistant était toujours tout sourire, très sympathique, toujours disponible, enthousiaste pour mes idées. J'avais vraiment confiance en lui...

Aucune autre réponse intelligente ne lui venant à l'esprit, Jo se contenta d'une sentence dans le même genre que la précédente

— « On peut sourire et sourire et pourtant être scélérat. »

Un nouveau coup d'œil encore plus étonné lui répondit. Arrête de faire le con, se morigéna-t-il, il va croire que tu te moques de lui. Jusque-là ça ne se passe pas si mal, alors ne fous pas tout en l'air.

— Oui scélérat, c'est le mot... C'est toi qui as mené l'enquête ? s'enquit Marsuy avec un sourire un peu ironique, il ajouta, on se tutoyait tout à l'heure, alors on peut continuer maintenant, tu es d'accord ?

Jo se contenta de hocher la tête plutôt soulagé. Sa victime n'avait pas l'air de trop lui en vouloir. Sa réputation de rancunier aurait bien laissé présager une attitude différente... Pouvait-il envisager de le raccompagner sans précaution particulière ?

— Et tu es sûr pour ma femme et Vallieur ?

Jo hocha encore la tête, il n'avait pas vraiment vu quelque chose de probant, mais tout dans le comportement de l'homme et de la femme montrait qu'ils étaient intimes, il se savait observateur et bon juge en la matière et était sûr de lui... ils étaient amants...

— Tu n'es pas vraiment un grand bavard...

Il hocha la tête négativement cette fois, mais afficha un large sourire. Il avait du cran ce type quand même !... Se comporter ainsi après tout ce qui lui était arrivé. Il y en a beaucoup qui n'auraient pensé qu'à se tirer. Lui non, on aurait même dit qu'il se plaisait ici, qu'il était content d'être là… Jo faillit le lui dire et en fin de compte retint sa langue… Il ne fallait pas exagérer, il pourrait réveiller son mauvais caractère et son irascibilité…

— Ma jeune et jolie femme, elle aussi flattait mon égo… issue d'une grande famille politique… Avec elle j'appartenais au cénacle de ceux qui gouvernent le pays… quelle fierté ! Comment peut-on s'imaginer qu'une femme de quinze ans plus jeune que vous vous aime pour vous-même ? Soit elle cherche un père, soit la sécurité matérielle que l'homme plus âgé représente… ou d'autres choses plus difficilement définissables… le pouvoir par procuration, la sujétion de l'image du père, la réussite sociale… Tu ne crois pas ?

Jo s'était pris de plein fouet les remarques du député, sa relation avec Eloïse était elle déjà vouée à l'échec ? Ils n'avaient jamais parlé d'âge. Il se leurrait peut-être en pensant qu'il faisait encore jeune et paraissait n'avoir qu'une quarantaine d'années… Il ne voulait absolument pas lui servir de père… Pour le matériel, son job au marché n'était quand même pas extrêmement valorisant ! Alors pouvait-il y croire un peu ? Comme l'autre attendait une réponse, il lui servit encore une phrase toute faite. Il n'avait aucune envie d'exprimer ses doutes et son opinion sur la question.

— « Les seconds mariages sont déterminés par de vils calculs d'intérêts, jamais par l'amour », c'est Shakespeare qui disait cela… dans Hamlet, précisa-t-il, pour que l'autre ne croie pas qu'il se moque et pensant qu'il ferait bien de s'en souvenir pour lui-même.

— Ah, mon histoire est une vieille histoire et je ne devrais pas m'étonner de ce qui m'arrive !… Tu es un taciturne érudit donc !… se moqua son interlocuteur.

À son grand étonnement, l'homme faisait de l'humour. Jo, tout en détournant le député d'un sujet de conversation qu'il trouvait glissant, voulut tâter un peu le terrain sur son ressenti par rapport à l'enlèvement dont il avait été victime. Il s'embrouilla un peu la langue entre tutoiement et vouvoiement et c'est en bégayant et en se trouvant l'air débile qu'il lui dit :

— Vv… Toi, tu ne manques pas de courage en tous cas, un coup d'œil interrogateur l'obligea à préciser, je t'ai tout de même emmené ici de force et par surprise…

— Je ne peux pas avoir tous les défauts… lui répondit l'autre en souriant, et je vais te dire… je me sens en sécurité avec vous… Même si quand tu m'as sauté dessus chez moi et ligoté pour me laisser ensuite couché… sous ma table ?...

C'était une question et Jo confirma de la tête.

— Je pensais que tu étais en train de cambrioler la maison et que tu allais partir en m'abandonnant là. Je calculais le nombre d'heures pendant lesquelles j'allais rester ainsi avant que mon chauffeur ne vienne… Je n'attendais personne d'autre avant lui… Ou je me demandais au bout de combien de temps quelqu'un s'inquiéterait de moi parce que je ne répondais pas au téléphone.

— Jjj… avais dit que je revenais, se défendit Jo, s'en voulant de toujours bégayer comme un idiot…

— Et je t'ai cru bien sûr !...

Là, le type se foutait carrément de lui. Alors il lui adressa simplement un petit haussement d'épaules d'excuses.

— Et ensuite, couché dans ta camionnette, dans des odeurs de sapin et de couscous, je me voyais déjà avec un doigt ou une oreille en moins et ma famille recevant une demande de rançon…

Jo leva une main dans un geste d'excuses.

— Oui, je sais ! Tu m'avais dit de me détendre, qu'il n'allait rien m'arriver et moi bêtement je ne t'ai toujours pas cru !

Il se marrait presque en disant cela. Ce doit être le

relâchement, le contrecoup du stress... Il évacue sa peur, imagina Jo.

— Là, continua Marsuy, j'ai eu peur... vraiment peur... et ensuite, je me suis laissé envahir par la colère. Contre toi bien sûr, mais aussi contre moi qui n'ai jamais voulu installer de système de sécurité. Qui vit toutes portes ouvertes parce que j'habite dans un village qui me connait depuis mon enfance, dans une maison qui ne contient rien d'autres que des vieilleries ayant appartenu à mes parents, contrairement à notre appartement de Paris qui lui, peut intéresser des voleurs. Contre ma femme qui s'était tirée au ski, laissant son gamin tout seul dans sa clinique et moi tout seul dans ma maison... Et encore, je ne savais pas qu'elle pratiquait la bête à deux dos avec Vallieur, j'avais confiance dans ce type...

Jo retint sur ses lèvres une nouvelle citation qui le démangeait « Le fourbe ne se voit jamais de face qu'à l'œuvre » issue, elle, d'Othello, autre grand embrouillamini shakespearien et se contenta de regarder l'homme, gardant un air penaud et intéressé, histoire de se faire bien voir et de ne pas en rajouter à sa rancœur rancunière potentielle. L'association des mots lui fit venir un sourire qu'il essaya de maitriser et de transformer en une mimique d'excuses. L'homme lui sourit en retour.

— Après cela tu me promènes je ne sais où en chantant « mon beau sapin »...

Jo s'abstint d'expliquer que c'était pour couvrir les grognements. Marsuy avait l'air de s'amuser avec son histoire, il n'allait pas le contrarier !

— Puis, juste parce que j'essaie de me défendre un peu, tu me mets un uppercut.

Là non plus, pas de commentaires sur la nécessité ni sur les efforts qu'il avait faits pour être le plus léger possible, juste un petit signe d'excuses supplémentaire.

— Tu me pousses tu me tires et tu m'attaches sur une

chaise… J'étais dans une rage folle, quand tu m'as ôté la cagoule. Je n'avais même plus peur tellement j'étais en colère… Je ne pensais qu'à une chose te démolir ! Si je m'en tirais, tu aurais aux fesses tous les flics de France, l'armée, les services secrets… Ils seraient tous sur toi… Si je ne m'en tirais pas aussi de toute manière… Je suis député tout de même ! Dans ce pays on ne laisse pas un député disparaitre comme cela, ça ferait des vagues…

Oh oui, ça ferait des vagues, se confirma Jo en silence. Il commença à revoir en esprit toutes les précautions qu'il avait prises, pour vérifier qu'il n'avait pas laissé d'indices ou de pistes…

— Et je me retrouve devant une grande prêtresse, tout droit sortie du tombeau, une momie ramenée à la vie par un dieu vengeur !…

Il rit franchement en disant cela et Jo crut bon de l'accompagner d'un sourire un peu jaune, tout en continuant la récapitulation et l'analyse critique de ses actions dans sa tête.

— Là, j'ai pensé être tombé aux mains d'une secte… J'allais être crucifié, écartelé, brulé vif pour quelque chose que j'avais fait, et au début je ne savais vraiment pas de quoi elle parlait… Je t'assure que je n'ai jamais violé, pris ce que l'on ne me donnait pas…

Il s'arrêta, semblant attendre, Jo acquiesça, s'il avait besoin de son aval, il voulait bien le lui donner.

— Lorsque j'ai compris qu'il s'agissait d'Évelyne, quelque chose s'est brisé en moi… Elle ne pouvait pas parler d'elle ainsi, elle n'en avait pas le droit. Évelyne était parfaite, pure, merveilleuse… Ce qui s'était passé entre nous n'était pas sordide, mais beau, unique, miraculeux, un instant d'éternité… Pourtant, pendant toutes ces années, je n'avais pensé à elle qu'avec mépris… ou plutôt culpabilité niée… La photo de Guillaume m'a achevé… Tout a été balayé, j'avais le corps brulant jusqu'aux oreilles et une seule idée hurlante dans ma tête... J'avais un fils... Elle a vraiment été forte pour m'amener à ce point de rupture... Vous avez été forts !...

Ça y est, il regrette, se dit Jo, il va essayer de m'attaquer ou de s'enfuir et après je suis mal ! Sans lâcher la main de Joséphine, il prépara son corps au combat. Si l'autre faisait le moindre mouvement, il savait déjà ce qu'il ferait pour l'immobiliser, récupérer ses sangles et le rendre inoffensif, il avait encore dans sa poche son torchon pour le bâillonner... Ça devrait pouvoir se faire, toutefois, il lui faudrait être parfait... Il devrait rajouter un bon coup de tête sur le carrelage pour l'assommer un peu... Avec Joséphine si mal à côté, il ne pouvait prendre le moindre risque... Tant pis pour le bonhomme, il avait qu'à ne pas être aussi teigneux ! Puis adhésif, remballage, retour... Et basta ! Avant que la police ou ses ex-collègues le retrouvent, il passerait de l'eau sous les ponts. Il avait revu son scénario... pas de faille, pas d'erreur... s'il s'y tenait pour la suite, tout irait bien.

Il faudrait qu'il reste caché et tranquille un moment. Sans doute devrait-il quitter sa jolie maison et partir un peu à l'étranger... Il en soupira de regrets anticipés...

Lorsque l'homme bougea, il était prêt ! Cependant, l'autre se contenta de se pencher en avant et de prendre le paquet de photos. Il commença à les examiner une par une.

— Tu le connais Guillaume ?

Jo hocha la tête pour dire que non, il ne l'avait rencontré qu'une fois, cela ne comptait pas. Un trou s'ouvrit dans son cerveau et la peur lui serra le ventre, la voilà la faille. Si la police tombait sur Guillaume, elle finirait par remonter jusqu'à Joséphine, puis jusqu'à lui, il était bon pour l'expat ! Il ne pourrait pas faire autrement.

— Il n'est au courant de rien, il ne sait même pas pour vv... toi et sa mère, crut-il bon de préciser, butant encore sur le tutoiement.

L'autre leva les yeux de ses photos et le dévisagea

— Tu ne crois pas que je vais lui causer des problèmes ? Au contraire, je vais essayer de l'aider, tu sais pour le projet de zone industrielle ?

Jo acquiesça.

— C'est vrai que j'ai bloqué l'agrandissement dans sa direction, prétextant un surcout trop important... Je savais que l'entreprise n'y survivrait pas... J'avais lu ses courriers... et j'en étais satisfait... comme j'avais été satisfait en faisant refuser un permis d'agrandir à son père... enfin à Michel... Je sais bien que ce n'est pas une conduite éthique, mais je m'en estimais le droit... Il m'avait fait du mal... je lui en faisais aussi... œil pour œil, dent pour dent... le destin se venge... Je ne dois m'en prendre qu'à moi.

Il lui racontait cela comme si c'était une évidence, qu'il était normal de tenir la vie des gens entre ses mains et de la broyer par contrariété.

Il y a eu beaucoup de morts au cours des siècles, songea Jo, parce que les hommes de pouvoir se comportent ainsi. Seuls comptent leur personne, leur avis, leurs sentiments... et une guerre plus tard, c'était le destin... Là heureusement, il n'y avait pas de mort... encore que... se dit-il, se rappelant l'infarctus de Michel Soublairan...

— Oh ! s'étonna Marsuy semblant prendre conscience de quelque chose, tu crains pour vous ?

Il lui répondit par une petite moue dubitative, haussant des épaules et des sourcils interrogateurs.

— Non, comme je l'ai dit, je ne ferais rien, je ne porterais pas plainte. J'ai un caractère emporté et rancunier je sais, mais je suis un homme de parole... Cela a été une épreuve d'arriver ici, mais je suis content d'y être ! Ce soir, j'ai vécu une sacrée aventure et reçu un sacré cadeau... Je m'en souviendrai pour le reste de ma vie. Pourtant maintenant, je suis serein comme je ne l'ai jamais été...

pour une fois, je ne me sens pas tout bouillonnant à l'intérieur ! La crise de tout à l'heure peut-être ? Cela m'a libéré... Et puis toute ma vie j'ai rêvé d'un fils... Et vous me l'avez donné !

Il sentit que Joséphine bougeait, elle lui tapota la main de deux petits coups et lui sourit. Elle avait bien meilleure mine, avait retrouvé l'œil vif et étincelant et paraissait très contente.

— Alors, mes petits, vous avez fait connaissance ? Bavardé un peu ? Tout se passe comme vous voulez ?

Avant que Jo puisse réagir... le réveil de Joséphine l'avait renvoyé dans son dilemme : Qu'allait-il faire maintenant ?

Marsuy prit la parole.

— Bavardé, pas vraiment « le garçon » ne cause pas beaucoup ! Comment vous sentez-vous ?... Joséphine ?... Il avait retrouvé son ton de voix et son sourire d'homme politique professionnel.

— Bien, bien, je suis contente que tout se soit bien passé, et toi es-tu content ? Il me semble t'avoir entendu dire cela dans mon sommeil... Désolée de vous avoir lâchés en cours de route, il y a des choses que j'ai du mal à maitriser !!! Elle émit un petit rire chevrotant, mais satisfait...

Jo qui lui tapotait la main à son tour, infiniment soulagé, eut un doute... Elle l'avait fait exprès... de montrer comme elle était faible et malade... Pour que l'autre se sente fort et maitre du jeu maintenant... Et ne sois pas opposant, comme son fichu caractère l'aurait peut-être poussé à être... Mais non, il voyait le mal partout... déformation professionnelle... méfiance atavique... Il était ridicule de s'imaginer des trucs pareils... ou pas ? La vieille aurait pu en remontrer à beaucoup sur l'intelligence et la stratégie...

— Oui, c'est ce que je lui disais, vous vous êtes donné du mal pour... m'impliquer dans la situation !... et je vous en remercie.

— Et vas-tu faire ce qu'il faut ?

— Oui, je vais rattraper le coup, je sais qu'il est encore temps. Dans l'équipe, ils ne comprennent pas pourquoi je veux limiter la zone industrielle à ce périmètre. Il sera facile de dire que je les ai écoutés et changé d'avis. Ça, ils vont avoir du mal à s'en remettre… Il eut un petit rire satisfait… Mais Guillaume n'en saura rien, précisa-t-il plus tristement… Pour le reste aussi, je vais m'en occuper…

— Le type de la photo, tu le connais ? Tu sais qui c'est ?

Le ton était ferme et incisif, et Jo eut encore plus de doutes, elle avait tout calculé… Et lui qui s'était fait un souci monstre, la voyant déjà morte, s'imaginant gérer un cadavre en plus de sa victime d'enlèvement… Elle aurait pu le prévenir !... Bien que, convint-il, elle n'en avait pas vraiment eu le moyen, il ne lui avait rien raconté non plus. Il avait débarqué chez elle avec son « sapin cadeau » en lui demandant de se taire… et elle s'était tue… bien fait pour lui ! Il aurait pu lui faire confiance et venir lui raconter son plan avant !

— Oui, c'est le dragueur de la mairie, le chéri de ces dames… Je n'ai pas été étonné quand ma femme m'a raconté…

Il regarda Jo.

— Tu es certain qu'il n'a pas voulu la rajouter à son tableau de chasse ? Parce qu'il en a un sacrément long.

Jo se contenta de hocher la tête, ce qui amena un grand sourire à Marsuy, il s'adressa à Joséphine.

— Vous voyez, « le garçon » bavarde !

Il sentit qu'elle lui tapotait la main et c'est elle qui prit la parole.

— C'est vrai, il ne se serait pas permis. C'est un homme qui a des principes là-dessus, et il t'admire beaucoup, te respecte… te craint un peu aussi…

Là, il fut certain ! Elle était forte. Elle roulait le député, son égo et son orgueil dans la farine en dédouanant Polli. Une bouffée de colère l'envahit. Est-ce qu'elle se rendait compte des risques qu'elle lui avait fait prendre ?!!!

— Pour ton « remplaçant », enchaina-t-elle, mettant des guillemets qui pesaient des tonnes, c'est sûr par contre, enfin en ce qui concerne ta femme… Pour le reste, il n'y a que des on-dit, des potins, des bruits de couloir, rien de concret… Il faudra que tu t'en occupes seul…

— Ou que j'embauche « le garçon »… proposa l'homme avec ironie.

Jo lui sourit, et refusa de la tête. Il était sympa le bonhomme… jouait le jeu de son anonymat… n'essayait pas de savoir le pourquoi du comment !... Tout allait bien se passer !

— Pour Christophe, c'était toi aussi ?

Patatras ! Comment avait-il pu imaginer un seul instant que c'était réglé ? Ses conneries le rattrapaient forcément. Le type n'allait pas pouvoir l'avaler ça avec le reste… Il ne voulait pas nier, mais se limita à fermer une fois les paupières… Et Joséphine en rajouta.

— Tu as payé ? demanda-t-elle au député

Qui lui aussi, se contenta pour le coup, de hocher la tête pour dire que oui, continuant à le regarder.

— Je crois que je te remercierai un jour pour cela ! Ça lui a mis une trouille salutaire et il est prêt à tout pour s'en sortir maintenant, j'espère qu'il y parviendra !

C'était quand même un type qui ne perdait pas le nord. Il devait être intelligent, efficace… Associer ce qui était arrivé à son fils à l'enquête dont il avait fait l'objet. Tout le monde n'en aurait pas eu l'idée. Jo comprendrait comment elle avait pu lui venir. Lui aussi pensait que, lorsque deux événements remarquables se produisent simultanément ou presque, il y a de fortes chances qu'ils soient liés.

— Bien, alors tout le monde est content, constata Joséphine, on pourrait peut-être fêter cela ! Mon garçon, demanda-t-elle à Jo en lui faisant un petit clin d'œil, va regarder dans le frigo. La mairie m'a envoyé un petit repas de fête. Il n'y en a pas assez pour trois, mais on va partager et faire une petite dinette. Et de gentils visiteurs m'ont amené une bonne bouteille de vin blanc, c'était mon péché mignon… et ils s'en sont souvenus… Elle rit doucement… Va nous préparer cela, s'il te plait, tu seras gentil… Tu es d'accord ? interrogea-t-elle Marsuy d'un ton péremptoire, pas le genre de question à laquelle on peut répondre non !

— Bien sûr, approuva l'homme, mais ne devriez-vous pas vous reposer ? Vous êtes fatiguée !

« Hi, hi, hi ! » Jo l'entendait rire en s'éloignant dans le couloir.

— Fatiguée de vivre oui ! lui répondit-elle, je vais mourir… que peut-il m'arriver de plus. Je préfère avoir bu le vin blanc avant et en bonne compagnie plutôt que toute seule ! Rends-toi utile toi aussi, ordonna-t-elle, rapproche deux chaises et mets la petite table là, dans le milieu, comme cela !... Je vais arranger mon lit pour être bien installée.

Cette dernière remarque s'accompagna du bruit du moteur électrique et des meubles que l'on remue. Arrivé à la cuisine, il commença par ôter ses gants de soie et se déshabiller. Il voulait se débarrasser du collant de course à pied qu'il avait sous son Jean. Il crevait de chaud là-dedans, l'appartement était du genre surchauffé. C'est vrai que la vieille à la vitesse où elle se déplaçait, elle ne devait pas transpirer… Elle n'avait vraiment aucune conscience des risques qu'elle lui faisait prendre, maugréa-t-il avec quelque rancœur, en rangeant les gants dans son coupe-vent et en enlevant celui-ci.

Il profita qu'il était en tenue de sport pour faire quelques étirements pour son dos douloureux d'avoir maitrisé et trimballé le député. Demain, il n'arriverait pas à se redresser. Il agrippa avec fermeté le bord de l'évier et les pieds bien posés au sol, légèrement écartés, il laissa ses fesses descendre jusqu'à ses talons. Il attendit quelques instants, se relâchant le plus possible, pour que la pesanteur fasse son effet et lui étire les muscles et les articulations du bas du dos.

Enfin, admit-il en attendant le soulagement, ça a quand même l'air de vouloir bien se passer ! Elle était maline, elle l'avait évacué vers la cuisine à un moment crucial, Marsuy semblait content de la décision de son beau-fils de se faire soigner… C'était forcément cela le séjour en clinique… Mais lui n'avait aucune envie d'expliquer en détail ce qu'il avait fait pour obtenir ce résultat ! Trop risqué, pas la peine d'en rajouter aux entorses à sa sécurité et à son avenir tranquille… Il allait peut-être pouvoir rester dans sa jolie maison. Pour cela, il ferait tout pour éviter de contrarier le député !

Il écoutait en même temps la conversation dans le séjour, admiratif de l'intelligence manipulatrice de la vieille.

Il avait amené sa proie, jusqu'à son antre, au grand dragon serpent, à la Vouivre…

Cet être mi femme, mi serpent, à l'œil unique, escarboucle d'un prix fabuleux ou, selon les récits, trésor ultime des alchimistes, le Rébis, la pierre philosophale… La légende veut que la bête le quitte pour se baigner et ne pas le perdre dans l'eau, se transformant alors en une belle jeune femme, nue et sans arme. Les hommes poussés par la partie sombre de leur nature profonde, veulent toujours en profiter pour lui dérober son trésor. Ils échouent le plus souvent et ceux qui réussissent y laissent leur âme.

Elle est la fée de la terre, le courant des forces qui se tordent et se roulent dans le sous-sol, dont les druides et prêtres des anciens cultes tenaient compte pour l'érection ou le choix de leurs monuments.

Elle est le grand serpent qui appartient à toutes les

mythologies, à tous les cultes, l'Ouranos primordial, Quetzalcoalt le seigneur de la vie Maya, l'Atoum des Égyptiens, le Mbumba des Bantous… Celui qui sert de siège à Bouddha et que Kali danse de ses multiples bras… On ne l'adore plus. Il a disparu, enseveli par le christianisme, mais reste visible… sur les porches d'église et dans l'iconographie chrétienne.

Le dragon-vouivre est dévorant, il avale l'homme, le transforme et le recrache, tel Jonas sortant de la baleine. La victime devient l'initié, mort en lui-même et prêt pour sa renaissance ou sa naissance.

La Vouivre appartient aux armes héraldiques des Visconti. Dont la description officielle est : « dans un blasonnement d'argent à la guivre ondoyante en pal d'azur, couronnée d'or, engloutissant un enfant de carnation posé de face, les bras étendus ». En fait, sur le blason de la grande famille italienne, la Vouivre, représentée en serpent dressé sur sa queue et ondoyant, surmonté d'une couronne, donne naissance à un petit enfant. Les méchantes langues profitent de la mauvaise réputation du dragon femelle pour insinuer qu'elle l'engloutit, mais la sérénité de l'enfant qui émerge de la bête dans l'attitude de l'orant, bras écartés et paumes ouvertes, tournées vers le ciel, contredit cette malveillante interprétation.

LA PAPESSE, son incarnation, n'avait fait qu'une bouchée de l'irascible député… Et l'avait recraché apaisé. L'homme était maintenant calme et serein et la discussion se poursuivait sans heurts ni éclats de voix.

La vieille Jo n'avait pas eu qu'un seul gentil visiteur. La cuisine était pleine de boites de chocolats et de biscuits, de petits paniers de présentation de fruits secs et confits, ou fourrés à la pâte d'amande, cadeau traditionnel à cette époque de l'année, car participant aux treize desserts. Dans le réfrigérateur, au moins trois bouteilles de vin et une de champagne, Jo choisit le vin blanc qu'il préférait, issu d'un petit vignoble avec vue mer, travaillé avec amour par son propriétaire... Les gentils visiteurs ne s'étaient pas moqués. Il examina les barquettes operculées du repas de la mairie, sympa aussi. Il prépara sur une assiette les deux tranches de terrine multicolore aux coquilles Saint-Jacques, il en reconnaissait des morceaux et les découpa en tranches d'un centimètre qu'il disposa en soleil. Le feuilleté en forme de poisson lui plaisait moins, il le fit tout de même réchauffer aux micro-ondes, laissant la barquette de riz au frais. Il ouvrit également une boite de foie gras, certainement un cadeau, Joséphine devrait être d'accord pour qu'il l'utilise... Il ne voulait pas aller le lui demander, car il l'entendait bavarder avec Marsuy. Elle lui donnait des détails sur l'histoire d'Évelyne, sa maladie, son courage face à la mort... Il était mieux qu'il les laisse tous les deux... Il trouva un paquet de pain de mie dont il fit griller quelques tranches. En attendant, entre deux mises en place dans le grille-pain, il prépara des noisettes, des noix et des amandes pour Marsuy et lui dans une coupelle. Joséphine ne devait pas pouvoir manger cela, déjà les madeleines ce n'était pas facile !... Quand les toasts furent refroidis, il les tartina de foie gras, les coupa en quatre pour faire des bouchées et les installa en pyramide sur une assiette. La découpe du poisson feuilleté fut peu satisfaisante, il présenta les morceaux du mieux qu'il put. Il avait trouvé des cure-dents en bois et les piqua dessus, pour qu'ils puissent les attraper sans trop de dégâts. Joséphine et le député discutaient maintenant de Guillaume, de son enfance, de ses enfants... Il arrangea sur une autre assiette quelques biscuits divers, des dattes fourrées en rose, des pruneaux fourrés en vert, des chocolats. Et trouvant que la conversation là-bas, avait un tour moins intime, commença à emmener toutes ses préparations au séjour, et à les installer sur la petite table. Il finit par les verres et la bouteille, servit Joséphine et le député, remplit son propre verre et s'installa sur la chaise qu'ils lui avaient réservée.

— Je te remercie mon garçon, tu nous as préparé un beau petit repas…

Il leva son verre vers elle.

— À votre santé ! Joséphine déclara-t-il appuyant fermement sur le mot santé.

— Oui, oui, lui répondit-elle, on peut toujours faire des vœux. Si je devais en faire un pour moi, ce serait que cela se termine vite maintenant. Grâce à toi, je ne laisse aucun regret derrière moi, elle leva son verre vers lui et ajouta, merci ! Elle se tourna vers Marsuy… Sers-toi député, tu vas voir comment ma mairie traite ses vieux ! Cela te donnera des idées pour les tiens !

Elle rit en disant cela et en levant son verre vers l'homme, qui leva le sien aussi, lui assurant :

— Moi, je souhaite que cela n'aille pas trop vite, vous êtes trop utile… Mais que tout le reste de votre vie soit sans douleur, ni souffrance…

Ils burent chacun une gorgée, puis Jo approcha les petits toasts au foie gras de Joséphine pour qu'elle puisse se servir.

— Cela ne vient tout de même pas de la mairie ? l'interrogea-t-il, j'ai ouvert la boite, je pensais que ce serait bien pour une petite fête !

— Tu as eu raison. Et si, détrompe-toi ! Cela faisait partie du panier garni des anciens !

Marsuy qui s'était servi sans chipoter un morceau de terrine de Saint Jacques se lança dans le panégyrique de la mairie, qui se donnait tant de mal pour ses anciens. Affirmant qu'il était indispensable de s'occuper ainsi de ceux qui avaient construit ce pays, souffert de la guerre et par leur travail permis d'amener les nouvelles générations à maturité. Il poursuivit par l'explication détaillée de ce qui se passait dans sa circonscription… Un type qui aime parler et s'écouter parler, songea Jo, un homme politique, un vrai… Il soupira intérieurement, attendant qu'ils aient fini leurs verres pour pouvoir les resservir et reremplir le sien. Il avait déjà terminé le premier, qui lui avait procuré une détente bienvenue après la soirée qu'il venait de passer. Mais trouvait que c'était un peu court et aurait aimé bénéficier d'un peu de bien-être supplémentaire. Joséphine soutenait la conversation, caressant l'homme dans le sens du poil, approuvant et félicitant comme il convenait… Une écoute attentive, des mots qui apaisent, qui éclairent… La vouivre mâchouillait encore un peu sa proie pour finir de l'attendrir… L'autre se sentait en sécurité et restait zen, il avait lâché prise… et lui, il faisait passer les assiettes ! Le député dissertait de l'accompagnement social des jeunes en difficulté lorsqu'il termina enfin son verre. Jo avait décidé depuis longtemps que Joséphine ne comptait pas, elle avait à peine bu deux gorgées. Il le resservit discrètement pour ne pas l'interrompre, en proposa d'un geste à la vieille femme, elle refusa de la main… écoutant avec un intérêt soutenu les paroles de l'homme politique en pleine démonstration.

Il remplit bien le sien, s'adossa à sa chaise et dégusta avec délice cette petite merveille. Il était bien, les étirements avaient soulagé son dos, le vin évacué la tension, il était rassuré pour son œil et recommença à penser au retour de Marsuy chez lui…

— Je suis certain que tu es d'accord avec moi !

Ouh là ! D'accord sur quoi ? L'homme le regardait, attendant une réponse… Il fit vite vite tricoter son esprit. De quoi était-il en train de parler ? Ah oui ! La jeunesse, la drogue, son effet dévastateur sur eux, les vies irrémédiablement gâchées avant même d'avoir été vécues…

Il se donna l'air intéressé et approuva d'un ton convaincu.

— Oui, bien sûr !

Ce qui eut pour effet de lancer le député dans une

diatribe contre les trafiquants. Ces criminels qui détruisent des vies innocentes, qui sont le fléau de ce pays… Il allait jeter toute la police du département sur le gang qui s'en était pris à Christophe. Sous le choc, celui-ci n'avait pas pu faire de description ou donner des noms… Dès qu'il se sentirait mieux, il l'obligerait à cracher le morceau et ferait arrêter tout le monde.

— Tu en conviendras toi aussi, poursuivit-il s'adressant à Jo, cela nettoiera le coin et ainsi les jeunes pourront échapper à ce poison !

Jo n'en était absolument pas convaincu. Ces types-là, c'est comme la mauvaise herbe, tu en arraches une, si tu n'as pas toute la racine, il y en a dix qui repoussent… Et surtout les autres sauraient très bien qui les avait donnés. Que le jeune ait préféré payer ses dettes plutôt que de jouer au dealer et qu'il soit parti en cure de désintox. Cela pouvait passer. Mais le moindre policier dans leur horizon et ils lui tomberaient dessus !

— Hum ! fit-il et rien d'autre ne lui venant à l'esprit ajouta, « Ce genre d'homme est dangereux », encore une citation de Shakespeare, il en avait une belle panoplie…

Il se trouvait vraiment bête de ne pas savoir dire autre chose que ces trucs-là… Elle était, tout de même, suffisamment discrète pour que l'autre ne s'en aperçoive pas, à moins qu'il ne connaisse particulièrement bien *Jules César*, un risque minime…

— Justement, c'est bien pour cela qu'il faut les empêcher de nuire !

— Ce n'est pas cela, Jo chercha comment présenter à Marsuy le fait que son beau-fils courrait des risques s'il faisait cela… Que t'a dit ton fils exactement ? Enfin ton beau-fils…

— Je l'ai considéré comme mon fils, du moins j'ai essayé… Sa mère n'était pas toujours d'accord… C'était difficile… Pourtant, quand il est rentré cette nuit-là, elle était bien contente de me trouver pour que je m'occupe de tout et que j'endosse la responsabilité de l'état de Christophe ! C'était de ma faute s'il en était arrivé là !...

— Oui, confirma Joséphine, élever les enfants des autres est parfois compliqué... Nous en reparlerons si tu veux... Comment était Christophe et que t'a-t-il raconté ?

— Il était... désespéré et incapable de dire deux mots à la suite. Il bégayait à propos d'un Russe d'une bande rivale qui l'avait battu et menacé... Il pleurait en bredouillant que s'il ne remboursait pas, il serait tué ou marqué à vie... Et surtout il tremblait de tout son corps, d'immenses tremblements comme je n'en ai jamais vu qui le faisait crier de douleurs. J'ai commencé par appeler un médecin, un jeune type sympa qui avait soigné mon père ses dernières années... C'est lui qui nous a appris qu'il faisait une crise de manque, qu'il était drogué... Je n'y croyais pas... sa mère non plus... Il lui a fait une piqure, et Christophe s'est calmé petit à petit... On a parlé un peu et il nous a conseillé une cure de désintoxication. Il connaissait une clinique très bien et s'est occupé de les joindre pour le faire admettre... Christophe ne voulait pas, il luttait pour ne pas s'endormir... C'est là qu'il nous a dit qu'il devait de l'argent pour sa drogue, qu'il n'avait plus les moyens de payer depuis que je ne l'employais plus... Sa mère m'est tombée dessus, clamant que tout cela, c'était de ma faute et on s'est disputé... Comment pouvais-je admettre que j'avais eu tort de le virer parce qu'il ne foutait rien et alors, qu'en plus, il utilisait cet argent pour se détruire... J'ai hurlé, elle aussi... et Christophe pleurait, pleurait... « Je vais mourir... Ils vont tous me tuer ! »... J'ai dit que j'allais payer... Il a accepté de partir à la clinique quand je lui ai promis que dès le lundi, je donnerais l'argent à un de ses amis... Un jeune que je connais depuis l'enfance, ils étaient au lycée ensemble... et lui aussi... Marsuy soupira... Je devais lui raconter l'histoire du russe qui l'avait agressé et menacé, pour qu'il le leur explique et que les autres comprennent pourquoi il n'était pas au rendez-vous... Il a fini par s'endormir en me tenant la main. Il ne s'est même pas réveillé quand le médecin lui a nettoyé et désinfecté le visage et lui a mis des pansements et un bandage autour de la tête... Mais, il ne m'a pas lâché la main ajouta Marsuy, la voix tremblante et des larmes dans les yeux... Dès le matin, une ambulance est venue le chercher. Le lundi, je suis allé à la banque, j'ai appelé son copain, je lui ai donné le fric, raconté l'histoire... Il m'a rappelé deux jours plus tard pour me raconter que tout s'était bien passé, que la dette était effacée... J'ai essayé de lui faire la leçon. Il s'est défendu en assurant que lui ce n'était pas pareil, il n'en prenait pas autant que Christophe, mais il m'a tout de même demandé l'adresse de la clinique !... Depuis je n'ai pas de nouvelles... J'ai eu Christophe au téléphone, lui non plus... Il a l'air motivé et dit que tout se passe bien pour lui là-bas alors !...

L'homme leva les deux bras légèrement écartés et les laissa retomber contre ses flancs, l'air de dire « J'ai fait tout ce que j'ai pu... »

Avant qu'il ne reprenne ses esprits et ne commence à poser des questions sur le russe, Jo demanda :

— Il n'a pas dit comment il devait rembourser ? Avec quel argent ?

— Non, c'est vrai... On n'en a pas parlé, peut-être voulait-il m'en demander ou à sa mère... Elle lui cède toujours...

Jo se jeta à l'eau.

— Pour payer ses dettes, il allait devoir leur servir de dealer... Je te suivais depuis quelques jours et je te trouvais sympa, pas mal de gens te trouvent sympa... J'ai pensé que cela ne te plairait pas que ton fils devienne un dealer accro à sa came... Ceux-là finissent toujours très mal... Alors j'ai tenté de lui faire comprendre les risques du métier...

Il n'était pas mécontent de lui, un petit ton d'excuses désolées, des compliments… Il avait joué à la vouivre et mâchouillé lui aussi le député… et ça marcha… Il se retint d'un sourire triomphant, essayant de prendre l'air modeste quand l'autre répondit…

— Et je t'en suis reconnaissant, je t'en serai éternellement redevable…

Jo profita de son avantage.

— C'est pour cela que tu ne peux rien faire contre ces types… C'est à lui qu'ils s'en prendront !…

Il hésita à donner des précisions, à expliquer qu'il n'avait pas de preuve, que ce serait parole contre parole. Que leurs avocats auraient beau jeu de démonter ce petit camé de Christophe, s'il était encore en vie pour témoigner. Que la police les connaissait certainement déjà, que pour lui faire plaisir, ils feraient l'enquête et peut-être quelques arrestations, mais que le cœur du réseau n'en souffrirait pas… Alors que son fils… Il préféra se taire… c'est souvent mieux !

— Tu t… tu crois ? Marsuy en bégayait.

Jo confirma d'un hochement de tête.

— Mais que faire alors ? On ne peut tout de même pas les laisser continuer…

C'est Joséphine qui prit la parole.

— Pour cela député, il te faudra faire ton job et travailler en amont, voter des lois, des budgets, des subventions… appartenir à des commissions, aider les associations, parler, faire des conférences de presse… Le petit dealer de terrain disparaitra si l'affaire ne devient plus rentable ou trop dangereuse ! Ou si sa vie lui parait plus belle à faire autre chose !

— Bien sûr ! Bien sûr ! Mais cela ne va pas aider Christophe et ses amis…

— Pour les copains, on ne peut pas grand-chose. Pour Christophe, tu peux encore l'aider… Ne le laisse pas seul, ce sera déjà beaucoup. Ce n'est pas d'argent dont il a besoin, mais de sentir qu'il est important pour quelqu'un ! Tu t'es vraiment bien comporté avec lui dans cette affaire, continue…

— Mais sa mère…

— Est sa mère !... Toi, tu es toi !... Je suis certaine que tu sais prendre des décisions tout seul ! Et je pense même qu'elles peuvent être bonnes… Moi aussi je te trouve sympa… Je vais te faire une proposition… Je ne sais pas si je réussirai, mais si tu le souhaites, je peux essayer de faire connaitre à Guillaume votre… hum !... parenté ? !... Le souhaites-tu ?

— Oh oui, bien sûr, mais vous disiez qu'il ne fallait rien lui dire, qu'il n'était au courant de rien… C'est quelque chose que je comprends… C'est Michel qui l'a élevé, c'est lui son père… Je préfère qu'il ne me connaisse pas, plutôt qu'il me déteste… Je pensais… j'avais imaginé… que je pourrais peut-être sympathiser avec lui, pour le rencontrer régulièrement et peut-être ses enfants, mais comme cela, sans rien lui dire…

— C'est tout à ton honneur… et cela me conforte dans mon idée… Il viendra sans aucun doute me rendre visite bientôt, pour me souhaiter une Bonne Année… et une Bonne Santé… elle accompagna les mots d'un petit rire ironique. Il le fait toujours, c'est un gentil garçon !... J'essaierai de lui parler de toi… Je ne te promets rien, ce sera en fonction de mon ressenti… Je verrai s'il est prêt… Sa relation avec Michel a parfois été difficile, surtout après la mort d'Évelyne… Il est possible que cela l'aide à comprendre pourquoi, celui qu'il pense être son père, pouvait être désagréable avec lui et l'envoyer promener… Attention, je ne te dis pas que Michel a été un mauvais père, non, il a toujours été là pour lui quand il le fallait. Cependant, élever l'enfant d'un autre, même si on le veut pour sien, ce n'est pas si facile… Il n'est pas facile, non plus, d'élever les siens... Hé ! hé ! hé !

— Oui, c'est vrai... J'ai essayé avec Christophe, mais lorsque je montrais un peu de fermeté, sa mère m'en empêchait, disant que je n'étais pas son père, que je n'avais rien à dire. Lui était trop content d'en profiter pour ne faire que ce qu'il voulait... Je l'avais pris comme assistant pour l'aider, parce qu'il ne trouvait pas de travail, cela lui aurait fait de l'expérience... Mais je n'ai pas pu admettre de lui verser l'argent public pour qu'il dorme toute la journée et sorte toutes les nuits... Sa mère n'est pas comme cela, depuis qu'elle était mon assistante, puis ma femme, elle a toujours été un réel soutien, m'aidait vraiment beaucoup... j'avais confiance en elle...

— Tu as dû être important pour elle... Mais son fils l'est encore plus certainement...

— On ne le dirait pas pourtant... Elle s'est tirée au ski avec son amant... il déclara cela d'un ton sarcastique en indiquant Jo du menton, comme s'il y était pour quelque chose... en l'abandonnant seul dans sa clinique...

Jo s'était resservi un verre de vin et le savourait, les laissant discuter éducation, il ne se sentait pas vraiment compétent en la matière. Il leva une main pour se défendre d'être impliqué dans quoi que ce soit.

— Oui, bien sûr, je sais que tu n'y es pour rien... Tu n'es que le messager... Vous n'êtes que les messagers... les messagers du destin... Il faudra que je décide quoi faire... Pour Vallieur, soit je le vire comme ça sans rien dire, soit j'essaie d'avoir des preuves... Tu ne veux pas m'aider pour cela ? Tu as l'air doué !... proposa-t-il à Jo, qui se contenta de refuser de la tête. De toute manière l'autre n'attendait pas vraiment de réponse, car il poursuivait :

— Et pour ma femme, je ne sais pas... Il faut que je réfléchisse.

— Oui, lui conseilla Joséphine, prend le temps de la réflexion, ne te laisse pas diriger par la colère...

Ils restèrent silencieux tous les trois. Jo pensa que c'était le bon moment pour proposer au député un retour chez lui.

— On pourrait peut-être rentrer maintenant ? suggéra-t-il, s'adressant plutôt à Joséphine, au cas où elle veuille ajouter encore quelque chose.

— Oui mon garçon, lui accorda-t-elle, je te remercie, grâce à toi, j'ai passé… nous avons passé… elle regarda Marsuy qui approuva pendant qu'elle continuait, une excellente soirée.

Il se leva et commença à rassembler les restes et à ramasser les assiettes.

— Je vais débarrasser et ranger un peu avant que nous partions.

— Euh !... dit le député, hésitant pour une fois… Avant de m'en aller, je voudrais savoir… Pourquoi avez-vous fait cela ?

Il se dépêcha de rejoindre la cuisine, laissant à Joséphine le soin de s'expliquer…

— Guillaume, j'étais là à sa naissance… C'est moi qui l'ai sorti du ventre de sa mère… C'était mon métier… Elle aussi, je l'avais vu naitre… et grandir… Elle m'avait fait confiance quand je lui avais dit de garder l'enfant… Et à sa mort, m'a demandé de prendre soin de lui… Je me sens un peu responsable de son existence… Lorsque j'ai appris que tu lui pourrissais la vie, cela m'a paru être la réponse à ma question « Pourquoi suis-je là ? Pourquoi suis-je encore là ? »… Ce que je t'ai dit au début de notre entretien est vrai, deux fois déjà, j'aurais dû mourir et ne suis pas morte… Alors, c'est ce qu'il m'a semblé devoir faire… Et peut-être pouvoir vous réunir finalement…

— Je n'ose l'espérer, comment saurais-je si vous avez réussi ? S'il veut me rencontrer ?

— Ne t'inquiète pas, je sais téléphoner… Je suis certaine que si je t'appelle, tu prendras la communication !...

Elle accompagna ses derniers mots d'un petit rire,

auquel son interlocuteur répondit par un grand...

— Oui bien sûr !... N'importe quand... n'importe où...

En débarrassant les restes de leur diner, Jo se demandait toujours comment il allait ramener le député ? Pas question de le réemballer... Pouvait-il au moins lui proposer de lui bander les yeux ?... et décida finalement de ne rien faire de particulier.

Joséphine était grillée de toute manière. Il la connaissait et était certain qu'elle arriverait à tortiller le Guillaume comme il faut pour qu'il soit content d'avoir un autre père ! Forcément tout le monde se parlerait et Marsuy saurait tout d'elle... Il le pensait honnête et vraiment content d'avoir trouvé un fils... Mais, il fallait toujours qu'il soit méfiant et voit le mal partout ! Son fils, il ne lui en voudrait en principe pas et rien ne le reliait à l'enlèvement, il devait de toute manière avoir un alibi de réveillon en béton pour ce soir ! La vieille, elle, s'amuserait comme une folle de voir débarquer la police et de participer à une enquête. Cela occuperait bien ses derniers jours et ne la dérangerait pas, au contraire... Elle vouerait Marsuy aux gémonies et il aurait intérêt à garer ses fesses, mais serait morte avant de finir en taule... ou s'y éclaterait, mettant tout le monde au pas là-bas... Lui, c'était une autre histoire... L'homme pouvait revenir sur sa parole et vouloir se venger de ce qu'il lui avait fait subir... C'était quand même un grand rancunier... Même bien mâchouillé par la vouivre pensa-t-il, en souriant pour lui-même... il n'était peut-être pas complètement transformé !

Pour l'instant, il ne semblait pas du tout intéressé par l'identité de son ravisseur. Il fallait que cela continue, qu'il l'empêche de devenir méfiant, tout en faisant attention à dissimuler tout indice qui permettrait de le retrouver. Joséphine, il l'avait vue faire, elle ne le donnerait pas, ni exprès ni par inadvertance. Il pouvait même compter sur elle pour disperser les recherches, elle rendrait fous tous les flics du département… À lui d'être malin et d'éviter que le député ne remarque quoi que ce soit d'important dont il puisse se souvenir ! Et d'abord, il fallait qu'il règle le problème des chaussettes !

Il avait tout rangé, et s'approcha du lit de Joséphine pour le remettre en place, il desserra le frein et annonça :

— Nous allons repartir plus simplement que nous sommes venus, mais Monsieur Marsuy n'a pas de chaussures, auriez-vous quelque chose à lui prêter ?

Le député regarda ses pieds et éclata de rire.

— Je n'y pensais même pas ! s'exclama-t-il

— Du combien chausses-tu ? lui demanda-t-elle

— Quarante et un, quarante-deux…

— Humm… soupira-t-elle, je ne sais pas… Essaye ça, elle montra les pantoufles qu'ils lui avaient ôtées en la couchant, c'est ce que j'ai de plus grand, comme l'homme hésitait, elle ajouta, vas-y cela ne me manquera pas !

Il s'approcha et sans faire de manières, glissa ses pieds dans les savates. Ils dépassaient d'un petit centimètre vers l'arrière, mais cela ferait l'affaire.

— Tu me les rendras quand on se reverra… Prends aussi les photos si tu veux, elles sont pour toi !

— Merci, bien sûr que l'on se reverra, j'espère tant que vous aurez de bonnes nouvelles pour moi… De toute manière, je reviendrai pour que vous me racontiez…

Il se tut, paraissant un peu anxieux.

— Volontiers, je t'attends quand tu veux député, je ne bouge pas d'ici ! Je n'ai plus de chaussures, plaisanta-t-elle dans un petit rire aigrelet.

Ils rirent tous les deux se trouvant super drôles et Jo les accompagna. Mais il était maintenant concentré et prêt à ramener le bonhomme chez lui sans que celui-ci ne puisse jamais savoir qui il était !

Pendant que Marsuy s'approchait du tabouret où étaient posées les photos, il glissa à l'oreille de Joséphine « Je reviendrai chercher le matériel ». Elle lui répondit d'un simple clignement de paupières... Oui ! Il pouvait compter sur elle... Il lui fit un autre signe, montrant la barre du lit qu'il avait touchée et ses mains... Elle approuva d'un petit coup de menton... Elle saurait quoi faire, il pouvait être confiant, rapidement le ménage serait fait... version hôpital... Il connaissait, c'était efficace !

Comme l'homme était en bras de chemise, il lui prêta son manteau, se contentant de son coupe-vent comme protection. La soirée était douce, cela ferait l'affaire. De plus lorsqu'il était dans cet état de concentration intense et éveillée, il ne sentait plus le froid !

Marsuy remercia encore Joséphine, lui fit la bise sans façon avant de partir. Jo s'en tint à un hochement de tête, puis « driva » le député dans le couloir, l'escalier et les vieilles rues. Il l'avait joué taciturne depuis le début et ne pouvait pas changer de personnage... Ou pas joué parce que c'était ce qui s'approchait le plus de sa nature... Le personnage gai, bavard, blagueur et gueulard qu'il arborait au marché était publicitaire... C'est ainsi qu'il s'était rapidement fait une bonne clientèle et pas mal de copains. Cela ne le dérangeait pas de comporter de la sorte, il y prenait même plaisir. Mais ce n'était qu'un rôle, il était dans les faits silencieux et discret... ou l'était devenu. Il se rappelait qu'il avait été un enfant joueur, toujours prêt pour une partie de n'importe quoi, que plus tard, il avait aimé chahuter avec ses copains... draguer les filles. « La vie grise » l'avait changé, éteint, transformé en un vieux ronchon, con et taciturne... Pourrait-il rechanger et devenir comme « Jo du marché » ?... Peut-être était-ce pour cela qu'il avait choisi ce personnage ? Parce qu'il le sentait proche de lui, qu'il pouvait sans mal s'y identifier !

Mais pour l'instant, comme ils arrivaient dans une rue plus grande et commerçante, il se contenta d'un :

— Ils ont bien décoré, hein ?!

Espérant que l'autre, qui semblait aimer parler, sauterait sur l'occasion pour s'exprimer. Le résultat fut... moyen... Le député répondit d'un « Oui » rêveur... Tout compte fait, il allait éviter la conversation et laisser le type à ses pensées... Rien de mieux que les rêvasseries pour ne pas faire attention... Il en savait quelque chose, cela avait failli lui couter la vie...

Il le conduisit avec quelques détours à son véhicule. Mais pas trop, il ne fallait pas non plus que cela soit trop long. Il s'arrangea pour s'intercaler entre lui et la plaque d'immatriculation dès qu'elle fut en vue. Il le fit grimper dedans et se contorsionna pour y entrer lui aussi. Pour faire vite et ne pas passer par le siège passager comme il l'avait fait, après s'être garé, bien calé contre le mur, afin de ne pas gêner la circulation et se faire remarquer... Il renifla un peu en s'installant, effectivement, cela sentait les épices et le sud...

Il quitta la ville sans encombre, les rues étaient vides... Il traversa le département par les petites routes, l'autre toujours dans ses pensées, ne semblait pas suivre l'itinéraire, ni s'intéresser aux panneaux de signalisation ou aux noms des villes et bourgades. Il rallongea un peu le trajet, pour arriver par le sens opposé à sa véritable provenance. Marsuy parut ne s'apercevoir de rien et resta silencieux, les yeux sur le paysage nocturne qui défilait par la fenêtre. Ils avaient presque atteint leur destination et traversaient un de ces petits villages nouvellement urbanisés lorsqu'il fut arrêté par ce que l'on pouvait qualifier d'embouteillage. Toutes les bagnoles du coin semblaient s'être rassemblées là et vouloir se garer sur le parking de l'église. Les trottoirs étaient pleins de monde, les gosses étaient déguisés... Jo mit quelques instants à comprendre ce qui se passait... C'était Noël, ils allaient à la messe de minuit !... L'arrêt sembla réveiller le député qui regarda avec curiosité et finit par déclarer :

— Ce soir, j'ai eu un fils !

Voilà qu'il va se prendre pour Dieu maintenant, pensa Jo ironique. Une envie le traversa. Comme ils étaient à l'opposé de là où ils auraient pu être, il proposa sans trop réfléchir :

— Veux-tu y aller ?

L'autre le regarda, surpris et après quelques instants approuva.

— Oui, je crois…

Il se gara un peu plus loin d'un joli créneau bien serré… Pour que, ni la plaque avant, ni la plaque arrière ne soient visibles. Il n'y avait pas cinq centimètres entre sa voiture et ses voisines.

Ils suivirent la foule jusqu'à l'église. Jo poussa en douceur le député contre le mur dans le fond. L'église était pleine, en Provence, la tradition est forte… peut-être parce que, même à cette époque de l'année, la météo est suffisamment clémente pour que cela ne se transforme pas en corvée ! Ce fut une jolie messe, le curé était sympa, des enfants plus ou moins costumés en berger, le signe distinctif était une petite veste sans manche en fausse peau de mouton, couraient partout. Marie et Joseph, eux, se tenaient sages dans le coin crèche, où le sol avait été recouvert de paille, un nourrisson y babillait joyeusement aux moments de silence, sous le regard d'un âne et d'un bœuf grandeur nature en papier mâché. La chorale était de qualité, l'acoustique était bonne et les chants emplissaient la nef, c'était émouvant… Au *Kirie*, Marsuy pleura sans bruit, quelques lames coulèrent sur ses joues. Ils étaient debout dans un coin et Jo n'eut qu'à s'avancer un peu pour le dissimuler et qu'on ne le remarque pas. Ils étaient dans sa circonscription, et bien que l'homme en savates, au manteau trop grand, aux épaules tombantes et à la tête basse ne ressembla pas vraiment au fringant député dont ils avaient l'habitude, il y en avait qui seraient peut-être bien foutus de le reconnaitre… Il attendit que tout le monde soit parti pour qu'ils sortent à leur tour, entrainant son compagnon à sa suite sans qu'il semble y prêter attention.

Sa voiture restait seule le long du trottoir. Pour lui en détourner les yeux, il commenta au député le ciel étoilé et la lune montante… Jusqu'à ce qu'il lui ait ouvert la portière et qu'il n'ait plus qu'à s'installer. L'homme ne parut pas surpris par sa nouvelle envie de bavarder et leva la tête avec docilité !...

Jo savourait la douceur du moment. Cela lui avait fait plaisir d'aller à cette messe, il ne l'avait jamais fait. Il lui était arrivé deux ou trois fois d'y avoir accompagné… en toute discrétion… un « sujet »… mais il était toujours resté dehors, à attendre, seul, dans la nuit humide et froide, voire glacée. C'était dans des pays moins sympas, où Noël est souvent synonyme de neige… et donc, de gadoue qui glace les pieds… Il en frissonna rétrospectivement… En voyant tous ceux qui s'y rendaient, il en avait eu envie… Cela lui avait semblé un risque acceptable et même intéressant… Pour que l'autre s'imprègne bien de l'ambiance de Noël et de l'esprit de pardon et de tolérance qui est censé l'accompagner ! En plus, il paraissait ainsi, n'être pas pressé de se débarrasser de sa victime ce qui aurait pu la rendre méfiante ! Il se moqua de lui-même. Tu te trouves toutes les excuses quand ça t'arrange !... Après tout, s'il avait des ennuis, il ne pourrait s'en prendre qu'à lui ! C'était l'avantage par rapport à la « vie grise », il était son propre maitre.

Ils roulaient de nouveau depuis quelques minutes quand Marsuy lui demanda :

— Et toi, pourquoi as-tu fait ça ?

Pas question de faire l'étonné, de sembler ne pas comprendre. Il avait déjà réfléchi à la réponse, pensant bien qu'à un moment ou un autre, Marsuy lui demanderait des explications. Il savait qu'il ne pouvait pas ne pas en donner s'il voulait garder un air d'innocence et avait choisi une raison qui, il l'espérait, plairait à l'homme… Il prit l'air gêné de celui qui a un peu honte.

— Euh !... C'est une amie de ma mère…

— Une amie de ta mère ! répéta Marsuy, étonné.

— Oui, depuis longtemps… Elle m'a vu naitre…

Le député ne le savait peut-être pas ou ne ferait peut-être pas le lien, et de toute manière ce n'était pas faux… Il avait entendu le motif qu'avait donné la vieille Jo de son intervention. Il pensait que le rapprochement continuerait à maintenir l'homme d'une humeur bienveillante.

— Elle t'a vu naitre !... répéta-t-il encore.

Jo s'abstint de toute remarque malvenue sur les perroquets, garda l'air gêné et les yeux fixés sur la route. L'autre déclara, se parlant à lui-même plutôt qu'à Jo, car il regardait de nouveau la campagne défiler par sa vitre.

— Ah toi aussi…

Puis il resta silencieux et Jo également bien sûr !

Peu de temps après, ils arrivèrent aux abords du mas des Estarelles. Là aussi, il avait déjà pensé à ce qu'il allait faire. Il stoppa le long du champ de choux, recula pour entrer en marche arrière dans le petit bout de chemin qui y donnait accès au tracteur et s'arrêta pour que Marsuy descende. Sa portière était du côté de la maison, s'il partait sans se retourner ou même en se retournant pour le saluer, lui dire au revoir, il ne verrait pas ses plaques !...

— Voilà, tu es de retour ! lui annonça-t-il.

Le député ne sembla pas pressé de rentrer chez lui. Il le regarda, parut le découvrir et s'enquit :

— Est-ce que je peux te demander ce que tu fais dans la vie ?

Là non plus, pas de surprise, il était prêt. La remarque du type sur l'odeur de son véhicule l'avait conduit à un choix facile. Il répondit d'un ton assuré, comme si c'était une évidence.

— Je suis dans le commerce... l'import-export, il laissa passer un court instant et compléta... Les épices ! J'achète, je revends...

Il réussit à ne pas sourire. Il se demandait toujours qui, à part un espion travaille dans l'import-export ? Il avait longtemps pensé qu'il n'y avait que sa mère et sa tante pour croire à cela, que, depuis James Bond, pas un ne pouvait être dupe de ce boulot en bois... Mais non, cela ne dérangeait personne, c'est ce qu'il avait expliqué de sa vie antérieure en venant s'installer sur les marchés et cela avait satisfait tout le monde... ou semblé... C'était un milieu où il valait mieux ne pas trop poser de questions sur le passé de ses collègues... Surtout s'ils surgissaient de nulle part et s'ils n'étaient pas enclins à donner des détails... Ce qu'il avait été !

— Les épices... le commerce... reprit l'homme de la surprise plein la voix.

Jo ne fit, bien évidemment, aucune remarque sarcastique sur sa tendance à la répétition, se contentant de hocher la tête.

— Ah oui ! Le couscous, c'est pour cela que cela sentait le couscous...

Il avait l'air content de sa déduction et Jo opina avec un grand sourire. L'homme le regarda avec encore plus de curiosité.

— Et tu m'as enlevé pour me mener jusqu'à elle ?

Ouh ! Là, il ne fallait pas qu'il se rate, des excuses plein la voix il se contenta de dire :

— C'est une femme convaincante... et après quelques secondes ajouta... N'est-ce pas ?

Genre « Tu as vu, toi, dans quel état elle t'a mis, alors ne vient pas reprocher aux autres de ne pas avoir su lui résister ! », l'autre se contenta d'approuver en tordant un peu la bouche et en hochant la tête

— Oui, je ne peux pas dire le contraire... Et l'enquête ?

Il avait aussi préparé la réponse et l'attitude pour ce moment, il prit un air très étonné.

— L'enquête ?

Puis semblant s'en souvenir comme d'un détail anodin.

— Oh, j'ai trouvé beaucoup de choses sur Internet, pensant à part lui « Frimeur va ! » C'était facile de savoir où tu étais et je m'y suis rendu, j'ai posé quelques questions, tu es un homme connu… et j'ai pris pas mal de photos… Pour ton fils, enfin Christophe… c'était par hasard… Sur Internet, j'avais vu sa photo… Je l'ai reconnu alors qu'il entrait dans un bar… et surpris au mauvais moment… enfin pour lui… J'avais entendu pour le rendez-vous et j'ai voulu voir… Il reprit l'air gêné… Quand j'étais jeune, Joséphine m'a évité de mal tourner… Il raconta l'histoire de la fenêtre, de l'école et du judo… puis continua, cela ne me plaisait pas que ton fils fréquente ces gens-là, alors j'ai essayé de lui faire peur… Mais je ne voulais pas lui faire de mal, hein ! Juste lui faire peur !

Il essaya de sembler avoir la trouille d'un coup, pour que le député oublie un peu le reste du processus et se recentre sur un truc dont il paraissait être content.

— Oui, tu sembles avoir réussi et je t'en remercie encore…

Il le regarda un petit moment, hésitant.

— Je ne sais pas si je peux te demander cela… Humm !?…

Il s'arrêta paraissant attendre quelque chose, à cela aussi Jo avait prévu une réponse simple.

— Jo, dit-il le plus naturellement possible.

Ne pas faire le cachottier, celui qui veut taire son identité. Il avait bien pensé que Marsuy n'allait pas l'appeler « le garçon » tout le temps, et s'étonnait même que la demande n'ait pas eu lieu plus tôt. Il préférait utiliser son prénom, celui auquel il était habitué depuis l'enfance. Plus facile d'y répondre spontanément qu'à une identité d'emprunt que l'on n'a pas préparée et suffisamment anodin, dans le genre surnom très courant. Le nom de famille, par contre, il ne serait pas question qu'il le donne, si l'autre insistait vraiment ce serait Perez… Pour le cas où il se renseignerait auprès de Polli sur ses rencontres récentes. Il en préviendrait Joséphine dès que possible.

— Jo… Ce n'est pas quelque chose qui a de l'importance pour moi d'habitude, mais… cette nuit, c'est Noël… Et j'aimerais… humm… ne pas rester seul… Veux-tu entrer boire un verre avec moi ? Il rit un peu… J'ai beaucoup de choses à fêter, mais fêter tout seul, ce n'est pas drôle !

Jo hésita, il aurait été raisonnable qu'il parte maintenant. Il trouvait qu'il s'en était plutôt bien sorti dans ses explications. Il lui semblait avoir réussi à présenter tout le toutim comme si c'était un truc fastoche, à la portée du premier pékin venu… Tu veux savoir quelque chose sur quelqu'un ? Tu demandes et on te donne les détails !... Trop facile d'être exactement là où il faut quand il faut… J'ai eu de la chance c'est tout… J'ai fait du judo quand j'étais petit, alors je t'emballe et je massacre ton gamin les doigts dans le nez !... Bien sûr !... et les poules ont des dents et les moutons volent… Bon ! Il devait reconnaitre que la chance avait parfois été de son côté, la chance ou **LE DIABLE**… Sinon, et bien, il aurait fait preuve de patience, il était expert pour cela… et y serait arrivé quand même ! Ce qui lui amena un sourire. Et, comme il y avait une info qu'il aurait aimé faire passer au député et que jusque-là, il n'en avait pas eu l'occasion, qu'il comprenait l'homme, trouvant comme lui, que fêter seul, ce n'est pas drôle et qu'il était, lui aussi, d'humeur à fêter… Il le laissa s'élargir sur son visage.

— Euh ! fit-il, c'est drôlement sympa de me proposer ça… Je pensais que tu m'en voudrais peut-être un peu…

Jo, le gentil benêt, un peu simple, mais si dévoué, s'il te

kidnappe, c'est juste pour aider une vieille dame, pas de quoi lui en vouloir vraiment... Il aurait bien compris ne pas être le bienvenu chez toi après ça, et trouve vraiment super que tu l'invites à boire un coup ! Bon Dieu ! Ce qu'il s'amusait ! Depuis un bon moment, il était dans sa bulle d'extatique concentration. Il se faisait son petit trip d'adré et d'endorphines tout à la fois... retour au bon vieux temps.

L'autre partit d'un grand rire.

— Oui, il est certain que j'aurais pu t'en vouloir ! Mais non, je suis plutôt content de t'avoir rencontré... Allez, viens on va boire un coup !

Il ouvrit sa portière et Jo fit de même de son côté. Il jubilait, Bingo, c'est toi qui l'as dit, c'est toi qui y es ! Cette sentence de gamin reflétait bien une profonde tendance du subconscient. L'homme avait verbalisé son état d'esprit conciliant et plein de gratitude encore une fois, renforçant toujours plus sa réalité, plus il le dirait, plus il y croirait !

Ils se dirigèrent l'un derrière l'autre vers la grande maison du député. C'est lui qui était en tête, qui décidait, il avait repris le contrôle de la situation... C'était bon pour son égo, Jo suivait humblement...

Comme ils arrivaient devant le portail, il vit venir au loin les lumières bleues clignotantes d'un gyrophare de Police, pas de sirène, juste le gyrophare. Il freina de deux pieds virtuels sa « descente » de speed qui débutait, s'encouragea. Et voilà, tu as voulu jouer ! Eh bien, continue maintenant ! S'obligea à deux grandes respirations complètes, faisant descendre l'air jusqu'à son ventre, pour qu'il se relâche de la peur qui le serrait, se raffermit sur ses jambes un peu tremblantes, revint à un rythme respiratoire normal, calme et serein, laissa son cœur ralentir et commença à envisager une multitude de solutions à une multitude d'éventualités.

La voiture vint se ranger le long de la route devant la grille, c'était la police municipale. Marsuy s'était immobilisé et attendait, un policier en uniforme en descendit tout sourire.

— Ah ! Monsieur Marsuy, j'étais bien certain qu'il ne se passait rien ! Comment allez-vous ? Et tout d'abord Bon Noël !

— Oh ! Bonjour Simon ! Bon Noël à vous aussi ! Que se passe-t-il ?

— C'est Walther qui s'inquiète ! Soi-disant, il vous a téléphoné douze fois ce soir et vous n'avez jamais répondu !

— Walther ? Mais pourquoi ?

— Eh bien ! Je ne sais pas moi, juste pour vous souhaiter un bon Noël peut-être ?

— Ah oui ! C'est un brave gars Walther, très sympa !

Là, le député réagit franchement bien. Du moins selon le gout de Jo qui était déjà prêt à disparaitre dans le fossé du champ de choux, à attirer les poursuites vers l'autoroute, puis à rester planqué jusqu'à ce qu'il puisse récupérer sa bagnole sans trop de risque et se tirer bien loin ! Le bonhomme fit semblant de tâter les poches du manteau de Jo puis se retourna vers lui, un sourire goguenard aux lèvres, et constata :

— Oh ! Je suis sorti sans mon téléphone ! Cela ne m'arrive jamais !

Jo maintint sur son visage un air serein, genre « Je suis bien tranquille, il ne va rien se passer, j'ai totale confiance ! »

— Vous allez avoir des douzaines de messages dessus, je vous le garantis, prévint le policier.

— Je vais aller voir cela tout de suite, mais vous allez entrer avec nous. Je vois bien que vous êtes de garde cette nuit, mais nous allons boire une petite coupe de champagne ensemble !... Si c'est moi qui vous le demande, vous êtes obligé d'accepter ! Et il partit d'un grand rire d'homme politique en plein spectacle !

— Merci, Monsieur Marsuy, mais vraiment je ne sais

pas si nous pouvons ?...

— Mais si, mais si ! Mon cher Simon. Allez faites sortir votre jeune collègue de cette voiture et venez avec moi. Si vous êtes ici, il vous faut bien constater à l'intérieur que tout va bien !

Le député poussait l'homme devant lui pour lui faire franchir la grille, agitant la main pour que l'autre policier sorte de la voiture... Pour une fois, Jo ne sentait pas d'embrouille, Marsuy paraissait vraiment content, il aurait bu un coup avec n'importe qui ce soir-là ! Néanmoins, il était de nouveau au sommet de son trip d'adré, fermé dans sa bulle, corps et perception dilatés, prêt à tout ! Ils entrèrent tous les quatre, le député n'arrêtait pas des discourir. Il se précipita, toutefois, vers son téléphone, mais n'y jeta qu'un œil rapide.

— Oui effectivement ce soir j'ai été très demandé ! Vraiment désolé de vous avoir dérangé pour rien Simon ! Installez-vous ici quelques instants proposa-t-il aux deux flics en les amenant jusqu'au canapé... Jo, veux-tu bien sortir les flutes, tu les trouveras dans ce buffet, je vais chercher la bouteille.

Il se dirigea rapidement vers la cuisine. Jo eut à peine le temps d'atteindre le fameux buffet qu'il était déjà de retour, une bouteille à la main, se préparant à l'ouvrir tout en reprenant son discours.

— Et sinon, tout se passe bien ? À part mon inquiétante disparition, rien de spécial ?

Il demanda cela en riant, mais avait toujours un œil moqueur sur Jo qui se dépêcha de sortir les verres et de les distribuer, prenant soin de se maintenir entre les hommes et la porte et de ne pas sembler prêter attention au petit jeu du député.

— Non, tout va bien, à part Walther qui était vraiment inquiet pour vous. Il a insisté pour que nous venions voir, car vous lui aviez dit que vous resteriez seul chez vous ce soir. Il avait peur qu'il vous soit arrivé quelque chose, que vous ayez fait un malaise. Si je n'avais pas dit oui, c'est lui qui venait et il a toute la famille à la maison, parents, beaux-parents… Alors que nous, cela nous a fait une petite distraction, parce que ce soir c'était calme plat n'est-ce pas ? ajouta-t-il à l'intention de son jeune collègue qui approuva vigoureusement de la tête.

Marsuy servit le champagne, porta un toast à Noël, au dévouement des policiers qui restaient seuls ces nuits de fête à veiller sur la tranquillité de la ville et de leurs concitoyens et bla-bla-bla… Il savait parler et aimait ça ! Les deux hommes baissaient la tête, confus de s'entendre ainsi encenser, le plus âgé reprit la parole.

— Je vous en prie, ce n'est rien nous ne faisons que notre travail !

Et comme Marsuy portait sa coupe à ses lèvres, il en profita pour ne pas en dire plus et plongea lui aussi son nez dans son verre. Jo fit de même, gardant un sourire béat et un air très intéressé par la conversation, mais évitait soigneusement de diriger ses yeux vers le député. Un petit moment de silence passa, Marsuy paraissait avoir perdu le fil et contemplait, rêveur, les bulles de son champagne. Le policier s'agita un peu et finit par demander :

— Et votre fils, Monsieur Marsuy, comment va-t-il ?

— Mon fils ?! Mais comment savez-vous ?!...

— Euh ! Eh bien, tout le monde le sait, depuis votre plainte… On fait des recherches pour découvrir qui l'a agressé !

— Ah mon fils… Christophe…

Il parut soulagé, puis tourna la tête vers Jo, de l'ironie plein les yeux. Il allait prendre la parole lorsque Jo l'interrompit.

— Oui, il a rencontré des types vraiment dangereux n'est-ce pas ?

Il jeta un coup d'œil au député qui se voulait

significatif. Arrête de te foutre de moi ! Profite de l'occasion ! Il fut content quand il vit, dans le regard de l'autre, les rouages de son cerveau se mettre en marche. C'était un vrai plaisir d'avoir à faire à un homme intelligent ! Il réussit à ne pas afficher un sourire moqueur lorsque l'autre répéta :

— Ah mon fils... Christophe... Il va bien, je vous remercie, mais euh... je crois que je suis allé un peu vite pour la plainte... euh... Christophe ne nous avait pas vraiment expliqué... Hum... Il semblerait que... Puis-je compter sur votre discrétion ? Je pensais aller régler cela demain, car cela ne me paraissait pas urgent, alors je préférerais que jusque-là...

— Monsieur Marsuy... Vous savez que vous pouvez compter sur nous, la discrétion fait partie de notre travail !

— Euh... En fait... il semblerait que Christophe se soit battu avec un de ses amis... pour des histoires de drogues...

L'homme avait l'air gêné, honteux, mais ferme tout de même, un excellent menteur lui aussi ! Le sous-entendu : Ne vous inquiétez pas, je vais prendre les choses en main, on ne va pas aller embêter ces jeunes pour cela... clignotait en lettres de feu et même le policier le plus obtus ne pouvait pas ne pas le comprendre.

— Mais il est vraiment décidé à changer, il est en clinique pour cela et je suis certain qu'il va réussir... Et je ne voudrais pas qu'il soit stigmatisé pour quelques erreurs par la suite ! Alors s'il vous plait, n'en dites rien !...

Jo était admiratif, le type était vraiment très bon ! Le bruit se répandrait et finirait par arriver dans les bonnes oreilles... achevant de mettre le jeune hors-jeu ! Un petit fond de colère l'agita tout de même, si Christophe avait été un autre jeune, sans argent, sans relations, sans beau-père député... Tout cela ne se serait pas résolu avec autant de facilité... D'un autre côté, il n'en serait peut-être pas arrivé là non plus !... Accordant volontiers au jeune le bénéfice du doute, il haussa virtuellement les épaules et but une gorgée de champagne.

— Bien sûr, Monsieur Marsuy, ne vous inquiétez pas, nous ne dirons rien, ces gamins ! Il faut toujours qu'ils fassent des conneries !...

— Je ne vous le fais pas dire, Simon, je ne vous le fais pas dire !

Le député se remit en mode député ! Resservit du champagne, demanda des nouvelles de la famille de Simon, s'enquit de son jeune collègue qu'il ne connaissait pas, où, quand, comment ? Quelles études ? Quels parents ?... fut ravi de tout ce qu'il apprit. Rediscuta de tout ce que faisait si bien la police municipale pour la ville et parut vraiment déçu quand l'autre se leva.

— Merci beaucoup, Monsieur Marsuy, nous devons partir maintenant, les autres vont se demander ce que l'on est devenu !

— Ne leur dites surtout pas pour le champagne, cela ferait des jaloux ou je verrai débarquer toute l'équipe avant demain matin !

Ils rirent tous, Marsuy raccompagna les hommes jusqu'à leur voiture. Jo ne pouvait pas s'incruster. Il était assez confiant, mais son caractère précautionneux l'envoya vérifier qu'il pouvait sans problème ouvrir une des portes-fenêtres qui donnaient sur l'arrière et le fit rester aux aguets de ce qui se passait à l'extérieur.

Lorsque Marsuy revint, il était assis, décontracté dans son fauteuil, et prêt à bondir dehors ! L'homme les resservit en champagne, finissant la bouteille et se laissa tomber sur le canapé.

— C'est là que je te remercie encore, je suppose ?

Jo se contenta de refuser de la tête et de boire une gorgée, pour ne pas en rajouter. Mais cela n'avait pas d'importance, Marsuy ne le regardait pas. Il s'était laissé aller en arrière sur le dossier du canapé et gardait les yeux fermés, des larmes vinrent à ses paupières et roulèrent doucement sur ses joues sans qu'il ne bouge.

Après quelques minutes, Jo se prépara à se lever pour prendre congé. Il n'avait pas pu mettre en place la fin de sa couverture, mais tant pis, parfois, il valait mieux ne pas vouloir en faire de trop. Comme s'il l'avait senti, Marsuy se redressa et vint prendre son téléphone qui était resté posé sur la table basse.

— Je vais envoyer un message à Walther pour le rassurer et le remercier, dit-il.

Il pianota quelques instants sur le clavier puis regarda son invité.

— J'ai besoin de quelque chose d'un peu plus fort que le champagne, un whisky, cela te dirait ?

Jo s'apprêta à refuser, il n'était pas trop branché whisky et la bouteille qu'il voyait sur la table ne l'inspirait pas, un truc bas de gamme, sans gout ou peut-être un vague arrière-gout d'alcool à bruler… Mais son compagnon se dirigea vers une grande armoire ancienne et précisa :

— J'ai quelque chose d'excellent, un single malt écossais, dix-huit ans d'âge, vieilli en fut de Xérès de deuxième remplissage, une merveille !

Une excellente merveille ! Ça, il voulait bien essayer !

— Oui, volontiers ! acquiesça-t-il.

Le député sortit deux lourds verres en cristal et une bouteille à peine entamée et déposa le tout devant eux. Il leur en servit à chacun une bonne dose et tendit l'un des verres à Jo. Lorsque l'arôme du liquide sortant de la bouteille et se répandant dans le verre était parvenu jusqu'à lui, il avait su qu'à l'évidence, c'était quelque chose d'exceptionnel. Et maintenant, le nez au-dessus de son verre, il était ailleurs… La brume ouatée d'un manoir écossais, vieux cuir des fauteuils club, cire d'abeille dispensée avec ardeur sur les rustiques meubles de bois de chêne. Les murs, le sol, l'atmosphère, pleins de centaines d'années d'odeurs de terre des tourbières ramenée sous les lourdes bottes, pourriture douce et sucrée du fruit exotique, du marécage… et imbibés de la fumée des feux de la tourbe qui avaient essayé de chauffer l'humidité. Il s'en laissa imprégner. La première gorgée fut magique, la douceur du miel, la rondeur aromatique du chocolat et dessous la note sauvage de la tourbe, de la fumée, du bois d'épices qui lui emplit la bouche et s'y installa, diffusant jusqu'à son cerveau pour y exploser. C'était de la bombe !

— Excellent ! commenta-t-il.

Marsuy avait avalé son verre en deux lampées irréfléchies. Il approuva et se resservit avant de se laisser aller en arrière sur le dossier et de rester ainsi, les yeux fermés, tenant son verre à deux mains. Le silence s'installa, Jo sirotait son nectar, par minuscules gorgées aspirées entre ses lèvres presque closes pour profiter au maximum du parfum… s'astreignant tout de même à maintenir sa vigilance active… Le député finit par reprendre la parole, d'une voix pensive et triste, comme pour lui-même.

— Ce soir, Walther a téléphoné six fois pour me joindre, laissé trois messages sur le répondeur et deux textos… Et au bout du compte, m'a envoyé ses copains de la Police Municipale… Ma femme m'a appelé une fois, à vingt-deux heures trente-deux, a laissé un message… Je ne l'ai pas écouté… Que dit-elle ? Qu'elle va réveillonner avec les Trucs et les Machins ou les de Truc et le ministre Machin… me souhaite un Joyeux Noël et me dit à demain, car elle rentrera tard… Il soupira puis regarda Jo et lui demanda :

— Tu sais qui est Walther ?

Jo acquiesça.

— Évidemment !... Mon chauffeur est donc le seul à s'inquiéter pour moi et le seul pour qui c'était important de me souhaiter un bon Noël de vive voix ! Es-tu marié ?

Il fit non de la tête, mais le moment était venu pour le laïus de couverture alors il ajouta :

— Je voyage beaucoup… pour mon travail… Je ne me suis jamais vraiment installé quelque part, je vis à l'hôtel ou dans des meublés… Cela ne s'est pas présenté…

Et voilà, simple, efficace « Je ne suis pas d'ici, ne me cherche pas ! » Mais le jour où l'homme prendrait du recul, se demanderait qui était réellement le barjot qui l'avait enlevé pour le conduire à une vieille folle la nuit de Noël, il comprendrait, c'était un homme intelligent, que ce type-là appartenait à une catégorie de personnes qu'il ne fallait pas rechercher. Celles qui travaillent dans l'import-export, qui n'ont pas de maison, qui savent se taire et se dissimuler, mais connaissent la vie des autres, les agents secrets quoi ! Jo espérait que cela lui suffirait et qu'il éviterait de vouloir en savoir plus ! C'était un homme respectueux de l'État, qui aimait son boulot de député. Il ne souhaiterait pas nuire à un de ses agents qui avait utilisé ses compétences pour aider la vieille folle et tout de même fait preuve de bienveillance à son égard !

Marsuy lui jeta un regard étonné, qui devint égrillard, il sourit et commenta :

— Je vois, une femme dans chaque port, hein !

Jo lui répondit d'un sourire en coin et d'un petit haussement d'épaules voulant signifier « Hé bien ma foi !... » C'est vrai que cela avait été ça, sa vie, une nouvelle « Amie » à chaque nouvelle mission, et il avait apprécié… beaucoup… pendant longtemps… Puis, s'était installée, petit à petit, la lassitude. Et, tout comme il lui était devenu difficile de dormir dans des lits inconnus, de se réveiller en se demandant dans quelle ville, dans quel pays il pouvait bien être ? Il n'avait pas aimé non plus, ne plus se rappeler le prénom de la brune couchée à ses côtés. Il y avait eu trop de Martha, d'Inès, de Rebecca, de Julia… Elles se ressemblaient toutes et finissaient par se fondre en une seule entité féminine… C'était son problème, s'avoua-t-il se souriant intérieurement, il les choisissait toujours brunes avec de longs cheveux. Il aimait les beaux seins, les courbes voluptueuses… Les brindilles étiques, ce n'était pas pour lui… Avec les années, il les mélangeait toutes et devait parfois faire plusieurs heures d'efforts après le réveil pour dissimuler son inacceptable oubli et user de ruses pour retrouver l'information… À la fin, lorsqu'il ne se supportait vraiment plus à faire ce job, il avait préféré avoir recours à des relations tarifées, des filles qui ne s'offusquaient pas quand il demandait « Rappelle-moi ton prénom ». Par souci d'éthique, il vérifiait ou essayait de vérifier qu'elles étaient à leur compte et non pas soumises à un mac… Mais c'était tout de même quelque chose dont il n'était pas très fier ! Il devait bien le reconnaitre !

— Tu ne regrettes pas ?

Pas de tergiversation, de citation bidon, il se contenta de répondre la vérité pour une fois.

— Si parfois !

— À chacun ses regrets ! commenta son vis-à-vis qui avala d'un coup la grosse gorgée de whisky qui restait dans le fond de son verre et tendit la main vers la bouteille pour se resservir.

Quel gâchis pensa Jo, avoir un truc pareil dans son placard et le boire comme la bibine qu'il lui avait préférée et qui trônait encore sur sa table. Il approcha volontiers son verre pour en avoir encore un peu lui aussi ! Il faillit en faire la remarque, mais choisit encore une fois de se taire, laissant planer le silence. Maintenant, il était prêt à partir, il avait placé toutes ses billes, il était temps qu'il disparaisse. Il allait attendre encore un peu, finir son verre et prendrait congé poliment. Si possible en effaçant les quelques empreintes qu'il avait laissées, il avait fait attention à ne pas en disperser de partout, tout en n'éveillant pas les soupçons de son hôte… Mais, il préférait en laisser quelques-unes plutôt qu'il ne commence à se poser des questions.

— Jusque-là, poursuivit son hôte, je n'avais pas de

regrets, du moins pas consciemment ! J'étais certain d'avoir toujours fait ce qu'il fallait ! Il y avait des choix à faire, je les avais faits... pas de regrets !... Aujourd'hui, je ne sais plus, je ne sais même pas ce que je vais décider pour ma femme et Vallieur. J'aurais appris cela ce matin, c'était la porte pour tous les deux et les flics pour Vallieur !

Une idée parut lui venir d'un coup.

— Et ma femme, elle ne trempe pas là-dedans hein ?

— Je ne sais pas, pour Vallieur non plus je ne suis pas certain. Il faut que tu vérifies, j'ai juste entendu des choses...

— Ah oui !... le ton était perplexe.

Jo voulut tout de même préciser.

— Tu as bonne réputation de ce côté-là ! Une réputation de mauvais caractère, ajouta-t-il en souriant, mais d'honnêteté... Et ta femme est avec toi depuis longtemps, d'après ce que j'ai entendu, c'est nouveau qu'il faille payer pour obtenir quelque chose de toi !

— Grrr ! Quel saloperie ce type, je vais me le faire !... L'homme frappa d'une grande claque le siège sur lequel il était assis.

— Attends d'être sûr, sous le coup de la colère, on peut faire des erreurs... proposa Jo pour le calmer.

Gros soupir.

— Tu as raison... Je viens de l'apprendre assez durement...

Il but encore une longue gorgée de whisky et se laissa aller en arrière sur le dossier, les yeux au plafond.

— Je suis content pour Guillaume... Mais j'ai peur... Je voudrais y croire... Penses-tu qu'elle va réussir ?

— C'est une femme convaincante, affirma Jo avec un petit rire.

— Oui, c'est vrai, admit Marsuy commençant à rire lui aussi, puis s'esclaffant les yeux au plafond avant de se redresser et de lever son verre vers Jo.

— Au meilleur et plus étrange Noël de ma vie !

— Au nouveau père ! le salua Jo pour lui faire plaisir.

— Merci ! Ou peut-être à l'homme nouveau ! Car j'ai l'impression que ma vie ne sera plus jamais la même !

Ils burent ensemble et si Jo se limita à une gorgée qu'il laissa quasiment fondre dans sa bouche pour que l'envahisse le parfum puissant, le député vida son verre et se resservit. Il le porta encore une fois à ses lèvres avant de s'affaler en arrière sur le canapé avec un long soupir.

La bouteille était au trois quarts vide, Jo en avait, certes, bu aussi, mais l'autre devait bien en avoir sifflé un demi-litre à lui tout seul. Il s'effondra d'un coup. Sa tête partit sur le côté, ses bras tombèrent, le whisky se répandit sur le cuir du siège. Jo n'eut que le temps de bondir pour récupérer le verre l'empêchant de se fracasser sur les dalles. Avant qu'il ait pu s'inquiéter, l'homme émit un ronflement sonore. Il l'allongea, lui ôtant les pantoufles déformées de Joséphine qu'il avait encore aux pieds et arrangeant un coussin sur l'accoudoir pour qu'il ne se réveille pas avec un torticolis.

Cela lui simplifia bien la vie. Il ramassa tous les verres, fit la vaisselle et les sécha en veillant à les tenir uniquement avec le torchon. Il alla essuyer avec tout ce qu'il avait touché, y compris les vêtements du député qu'il put frotter sans qu'il ne bouge, continuant à ronfler avec vigueur ! Il récupéra son manteau dans l'entrée, l'enfila, jeta un dernier coup d'œil pour vérifier qu'il n'avait rien oublié… Il se concentra et prit son temps, car il avait quand même pas mal picolé lui aussi… Et sortit, embarquant le torchon pour ouvrir et refermer portes et portails et ne pas le laisser derrière lui… S'il devait y avoir des traces de lui sur quelque chose, c'était là-dessus !

En regagnant sa voiture, il leva la tête vers le ciel, les étoiles étaient là et pour lui, elles brillèrent de leur plus bel éclat, particules d'or sur la soie sombre de la nuit… son domaine ! Il tendit un bras vers elles, faisant de son index et de son majeur le V de la victoire !

Avant de démarrer, il attendit quelques instants. Il avait bu lentement et ne se sentait pas saoul. Mais il fallait que la tension retombe, pour qu'il ne fasse pas d'excentricités sur le chemin du retour et foute tout en l'air. Il prit encore une fois les petites routes, profitant des paysages nocturnes et de la sérénité du moment, et revint à sa jolie maison, son havre, la joie de sa vie. Lorsqu'il en ouvrit la porte, son cœur bondit et emplit sa poitrine, il n'allait pas la perdre… Il avait joué… mais il avait gagné !...

XVIIII

Jo vint s'assoir sur son fauteuil préféré. Les jours rallongeaient bien, le soleil, en énorme sphère dorée s'élevait déjà au-dessus de l'horizon, déversant sur une mer plate comme un lac, une nappe d'or liquide... C'était merveilleux de beauté sereine et pourtant, il était triste !... Et pourtant, il n'aurait pas dû ! C'était ce qu'elle voulait, ce qu'elle attendait, ce qu'elle aspirait d'atteindre enfin !

Alors pourquoi avait-il cette boule brulante dans la gorge depuis le coup de téléphone de sa tante ? Pourquoi ses yeux se gonflaient-il prêts à déverser les larmes qui manquaient d'en déborder chaque fois qu'il se disait que c'était bien ! Que c'était même super ! Cela s'était passé de façon idéale ! Elle était partie, dans son sommeil, ne s'éveillant simplement pas pour une nouvelle journée de souffrance et d'attente ! Et voilà, les larmes étaient remontées jusqu'au bord, prêtes à couler et son nez s'humidifiait aussi ! Bravo pour le guerrier, l'homme de l'ombre, censé rester stoïque, détaché, ne pas faire de sentimentalisme !...

C'est sa tante qui avait appelé. Sa mère devait, elle, pleurer en silence juste à côté, pas étonnant qu'il se laisse aller à pleurnicher, c'était son héritage ! Elle l'avait réveillé, en ce lundi matin où il n'allait pas travailler... Le seul énoncé du nom du jour fit regonfler ses yeux et son nez...

— Jo ?! C'est Tatie !

Ça, il le savait, c'est ce qui venait de s'afficher avec sa photo et son numéro sur son nouveau téléphone ! En la voyant, il s'était inquiété. Elles ne l'appelaient jamais, elles n'en avaient pas l'habitude. Il n'avait jamais été joignable et elles savaient très bien se débrouiller sans lui ! Il avait tout de suite demandé :

— Ça va Tatie ? Et Maman ? Il y a un problème ?

— Non, non, ne t'inquiète pas, pas de problème. Mais on voulait te le dire maintenant, avant de partir... Jo est décédée, cette nuit dans son sommeil... Nous allons y aller pour la préparer...

— Jo ? questionna-t-il l'interrompant, Joséphine ? La vieille Jo ?

Bien sûr que c'était elle, qui d'autre cela aurait-il pu être ? Mais il ne l'identifiait pas au Jo dont sa tante lui parlait ! Au réveil comme ça, il n'avait pas l'esprit rapide !

— Oui, elle est partie en toute tranquillité, sans se réveiller. C'est son infirmière qui l'a trouvée ce matin, elle n'a pas souffert, son visage était détendu. Elle dit même qu'elle souriait !

— Ah !

Il aurait bien voulu dire autre chose, mais il ne pouvait pas, la grosse boule venait de s'installer, lui bloquant la gorge et la cervelle !

— On va aller lui faire sa toilette et l'habiller, après on organisera la veillée. Il y aura du monde qui va venir, elle avait beaucoup d'amis !

— Ah oui !...

Un mot d'une syllabe associé à l'onomatopée... Gros progrès !

— Elle avait tout préparé pour ses obsèques. Mais cela prendra quelques jours pour organiser son enterrement, il ne faut pas qu'elle reste seule.

— Oui, bien sûr !

Trois mots d'une syllabe ! Une performance !

— On voulait que tu le saches, tu l'as souvent vue ces derniers temps. On pensait que tu serais content qu'on te le dise !

— Oui, bien sûr !...

Pas d'amélioration, sa cervelle restait bloquée.

— On passera la journée là-bas et peut-être une partie de la nuit. Tu sais où nous trouver si tu veux !

— Oui !...

Il serait tout de même bien qu'il apprenne à s'exprimer !...

— À bientôt alors !... Il entendit le chuchotis de sa mère et sa tante reprit... On t'embrasse !

Et elle avait raccroché. Son ton péremptoire et décidé n'était pas sans rappeler celui utilisé généralement par LA PAPESSE. Il était resté là, à contempler son téléphone, il maitrisait l'engin maintenant... Il avait attribué des photos aux numéros de téléphone de ses contacts, y recevait ses courriers et surtout, passait beaucoup de temps à jouer. Il aurait aimé avoir un truc comme ça quand il planquait des jours entiers.

Il avait été un adepte de la première heure des jeux vidéo, et si les jeunes au marché avaient rigolé en lui expliquant comment les télécharger. Depuis il les épatait en les rattrapant dans les tableaux malgré son retard et le fait qu'il jouait sans ami ! Comme quoi il n'était fermé aux nouvelles technos que lorsqu'elles ne l'intéressaient pas... Sans y penser, il avait lancé une partie, puis une autre et encore une… Toutefois, il était trop inattentif et perdit toutes ses vies sans réussir le tableau.

Il avait l'esprit vide ou plutôt fermé dans une boucle sans fin de chagrin, d'encouragements à ne pas en avoir et de tristesse qui revenait… Tout à fait incapable de se rendormir, il s'était levé et fait un café et depuis essayait de le boire, mais ça ne passait pas !

Il l'avait revue quelquefois depuis Noël, tous les mardis en fait ! Parce que « Le mardi c'est permis », ce qui lui amena un sourire, et il put boire une gorgée de café. Le mardi, c'était sa soirée avec sa douce Eloïse… Les enfants étaient chez ses ex-beaux-parents, mais qui restaient tout de même leurs grands-parents et qui avaient demandé la faveur de s'occuper d'eux un soir par semaine… Il les en remerciait beaucoup, en pensées du moins, car il ne les avait jamais rencontrés. Ils allaient les chercher à la sortie de l'école – ce soir-là elle finissait tard, ayant des cours jusqu'à dix-huit heures – les emmenaient à la danse et au hand, très contents de les regarder faire. Les enfants couchaient chez eux et Eloïse les y récupérait le lendemain après ses cours. Un arrangement parfait ! Tout à fait à son gout ! Elle parlait de lui présenter les petits, il n'était pas pressé… Pour l'instant, ils vivaient un moment idéal… des bavardages, des soirées tendres… des nuits agitées… Avec les gosses dans le milieu ce ne serait pas pareil !

Le mardi, après avoir remballé son étal et déjeuné, il passait quelque temps chez la vieille Jo. En attendant qu'il soit l'heure qu'il aille la chercher à la sortie du lycée.

Il n'avait pas beaucoup changé le lycée, elle l'avait fait entrer une fois et il avait eu plaisir à retrouver les lieux ! Plaisir mitigé, car en même temps tout lui semblait vieillot et rétréci ! Un peu comme lui peut-être, avait-il songé avec regret et un fond d'angoisse.

Il faisait les courses au marché et leur préparait un bon repas. Elle avait une vraie cuisine et il s'essayait à des recettes plus gastronomiques, elle prenait plaisir à se faire servir. Il ouvrait une bouteille de vin qu'ils buvaient en bavardant, lui épluchant, découpant, éminçant, elle, assise au bout de la table, corrigeant vaguement quelques copies, pour s'avancer... Car les autres soirs, quand les enfants étaient là, elle ne pouvait rien faire tant qu'ils n'étaient pas couchés ! Il était bien !

LA PAPESSE appréciait ses visites, ils finissaient toujours, lorsqu'ils étaient seuls, par évoquer le soir de Noël et ses conséquences. Il voyait bien que cela lui faisait plaisir, son regard s'éclairait, son dos se redressait, elle paraissait moins souffrir... Alors, il racontait... et elle aussi...

Il était revenu chercher tout son matériel dès qu'il s'était réveillé dans la soirée du vingt-cinq. Sa nuit avait été longue, et malgré sa sieste de l'après-midi, il était épuisé en rentrant et n'avait eu que la force de se jeter dans son lit... Vraiment plus de son âge les nuits blanches ! Il avait dormi toute la journée. À son réveil, il était assez tard pour que la dernière de ses aides soit partie et qu'elle soit seule. Comme il avait les clés, il avait décidé de s'occuper tout de suite du problème du déguisement sapin et des autres trucs qu'il avait laissé trainer là-bas.

Il avait donné deux petits coups de sonnette avant d'introduire la clé dans la serrure, pour qu'elle ne soit pas inquiète, et dès qu'il avait franchi la porte, s'était écrié :

— C'est Jo, ne vous en faites pas !

Elle l'avait accueilli de son petit rire chevrotant

— Viens, viens mon petit Jo, je suis déjà couchée, mais je suis contente de te voir. Je t'ai espéré toute la journée, je pensais que tu ne viendrais plus maintenant !

Il ne l'avait pas trouvé très en forme, sa tête très pâle, très blanche sur un gros oreiller, les grands cernes noirs autour de ses yeux, lui donnaient un petit air du cadavre lors d'une veillée funèbre qui l'avait mis mal à l'aise. Il avait tenté de ne rien laisser paraitre.

— Désolé, j'ai préféré attendre pour être certain que vous soyez seule.

— Bien, bien, bien, tu as eu raison ! Ainsi, nous serons tranquilles. Tu vas pouvoir me raconter toute ta soirée d'hier… Je n'ai pensé qu'à cela toute la journée ! Il n'a pas voulu venir avec toi notre bonhomme pour que tu aies dû le ligoter et le bâillonner pour l'amener !

Oups ! Il n'avait pas prévu cela. Depuis qu'il avait ramené le député à bon port, et s'en était allé sans laisser de traces, il s'était mis hors service et avait cessé d'essayer de prévoir, d'anticiper. Qu'allait-il bien pouvoir lui raconter ? La jubilation de son regard, le sourire de ses lèvres et la confiance qu'il avait en elle l'avaient décidé pour la vérité. Peut-être pas toute la vérité, il devrait omettre quelques petites choses.

— Je ne le lui ai pas demandé.

— Tu ne le lui as pas demandé ?! Un vrai rire passa ses lèvres. Oh ! je sens que je vais passer une bonne soirée, installe-toi là, à côté de moi ! Approche cette chaise et assieds-toi ! Tu vas tout me dire et avec tous les détails !

Le ton était ferme. C'était un ordre et rien d'autre, même si la voix était gaie. Elle s'était interrompue semblant avoir une idée.

— D'abord, tu vas aller nous chercher une bouteille de vin et quelques petites choses pour aller avec. Tu trouveras ton bonheur à la cuisine, j'ai encore eu de gentils visiteurs aujourd'hui !

Effectivement, le contenu du frigo avait encore augmenté. Il avait hésité et demandé, élevant la voix pour être entendu du séjour.

— Champagne ?

— Oui, oui ! avait répondu le petit rire, ce n'est pas toute seule que je le boirais !

Il avait déjà repéré les flutes lors de ses explorations

précédentes. Il les avait installées sur le plateau avec la bouteille, ainsi qu'une jolie panière de fruits confits, en pâte d'amande et déguisés, qu'il estimait mangeables par n'importe quelle dentition et ramené le tout près de son lit. Elle avait redressé son dossier et c'était presque assise qu'elle l'attendait. Il avait ouvert la bouteille, rempli les coupes et lui avait tendu la sienne.

— Joyeux Noël, Joséphine !

— Joyeux Noël à toi aussi mon petit ! Je te remercie pour ton cadeau !

— Vous avez apprécié le sapin ? n'avait-il pu s'empêcher de demander, trouvant de nouveau qu'il avait vraiment eu une idée géniale avec ça.

— Oh oui ! Et tu vas m'expliquer comment tu as pu faire cela ?

Il s'était lancé, bien content, au final, de pouvoir pour une fois, raconter à quelqu'un ce qu'était sa vie ! Il n'avait pas parlé du vœu aux étoiles et ne s'était pas trop étendu sur les détails techniques comme la recherche des ombres, les changements de silhouette générale, les détours sans GPS ou la maitrise de Marsuy. Ils avaient ri de son choix du déguisement pour le transport à travers les rues. Elle l'avait complimenté pour l'ingéniosité dont il avait fait preuve pour le mettre en œuvre et été d'accord que pour un soir de Noël, c'était le meilleur moyen de passer inaperçu. Lorsqu'il avait eu fini de raconter, sans toutefois trop se plaindre, les difficultés qu'il avait eues à faire monter l'escalier au chariot, il avait interrompu son récit pour lui demander :

— Et vous, pourquoi vous étiez-vous costumée ? J'ai vraiment été surpris de vous trouver ainsi.

Son sourire rayonnant lui avait montré qu'elle était contente d'avoir fait son petit effet.

— Je souhaitais l'impressionner à son arrivée. Je n'avais pas imaginé que tu l'amènerais contre sa volonté, mais je voulais qu'il croie en mon message de l'au-delà. Quitte à passer pour une vieille folle, ce qui aurait justifié ma motivation pour le faire venir ! Je voulais être sa Némésis, la déesse de la vengeance venue par-delà la mort lui rappeler ses fautes et comme cela le choquer suffisamment pour qu'il puisse entendre !... Je dois reconnaitre que tu m'as bien aidée, pour être choqué, il était choqué !

— Ah oui, il est certain qu'à tous les deux, on l'a bien secoué, avait-il répondu.

Il souhaitait savoir comment elle avait pu choisir de ressembler à **LA PAPESSE** qu'elle incarnait pour lui depuis son enfance, il avait insisté.

— Pourquoi ce costume ? Et j'avais pensé que vous joueriez plutôt sur la corde sensible, que vous lui diriez par exemple « Avant de mourir, je veux être délivrée de mes secrets ! »

Il s'était inquiété d'être allé un peu loin et que la vieille retrouve son humeur morose et ses pensées sinistres, mais elle avait éclaté d'un rire franc !

— C'est ce que j'avais pensé faire ! Mais à ce moment-là, vu sa tête quand tu l'as assis sur la chaise, il ne m'a pas paru réceptif à la compréhension et à l'écoute ! L'agressivité et l'autorité m'ont paru plus adaptées à la situation ! Je ne suis pas mauvaise à ce jeu-là, n'est-ce pas ?

Elle avait ri encore une fois et il n'avait pu qu'opiner de la tête après une petite moue d'excuses. C'est vrai que sa méthode ne pouvait pas mettre le député de bonne humeur.

— Pour le costume, je me suis inspirée de ta grand-mère, sa tenue de travail ressemblait à ça. Remarque ! avait-elle précisé, dans la vie elle s'habillait quasiment de la même façon, turban et jupes longues. L'hiver, elle portait une cape de velours noir doublée de satin rouge. Elle avait toujours un fume-cigarette en ivoire entre deux doigts, et la plupart du temps, il y avait au bout un petit cigare noir qui dégageait une odeur pestilentielle… Sauf en ta présence, je dois le dire. Elle a fait beaucoup d'efforts pour toi… Je lui avais bien indiqué les règles du jeu avait-elle complété d'un air narquois. En soupirant, elle avait conclu avec regrets, je n'ai pas pu me procurer le fume-cigarette !

Jo avait été soulagé de l'explication, ce n'était pas un truc ésotérique où **LA PAPESSE** trouvait sa réincarnation ! Que sa grand-mère ait pu se comporter ainsi pour impressionner sa clientèle, il l'admettait tout à fait. Il avait complimenté à son tour la vieille dame.

— C'était parfait ! Vous étiez parfaite !

— Oui, je crois que je me suis bien débrouillée, hé, hé, hé ! Il semble que le message soit passé et que Guillaume va pouvoir espérer ! Qu'en dis-tu ? Comment s'est comporté notre homme au retour ? T'a-t-il dit quelque chose ?

— Je pense que vous avez raison, il paraissait vraiment satisfait de la nouvelle et souhaiter rencontrer son fils.

— Allez, finis de me raconter cela !

Il avait repris son récit, expliquant la messe de minuit, le champagne avec les flics, moment pendant lequel Joséphine avait tout de même eu l'air alarmée et terminé par la cuite expresse du député.

— Voilà, c'est tout, après je suis rentré et j'ai dormi toute la journée. Vous n'avez pas eu de nouvelles, vous, aujourd'hui ? Il ne s'est rien passé de spécial ? avait-il voulu savoir, de nouveau inquiet d'éventuelles conséquences.

— Non, j'ai beaucoup pensé à toi, je sais que tu as pris des risques pour moi. J'ai demandé à une de mes visites, une vieille amie et collègue de faire un peu de ménage. Je lui ai indiqué les endroits où tu avais pu laisser des traces. C'était une femme énergique et elle l'est toujours, tu peux être certain qu'il n'y en a plus ! Hormis sur ce que tu as laissé sous le lit, de ça, je ne lui en ai pas parlé. J'ai confiance, je suis certaine que tout va bien se passer.

L'information l'avait soulagé, une femme intelligente et

réactive vraiment ! Même si le risque lui semblait minime à lui aussi…

— Je l'espère aussi. Pensez-vous parler bientôt à Guillaume ?

— Je vais attendre après les fêtes, je l'appellerai et lui demanderai de s'enquérir de nouveau pour l'aménagement de sa zone industrielle. Si les nouvelles sont bonnes de ce côté-là, alors je lui dirai de venir me voir pour lui parler du reste. Je n'ai pas encore réfléchi à la manière de présenter la chose, mais d'ici là, je saurai quoi lui dire.

Jo en était bien certain !

Pendant leur discussion, il avait resservi du champagne avec régularité et à tous les deux, ils avaient terminé la bouteille, enfin surtout lui ! Cependant, les deux petites coupes qu'elle avait bues faisaient leur effet sur Joséphine, la vieille dodelinait de la tête et ses yeux se fermaient. Mais à la grande satisfaction de Jo, ses joues étaient beaucoup plus roses qu'à son arrivée et ses yeux souriants éclairaient son visage.

Il était allé faire la vaisselle, faisant attention de ne pas laisser de traces de cette visite. Cela aurait été dommage après les précautions qu'elle avait prises pour lui. Il avait sanglé tout le matériel proprement sur le diable. Elle s'était endormie un moment pendant qu'il faisait tout cela ! Puis il était parti avec son barda, promettant de revenir un mardi en janvier pour qu'elle lui raconte.

Il était effectivement revenu tous les mardis et au fur et à mesure des semaines, elle l'avait tenu informé des nouvelles. Tout s'était déroulé au mieux de ses espérances. Les Bulls avaient déjà tracé la route jusqu'à la petite usine de Guillaume. Celui-ci avait été content d'apprendre qu'il n'était pas orphelin, qu'il avait encore un père, voulait encore plus remercier Michel Soublairan de l'avoir pris pour fils pendant toutes ces années. Il faisait des prospectives, des plans d'agrandissements pour que l'entreprise qu'il lui avait léguée lui survive. Marsuy s'était bien comporté, restant discret sur son rôle importun et dommageable, insistant sur la reconnaissance qu'il avait pour Évelyne et Michel d'avoir élevé son fils de si belle manière. Les nouvelles étaient bonnes aussi du côté de Christophe, le beau-fils, qui était sorti de clinique, prêt pour un nouveau départ dans la vie, et que Guillaume allait prendre en stage dans son entreprise pour le seconder dans le redémarrage qui s'annonçait fulgurant.

Tout se passait vraiment bien… et on en était arrivé là… Elle était morte !

Sans y penser, flottant sur ses souvenirs et ses regrets, il avait terminé son café et préparé ses cartes pour son tirage du jour. Il laissa sa main agir et retourna **LE SOLEIL**… qu'il avait toujours associé au couple gémellaire formé par sa mère et sa tante, les larmes lui montèrent encore une fois aux yeux.

Oui, les petits soleils allaient s'occuper d'elle, la préparer pour son dernier voyage, avec amour et respect. Il les imagina, s'agitant au-dessus du cadavre dénudé, lavant avec douceur le vieux corps usé, l'habillant, la peignant avec soin. Tout cela sans s'arrêter de chuchoter pour « Parler la morte », lui donner vie encore, en évoquant toutes les belles choses qu'elle avait faites pendant sa longue existence.

Les larmes coulaient maintenant sur ses joues, il fallait qu'il fasse quelque chose. Il s'essuya les yeux et le nez avec sa manche et partit s'habiller pour aller courir, il avait besoin d'action !

En se préparant, il essaya de se consoler. Elle était vieille et souffrait beaucoup, elle voulait mourir pour être délivrée… Il l'avait vue se dégrader les derniers temps, il la trouvait de plus en plus souvent couchée quand il arrivait. Elle s'essoufflait dès qu'elle faisait une phrase un peu longue et plaisantait de moins en moins. La dernière fois, il était resté assis à côté d'elle à lui tenir la main, racontant encore la traversée des rues piétonnes avec Marsuy en sapin et lui, chantant des cantiques… Il en avait rajouté un peu, mais n'avait réussi à obtenir qu'un halètement et un pâle sourire.

Il n'aurait plus personne avec qui se lâcher, se raconter. Petit à petit, au fur et à mesure des reprises du récit, il avait ajouté les détails de ses recherches et de ses préparatifs. Cela lui avait plu d'évoquer, au travers de cette petite aventure, ce qu'avait été sa vie. Joséphine avait apprécié, posant des questions pertinentes, mais sans curiosité déplacée. Elle n'essayait pas d'en savoir plus que ce qu'il voulait et pouvait lui dire.

Il aimerait pouvoir continuer à parler à quelqu'un… À Eloïse ? Demain soir, blotti dans ses bras tendres, la joue posée sur la douceur moelleuse de son sein, enveloppé de son parfum d'amour, il lui parlerait de Joséphine, de sa vie et de sa mort. Peut-être pourrait-il aussi lui raconter l'affaire Marsuy ? En arriver à parler de lui, de qui il était réellement ? Elle, comme les autres, le croyait ancien commercial. Il lui avait menti sur beaucoup de choses… dès le début… ce serait difficile de revenir en arrière…

Il essaierait !

Il était prêt, il sortit de la maison et remonta jusqu'au portail. Passant sous le mimosa en fleurs, il leva la tête. Comme souvent en cette période de l'année, lorsque l'odeur enivrante d'exotisme attirait son attention. La vision des milliers de petits soleils, explosions d'autant de boules de douceur, dans le bleu presque foncé d'un ciel éblouissant, lui congestionna de nouveau les yeux et le nez.

Tout à l'heure, il les rejoindrait… après avoir fait quelques courses… Ils déjeuneraient ensemble, là-bas… Il les connaissait, elles seraient tristes, mais resteraient tout de même gaies et positives, prenant plaisir aux joies de leur vie. Elles apprécieraient qu'il soit là, de manger avec lui et déborderaient d'histoires sur la vieille Jo.

Les larmes étaient de retour.

Il démarra… vite… se jetant dans la course et dans l'oubli, laissant son corps emporter ses pensées et l'effort nettoyer le chagrin.

TABLE DES MATIERES

II   LA PAPESSE

I   LE BATELEUR

XVIII   LA LUNE

VIII   LA JUSTICE

XV   LE DIABLE

VI   L'AMOUREUX

XII   LE PENDU

XVI   LA MAISON DIEU

III   L'IMPERATRICE

II   LA PAPESSE

XVII   L'ETOILE

XVIIII   LE SOLEIL

PREMIÈRE LAME

I LA VOIE DU BATELEUR

DEUXIÈME LAME

II LES SOURCES DE LA PAPESSE

TROISIÈME LAME

III AUX ORDRES DE L'IMPÉRATRICE

Avertissement : Ces romans sont des fictions.
– que penser d'autre d'un type qui lit les Tarots –
Aucun des faits rapportés ne peut-être réel.

N° ISBN 979-10-95376-06-4

http://lavoiedeslames.fr

zquinez@gmail.com